FILS DE PERSONNE

Jean-François Pasques

Fils de personne

Roman

Fayard

Couverture : Le Petit Atelier
Motif : © Getty-Images / Kym Jones / EyeEm

ISBN : 978-2-213-72510-9

© Librairie Arthème Fayard, 2022.
Dépôt légal : novembre 2022

Le prix du Quai des Orfèvres a été décerné sur manuscrit anonyme par un jury présidé par Monsieur Christian SAINTE, Directeur de la Police judiciaire, au 36, rue du Bastion. Il est proclamé par M. le Préfet de Police.

Novembre 2022

PRIX DU QUAI DES ORFÈVRES

Le Prix du Quai des Orfèvres, fondé en 1946 par Jacques Catineau, est destiné à couronner chaque année le meilleur manuscrit d'un roman policier inédit, œuvre présentée par un écrivain de langue française.

• Le montant du prix est de 777 euros, remis à l'auteur le jour de la proclamation du résultat par M. le Préfet de police. Le manuscrit retenu est publié, dans l'année, par les Éditions Fayard, le contrat d'auteur garantissant un tirage minimal de 50 000 exemplaires.

• Le jury du Prix du Quai des Orfèvres, placé sous la présidence effective du Directeur de la Police judiciaire, est composé de personnalités remplissant des fonctions ou ayant eu une activité leur permettant de porter un jugement qualifié sur les œuvres soumises à leur appréciation.

• Toute personne désirant participer au Prix du Quai des Orfèvres peut en demander le règlement au :

Secrétariat général du Prix du Quai des Orfèvres
36, rue du Bastion
75017 Paris

Site : www.prixduquaidesorfevres.fr

E-mail : prixduquaidesorfevres@gmail.com

La date de réception des manuscrits est fixée au plus tard au 15 mars de chaque année.

À la mémoire du Brigadier-Chef Wilfried Faron, mort en service à Nantes le 31/12/2021.

1

« *X... MASCULIN* »

L'inscription à l'encre noire avait été tracée en lettres majuscules sur l'en-tête blanc du certificat de décès.

Le 6 avril 2005, à 07 h 40, un homme était officiellement mort.

Le corps avait été extrait d'un bassin du jardin des Tuileries, puis allongé sur la terre battue. L'examen avait pris deux minutes au docteur Albert, pas davantage. Le corps était froid. Il avait rejoint la température de l'eau, une dizaine de degrés. À l'intérieur, plus rien ne circulait, tout était figé. Les chairs étaient légèrement flétries par l'immersion prolongée. Ce fut une curieuse formalité pour ce généraliste de SOS Médecins soumis aux cadences infernales des visites à domicile. Son patient était déjà mort à son arrivée. Il n'avait rien eu à faire, sinon constater la réalité. En somme, il était redevenu un peu comme tout le monde, fragile et impuissant devant la mort.

Pour l'inconnu, âgé d'une soixantaine d'années, la vie s'en était allée avec violence, à en croire la présence d'une large plaie sur la base arrière du crâne. Un méchant coup, ou peut-être une chute sur le rebord en pierre du bassin, qui portait également une tache de sang. Le docteur Albert n'avait aucune explication à donner. Il avait été requis pour constater la mort, pas pour mener une enquête. En raison des circonstances et de cette vilaine blessure, il avait coché la case « obstacle médico-légal ». Cette petite croix saisissait la justice d'établir les causes du décès par le biais d'une enquête de police.

La fouille des vêtements n'avait pas permis d'obtenir une identité. Le docteur Albert n'avait eu d'autre choix que d'inscrire « X... MASCULIN » sur le document qui serait transmis aux enquêteurs puis à l'état civil. Constater la mort d'un anonyme était une étrange façon de finir sa nuit. Il ne lui restait plus qu'à rentrer chez lui. Une forme de résignation s'imprima sur son visage à la remise du « bleu* » aux effectifs de police-secours du 1er arrondissement. Il semblait un peu gêné de devoir partir comme il était arrivé, avec sa trousse à la main, par l'allée

---

* Certificat de décès. Document possédant un volet bleu que le médecin rabat pour garantir le secret médical.

centrale, à la façon d'un touriste. « Bonne journée et bon courage » avait-il simplement lancé au brigadier, lequel lui avait renvoyé la politesse en lui souhaitant une bonne nuit. La nuit se terminait pour les uns, la journée commençait pour d'autres.

Les policiers restèrent avec le mort étendu au sol. Pour le protéger, ils avaient glissé une bâche plastique jetable entre le corps et la terre. Un liquide jaunâtre perlait de ses vêtements gorgés d'eau. L'inconnu ressemblait à une éponge, baignant dans une flaque bistrée auréolant ses contours. Il fallait désormais attendre l'arrivée des enquêteurs chargés de rechercher les causes du décès avec l'aide du légiste. Il leur faudrait également tenter de l'identifier afin d'avertir sa famille, ou ses proches, s'il en avait...

À travers les arbres en fleurs, un soleil rempli de promesses enflammait le ciel bleu de l'aurore. Le printemps explosait, enfin. La nature ressuscitait sans tenir compte de ce corps étendu, là, en plein Paris, dans ce grand rectangle vert contenu entre la Seine et la rue de Rivoli, entre la place de la Concorde et le palais du Louvre. Elle imposait aux policiers son silence implacable dans la frénésie d'un monde s'éveillant tout autour.

2

Le commandant Delestran arrivait toujours le premier à son service à la 1re DPJ. Ce n'était pas une question d'orgueil mais simplement d'égoïsme. Il aimait profiter du calme avant la tempête. Comme le voulait la tradition à la PJ, il avait donné son nom au groupe qu'il dirigeait. Il valait mieux donner son nom à un groupe de son vivant plutôt qu'à une promotion une fois mort, lui avait dit son épouse, quelques années auparavant. N'ayant pas le sens de l'héroïsme, il avait trouvé la formule très juste. En revanche, il avait le sens du devoir. Le chef de groupe se devait d'arriver avant sa troupe, ne serait-ce que pour avoir le loisir de lire le journal récupéré au poste de sécurité en buvant sa première tasse de café, son petit rituel.

Julien Delestran n'eut pas le temps de lancer sa vieille cafetière que le téléphone sonna. À la PJ, tout commence généralement par une sonnerie de téléphone. Il fronça les sourcils en consultant sa montre, puis posa la boîte métallique contenant le café moulu sur le meuble d'appoint avant de décrocher.

– Delestran ? Bonjour, Tanguy Guéhut à l'appareil.

– Bonjour, patron.

– Je sais que je vous dérange, mais l'état-major vient de me prévenir. On a découvert un corps flottant dans un bassin au jardin des Tuileries. La roupane* est sur place. SOS Médecins a mis un obstacle : une plaie saignante à l'arrière du crâne. Pas d'identité, mais, d'après les collègues, la victime serait un clochard d'une soixantaine d'années. J'aimerais beaucoup que vous alliez jeter un œil. Delestran, vous êtes toujours là ?

– Je vous écoute, patron.

– Je sais que vous êtes déjà sur cette affaire de disparitions inquiétantes mais comme elle est au point mort, je me suis dit qu'un cadavre, de si bon matin, cela vous relancerait. Vous prenez ?

– J'ai le choix ?

– On a toujours le choix, Delestran. Vous le savez très bien... Les clochards, les gens qui n'intéressent personne, vous aimez bien, d'habitude.

– Justement, les habitudes, je m'en méfie. Mais puisque j'ai le choix, j'y vais. Beaumont ne devrait pas tarder. On s'équipe et on se rend sur place.

---

* Néologisme utilisé par les policiers de la PJ pour désigner leurs collègues en uniforme.

– OK, je vous envoie l'identité judiciaire. Vous me tenez au courant ?

– Bien entendu. Comme d'habitude.

Si Delestran avait insisté avec un ton faussement désinvolte sur sa dernière phrase, une façon d'entretenir la complicité avec son chef de service, il n'avait pas réagi à sa remarque sur l'affaire des disparitions. En réalité, il ne s'agissait pas d'une affaire mais de trois affaires distinctes. Trois femmes avaient disparu au cours du mois précédent à Paris. Le seul point commun, puisqu'il avait fallu en trouver un pour récupérer les dossiers dans les commissariats d'arrondissement où avaient commencé les enquêtes, était leur caractère mystérieux. Le groupe Delestran avait travaillé d'arrache-pied pendant quinze jours en épluchant les environnements familiaux et professionnels, en vérifiant les emplois du temps, la téléphonie, les comptes bancaires, en surveillant les maris jusqu'à les placer sur écoute téléphonique : pas l'ombre d'un début de piste. Au bout du compte, tout ce qu'on savait de ces femmes était qu'elles n'étaient, « tout simplement », pas rentrées chez elles. Rien qui puisse les réunir. Tanguy Guéhut en avait conscience, il en avait longuement discuté avec Delestran. Les enquêtes étaient à l'arrêt, les gammes de recherche réduites à néant. On ne pouvait plus qu'espérer qu'un événement extérieur surgisse pour débloquer la situation. C'était terrible de devoir attendre que quelque chose se passe. Pour Delestran, la patience était l'art de souffrir en silence. Un mois, cela commençait à faire long.

Tanguy Guéhut connaissait bien ses hommes. Il appréciait Delestran pour ses compétences, son engagement sans faille, son calme apparent, mais il appréciait surtout l'homme, son entêtement, sa singularité, son obsession à ne pas vouloir être enfermé dans une case et sa noble prétention, presque une éthique, à aller là où les autres n'auraient pas idée d'aller, y compris dans l'investigation. C'était une façon de se démarquer qui suscitait l'admiration du taulier. Il savait que Delestran était en proie au doute concernant ces disparitions. Qu'il en souffrait en silence, prenait sur lui pour ne pas affecter son groupe. L'immobilisme était dangereux pour ce type de personnage. Il fallait donc le remettre en mouvement, d'où son appel matinal, une façon de lui tendre la main.

Alerté par le bruit, Delestran se dirigea dans le bureau voisin occupé par le lieutenant Beaumont, son adjointe. Elle n'avait pas pris la peine d'allumer la lumière, était en train d'actionner la manivelle des volets roulants comme tous les matins à son arrivée après avoir déposé son sac de sport sur

17

le coin du bureau. Progressivement, elle vit apparaître Delestran dans le reflet de la vitre. Elle se retourna en lui adressant ce sourire qu'il aimait tant, avec un éclat lumineux dans les yeux.

– Bonjour, commandeur.

– Salut, Victoire. Un petit cadavre dès 8 heures du matin, ça te dit ?

– Pourquoi pas ? Mais avec un café d'abord, commandeur.

Cela faisait deux ans qu'ils travaillaient ensemble, et elle n'arrivait toujours pas à l'appeler par son prénom. Ce n'était pas une question de différence d'âge, ni même de respect ; c'était plus subtil. Secrètement, elle aurait voulu l'appeler « papa », mais jamais elle ne s'autoriserait à le faire. Alors elle avait trouvé « commandeur », pour le grade bien entendu, mais surtout pour la statue et parce que ça rimait avec cœur. C'était son titre honorifique à elle, seulement en privé. Devant les autres, il était le commandant Delestran, le chef de groupe.

– Le taulier vient de m'appeler. Un corps a été retrouvé dans un bassin du jardin des Tuileries avec une plaie à l'arrière du crâne. L'IJ a été commandée, je vais contacter un légiste. Tu peux sortir un plan des jardins ?

– À tes ordres, commandeur !

C'était dit d'une façon exagérée, superbement bien jouée, sans aucune ambiguïté.

18

– Et tu m'évites le plan en couleurs. Pour la couleur, il suffira d'ouvrir les yeux.

– Et le reste du groupe ?

– Je vais contacter Mitch, il préviendra les autres. On va leur laisser le sale boulot, retranscrire les zon's de la nuit, mais j'ai bien peur qu'une fois de plus ça ne serve à rien. Tu le sais comme moi, les vrais coupables ne parlent pas au téléphone, seuls les innocents le font.

Ce n'était pas tout à fait vrai. Il en était conscient. Mais, comme bien souvent, la formule l'emportait sur le fond. Il suffisait de ne pas être dupe.

Le légiste ne serait sur place que dans une quarantaine de minutes. Puisque rien ne commencerait sans lui, il n'était pas nécessaire d'activer le gyrophare. On aurait même le temps de s'imprégner de l'atmosphère des lieux, de prendre la mesure du décor. Quand la barrière de la 1re DPJ s'ouvrit, Beaumont tourna à droite sur le boulevard Bessières pour rejoindre le boulevard Malesherbes et descendre dans le centre de Paris. Delestran consultait le plan du jardin des Tuileries sur une feuille au format A4 posée sur ses genoux. Il semblait perplexe, comme s'il cherchait déjà à comprendre.

– Un problème, commandeur ?

– Comment dire... Cela fait vingt-cinq ans que je travaille à Paris et là, je viens de découvrir quelque chose. C'est un détail, mais tout de même... Tu connais les Tuileries, ma petite Victoire ?

– J'ai dû aller m'y balader, comme ça. Pourquoi ?

– Tu te souviens du bassin ?

– Vaguement.

– Eh bien, figure-toi qu'il n'y en a pas qu'un, mais six !

– Oui, je sais, j'ai vu sur le plan. Le bassin Octogonal vers Concorde et le grand bassin rond entouré de quatre plus petits vers le Louvre.

– Et donc ?

– Statistiquement, on a une chance sur six. Maintenant, ce n'est pas Versailles, on va trouver rapidement.

Delestran pouffa.

– Le plus simple : tu t'engages dans la rue Saint-Honoré, on se garera rue de Rivoli.

– Bien, commandeur.

– Cinq fois depuis ce matin, il ne faudrait pas abuser. Quand est-ce que tu vas m'appeler par mon prénom ?

– Jamais, commandeur.

– Et de six, ma petite Victoire.

– Tu te répètes...

Elle avait raison. C'était la deuxième fois qu'il l'appelait ainsi. Son côté paternaliste...

Ils trouvèrent une place aux abords de l'hôtel Meurice, le long des arcades. Devant l'établissement, un camion était stationné en pleine voie. La porte arrière largement ouverte laissait entrevoir de gros sacs de linge sale jetés à même le plancher, entassés les uns sur les autres, la literie de la nuit qu'il fallait remplacer par du linge propre. Delestran tenait toujours son plan à la main. Il se servirait du verso pour prendre quelques notes. Beaumont s'était chargée de la mallette à constatations, un bien commun du groupe Delestran, comportant tout le nécessaire pour ne manquer de rien. Il fallut attendre quelques instants qu'un espace se crée dans le flux de circulation pour traverser. Devant eux, le jardin des Tuileries se dressait tel un sanctuaire de verdure en plein centre de Paris. Delestran leva les yeux au ciel, accrocha une ligne blanche projetée par un avion à haute altitude. Il consulta sa montre, nota l'heure à l'angle supérieur gauche de sa feuille de papier. Elle figurerait sur le futur procès-verbal de constatation qu'il rédigerait.

Sur le parapet à l'entrée du parc, un curieux spectateur les épiait du coin du bec : un corbeau des villes, un corniaud au plumage cendré et déguenillé. L'animal louchait sur le contenu d'une poubelle remplie d'emballages souillés par les restes de denrées alimentaires. Il pouvait passer pour miséreux, mais affichait une fierté dédaigneuse à l'égard des visiteurs. Méfiant, il sautilla légèrement sur le côté en s'écartant pour maintenir une distance de sécurité au fur et à mesure que les policiers se rapprochaient, leur brassard orange autour du bras. Après leur passage, il regagna sa place très rapidement. Delestran n'était pas superstitieux. Ce n'était qu'un corbeau un peu boiteux, en rien responsable de sa mauvaise réputation.

La barrière métallique se referma toute seule sous l'effet de son ressort de rappel, puis ce fut une ligne d'arbres aux ramures fraîchement verdies qu'il fallut traverser pour avoir une vue panoramique sur l'ensemble du jardin. La terrasse des Feuillants portait bien son nom. Beaumont et Delestran virent sur leur gauche, à une centaine de mètres, un groupe de policiers en tenue formant un cercle autour de ce qu'ils savaient être un corps allongé au sol. Entre les ombres de leurs silhouettes perçait la blancheur de la bâche à proximité du petit bassin situé le plus au nord. Delestran stoppa sa progression, le temps de dessiner une petite croix à l'endroit précis sur son plan. Pour rejoindre leurs collègues, ils empruntèrent l'allée de Diane, puis, au premier croisement sur leur gauche, une allée sans nom, bordée de chaque côté d'une pelouse d'un vert gourmand comme on en

trouve sur les terrains de golf. Elle avait
fait l'objet d'une taille récente, exhalait son
parfum caractéristique de coupe fraîche.
En prenant un peu de hauteur, on pouvait s'apercevoir que le jardin des Tuileries
était découpé en petits rectangles séparés
par des allées en terre, le tout formant un
quadrillage asymétrique. On aurait même
dit que, par un savant calcul, la surface
réunie des cinq bassins dans la partie est
était identique à celle du grand bassin
octogonal, implanté dans la partie ouest.
En consultant son plan une dernière fois,
Delestran eut une impression d'équilibre
dans le désordre.

Alors qu'ils s'approchaient, un homme
se détacha du groupe pour venir au-devant
des deux enquêteurs. Le chef de bord de
l'équipage police-secours salua respectueu-
sement ses collègues de la PJ. Delestran
lui précisa que l'IJ et un médecin légiste
devaient arriver mais qu'en attendant il
pouvait leur faire part des circonstances
de la découverte et de ce qu'il avait glané.
L'homme désigna du doigt une fenêtre d'un
appartement situé au quatrième étage, à
l'angle de la rue Saint-Roch, juste au-
dessus de la ligne des arbres longeant la rue
de Rivoli. La résidente des lieux était une
vieille dame à l'accent anglais. En ouvrant
ses volets vers 7 heures, peu avant le lever

du soleil, elle avait vu une grosse tache
sombre dans le petit bassin en contrebas,
en avait déduit qu'il s'agissait d'un corps
et avait contacté les services de police en
composant le 17. Le brigadier avait privilégié la mise en place d'un périmètre de sécurité pour la sauvegarde des traces et indices
avec ses deux effectifs qui, ensuite, iraient
interroger la vieille dame, au cas où. Selon
lui, il ne fallait pas s'attendre à obtenir des
informations utiles à l'enquête. Elle avait
précisé à l'opérateur police-secours qu'elle
avait fermé ses volets la veille à 20 h 48,
précisément, et que la tache, devenue
depuis un corps, n'y était pas. Elle avait
insisté en répétant l'horaire, comme si son
interlocuteur n'avait pas perçu l'importance
de cette information. « Pourquoi une telle
exactitude et le besoin d'y insister ? » se
demanda Delestran. Une monomaniaque de
la pendule ou une fantaisie de vieille dame ?
La prise de contact permettrait peut-être
d'éclaircir ce petit mystère et de relever
l'identité de l'intéressée devant figurer sur
le procès-verbal de saisine. Le brigadier
poursuivit. Le gardien avait ouvert le parc
comme tous les jours, à 07 h 30, d'abord par
l'entrée située au niveau du métro Tuileries
puis les huit autres, en faisant sa ronde.
Habituellement, il ne lui fallait que quinze
minutes. Aujourd'hui, bien entendu, il avait
pris du retard à cause de la découverte de

ce corps. Il se tenait à la disposition des enquêteurs. On pourrait le trouver facilement dans son logis, de l'autre côté du parc, non loin du Jeu de Paume, vers la place de la Concorde. Il avait aidé les policiers à sortir le cadavre de l'eau ; d'abord en le rapprochant avec un râteau, puis en le retournant afin de le prendre au niveau des aisselles et l'accompagner du mieux possible pour ne pas lui causer de lésions supplémentaires – de ripage par exemple. Cela n'avait pas été une mince affaire. Le plus difficile avait été le franchissement des épaules au-dessus du muret, ensuite le reste était venu. Il n'avait pas régurgité de liquide, mais des borborygmes post-mortem avaient effrayé un de ses collègues, un jeune, pour la première fois confronté à la mort. Ces bruits étranges, produits par le déplacement des gaz dans l'intestin ou l'estomac, donnaient parfois l'impression que le défunt voulait revenir parmi les vivants.

Delestran se fit confirmer que le cadavre regardait le fond du bassin et porta une annotation sur son plan. Il irait voir le gardien plus tard pour lui poser quelques questions, se faire communiquer le positionnement exact de toutes les entrées officielles ou non. Ce serait peut-être inutile, mais pour l'instant il n'en savait rien. L'enquête commençait, ils devaient donc tout envisager, ouvrir toutes les portes, tâtonner, chercher sans savoir quoi exactement. La douloureuse mais nécessaire routine.

Il fallait désormais faire connaissance avec cet inconnu. Delestran semblait toujours vouloir retarder l'instant de cette pénible intrusion. Il le savait : son enquête le conduirait à vivre des jours, voire des semaines, avec un homme qu'il n'avait jamais vu auparavant. « On ne fréquente pas la mort impunément », profèrent les experts de la psychologie. Delestran n'avait que faire des grandes théories. Il ferait comme il pourrait, se concentrerait sur la mort d'un homme en tentant de maintenir, malgré l'intimité, une frontière à ne pas dépasser.

Le groupe se dirigea vers le bassin, Beaumont et le brigadier d'un pas déterminé, Delestran fermant la marche, l'allure soudainement pesante. Il évalua le diamètre du bassin à une dizaine de mètres. En débouchant de l'allée, ils passèrent devant la tache de sang incrustée dans la pierre, que le brigadier désigna du doigt tout en poursuivant son chemin. Ayant dérivé légèrement, le corps avait été sorti de l'eau quelques mètres plus loin. Delestran s'immobilisa un instant. La tache était en forme de poire renversée, d'une vingtaine de centimètres à sa base. Quelques gouttes avaient perlé sur le sol en terre battue, rendu humide par la rosée du matin. Aux abords, il n'y avait aucune trace au sol. Delestran se retourna, constata l'absence d'empreintes consécutives à leurs propres pas sur la terre assombrie. Légèrement sur la droite, à l'écart, un banc tournait le dos au carré de pelouse. C'était un bel endroit pour se détendre en observant la beauté du lieu avec, lorsqu'il était activé, le murmure du jet d'eau et le Louvre en arrière-plan. Curieusement, il n'y avait aucun éclairage, pas le moindre réverbère. Delestran fit un petit croquis en annexe de son plan. Un cercle comme une horloge avec l'allée conduisant au bassin, à six heures, puis la tache de sang à sept, le banc à cinq, le corps à dix. Il nota également, sans savoir pourquoi, la présence d'une sculpture en bronze à douze heures. Elle était positionnée sur la pelouse, à deux mètres environ de l'allée circulaire bordant la vasque du bassin, de sorte que le spectateur puisse l'admirer à une distance opportune. Elle représentait un tigre terrassant un crocodile. Delestran s'étonna qu'un tigre puisse rencontrer un crocodile. C'était peut-être une des clés de l'œuvre ? En se rapprochant, avant de poser enfin son regard sur le mort, il put lire le nom de l'artiste sur le socle, Auguste Nicolas Cain, un autre inconnu pour lui.

Delestran s'aperçut subitement que tout le monde le fixait. On l'attendait. Confus, il rejoignit les deux autres effectifs en tenue pour leur serrer la main avec l'embarras d'avoir manqué de savoir-vivre, puis pénétra dans le cercle qui s'était formé autour du corps. Il ne pouvait plus esquiver. Beaumont s'était positionnée au niveau de la tête. C'était bel et bien un inconnu, pourtant Delestran eut l'impression d'avoir déjà été confronté à l'expression de ce visage émacié, buriné par la vie. Pour lui, tout commençait par un regard. Même mort, il parlait encore. Il fallait essayer d'y trouver une dernière expression de son vivant. Deux poches bouffies pesaient comme des charges sous ses yeux. Ses paupières boursouflées laissaient entrevoir un regard clair, légèrement voilé par l'effacement de la vie. Il avait les yeux grand ouverts. Ses iris bleutés avaient déjà perdu de leur éclat en basculant dans une blancheur laiteuse, mais on pouvait deviner des yeux francs et combatifs. Deux profondes rides barraient le front sur toute sa largeur. D'autres, moins marquées, rejoignaient le sommet de son crâne, surplombé de cheveux courts, drus, poivre et sel, jaunis sur les côtés. Il avait le teint hâlé et poussiéreux des grands voyageurs, de nombreuses petites lignes incrustées dans une peau desséchée, prête à craqueler, surtout aux angles des yeux. Les arcades sourcilières, prononcées, donnaient au visage un relief comparable à celui des boxeurs sans en porter les stigmates. Quelques vaisseaux apparents et

anormalement dilatés au creux des joues,
sur la pointe du nez, pouvaient laisser supposer une consommation habituelle d'alcool. Le légiste serait plus catégorique sur
le sujet. Les lèvres du défunt étaient d'une
grande finesse, avec une cicatrice franche,
très ancienne, en travers, sur la gauche de la
lèvre supérieure. Légèrement entrouvertes,
elles faisaient apparaître de petites incisives
très resserrées, souillées d'une pellicule de
tartre. Pour l'instant, à défaut d'une identité,
cet inconnu avait une « gueule » : celle d'un
homme ayant vécu.

Delestran leva son regard vers Beaumont :

– Tu lui donnes quel âge, Victoire ?

– Difficile à dire, commandant. C'est un
homme qui semble esquinté, donc le vieil-
lissement est plus prononcé. Je dirais une
bonne soixantaine d'années. Oui, soixante
ans bien tassés.

– Je me faisais la même réflexion. On
verra par la suite avec le légiste.

– Tu as vu ses vêtements ? On dirait des
guenilles et ses chaussures sont trouées.

Delestran baissa les yeux, constata qu'effectivement les mocassins au cuir élimé étaient
percés sur les bords extérieurs. L'inconnu
chaussait du 42. Son pantalon en toile noire
délavée portait les traces d'une vie raccom-
modée, des coutures malfaites. Son pardessus râpé avait les poches déchirées. L'épais
tissu, effiloché en plusieurs endroits, était

percé sous les aisselles, un bouton près du col avait été arraché, certainement récemment, un fil pendait. En dessous, on devinait une chemise à la blancheur douteuse avec un col grisé et franchement sale. Ces vêtements informes donnaient au mort une allure de clochard, alors que son corps svelte et élancé, rehaussé de cette « gueule », laissait présager une tout autre histoire. Il ne portait aucun bijou, pas même de montre, comme si le temps, de son vivant déjà, n'avait pas eu d'importance.

Delestran recula légèrement. Il avait le regard dur, presque inquiétant. Beaumont s'en aperçut, l'observa à la dérobée. Il paraissait affecté d'une émotion singulière, comme si ses yeux sévères allaient se mettre à pleurer. C'était la première fois qu'elle voyait son chef laisser échapper cette part de fragilité au cours d'une enquête. Elle ne s'en inquiéta pas. S'ils avaient été seuls, peut-être qu'elle aurait eu droit à une confidence ?

Quelques secondes plus tard, Delestran se reprit en lui demandant la mallette à constatations. Il n'était pas question de procéder à un examen de corps qui relevait de la compétence du légiste mais de vérifier un petit détail utile à l'enquête. Il enfila une paire de gants, se rapprocha de Beaumont pour se positionner sur la partie latérale du corps au niveau de l'épaule, puis se baissa.

Délicatement, il glissa ses mains sous la nuque du cadavre. Malgré le film translucide, il ressentit le froid de la peau, un froid toujours déstabilisant quand on touchait un mort de quelques heures. Il constata, par un imperceptible mouvement de flexion, que la nuque était rigide, se décala d'un pas tout en restant accroupi pour saisir le bras, une main sur le biceps, l'autre sur l'avant-bras. Avant même d'exercer une légère flexion du coude, il eut une impression surprenante, celle d'un biceps absent. On aurait dit que la chair enveloppant l'os avait disparu. Il vérifia sur l'autre membre. Cette impression se confirma. Le biceps droit était de plus petite section que le gauche. Il palpa à nouveau le biceps droit : c'était flagrant. Lors du déshabillage avec l'aide du légiste, il aurait certainement l'explication. La rigidité cadavérique avait atteint les membres supérieurs mais pas encore les membres inférieurs. En se redressant, il s'adressa à Beaumont :

– Je dirais entre six et douze heures pour le délai post-mortem. Le légiste nous le confirmera avec plus de précision en prenant la température interne.

Aux effectifs de la police-secours, il donna quelques explications sur la rigidité cadavérique. Le phénomène débutait toujours au niveau de la nuque trois heures après le décès, puis progressait de façon régulière vers les membres inférieurs pour s'achever après un délai, en moyenne, de douze heures.

– C'est comme avec les poissons au marché, coupa l'un des policiers en riant de bon cœur. La raideur est synonyme de fraîcheur. C'est ce que je dis toujours à ma femme : les ouïes bien rouges et raides comme la justice, tu prends.

Delestran valida par un large sourire. D'une part, parce que c'était vrai, et d'autre part, parce que c'était de l'humour de flic, un humour difficilement compréhensible pour le simple quidam mais qui leur permettait souvent d'évacuer la charge émotionnelle engendrée par la confrontation au destin tragique de leurs concitoyens.

– Oui, vous avez raison. Et curieusement, le phénomène s'inverse au bout de quarante-huit heures. Le corps redevient souple. Le légiste vous expliquera tout ça mieux que moi. C'est une histoire d'ATP*, donc de glucose, d'énergie qui n'est plus fabriquée par le corps. Le début de la putréfaction, le pourrissement...

Il vit apparaître une forme de répugnance dans les yeux de son auditoire.

------

* L'adénosine triphosphate est un nucléotide fournissant l'énergie nécessaire aux réactions chimiques du métabolisme.

– En tout cas, je vous félicite. Vous l'avez sorti de l'eau proprement, avec délicatesse, sans rompre la rigidité cadavérique. Je ne dirais pas qu'il est frais comme un gardon, mais il est dans son jus. Pour l'enquête, c'est important. Pour le respect que nous lui devons aussi. Bon, voyons voir ce qu'il avait sur lui...

Dans le but d'établir son identité, les agents avaient fouillé en vain les poches et mis quelques effets sur le côté. Figuraient un vieux mouchoir usagé tout imbibé par l'eau du bassin, un paquet de tabac à rouler dans le même état, un briquet Zippo, quelques pièces de monnaie, une clé plate, un étui à cigarettes, un chapelet, un stylo à encre noire et un sac plastique enroulé autour de ce qu'on devinait être un livre. Delestran s'intéressa en premier lieu au Zippo. Il lui avait tapé dans l'œil. C'était un briquet particulier, peut-être un tirage limité, sur lequel étaient gravées une grenade à sept flammes et une devise : « Legio Patria Nostra ». Il l'observa avec un respect appuyé pour ce corps d'élite de l'armée française : la Légion étrangère. Il examina minutieusement l'objet à la recherche d'une indication, un nom, un numéro ou un matricule, puis il fit pivoter le capot, actionna la roulette et la mèche s'enflamma instantanément, insensible à l'humidité.

Peu enclin aux bondieuseries, Delestran montra moins de considération pour le chapelet. Cette accumulation de perles enfilées par petits groupes de dix sur un cordon avec, à l'extrémité, une croix métallique supportant un supplicié, ne lui évoquait pas grand-chose. L'homme était peut-être croyant ; c'était une indication, sans plus. Delestran avait toujours eu du mal avec la religion et les objets de dévotion en général. Une sourde colère sommeillait en lui depuis l'enfance : une mère partie trop jeune, beaucoup trop jeune. Il reposa l'objet comme si de rien n'était et s'empara de l'étui à cigarettes. De forme rectangulaire, il était en simili cuir et chrome. Il l'ouvrit, constata que le compartiment doublé de velours vert était vide. Figurait seulement un petit morceau de papier blanc, plié en son milieu, où était inscrit un numéro de téléphone.

– Tu notes ? demanda-t-il à Beaumont.
– Je vous écoute, commandant.
– 01-40-56-72-17.

Delestran porta l'étui au niveau de ses narines, n'y décela aucune odeur de tabac. Il afficha une moue perplexe. Ce n'était pas en raison du numéro, qui serait facilement identifiable par la suite, mais en raison d'une intuition qui resterait certainement, encore une fois, sans explication. Il lui semblait que l'objet avait été détourné de sa fonction d'origine.

Il ne restait plus que le sac plastique avec le livre à l'intérieur, partiellement protégé de l'humidité. Une belle surprise. Il avait néanmoins gonflé en doublant pratiquement de volume lorsqu'il fut retiré de son emballage d'infortune. Quelques pages gondolées s'étaient assombries en s'imprégnant d'eau, mais l'encre n'avait pas bavé. Vers la fin du roman, entre deux pages, était insérée une feuille de papier à petits carreaux pliée en quatre, noircie aux deux tiers d'une écriture minuscule mais lisible. Il s'agissait de phrases du livre ayant retenu l'attention du lecteur, qu'il avait recopiées. Avec son pouce, Delestran fit défiler les pages. Il l'avait lu, longtemps auparavant, ne se souvenait plus précisément de l'histoire, mais en gardait la sensation d'une puissance désarmante. Quelques mots lui sautaient au visage, des pensées confuses se précisaient, revenues de loin. Un pacte avec le diable, une usure vitale... À vouloir tout posséder, désirer, on finissait par perdre l'essentiel ; jusqu'à sa propre vie.

C'était curieux, cet homme qui pouvait être un ancien légionnaire, probablement devenu clochard à en juger par sa tenue, s'adonnant, sous l'emprise de l'alcool, à la lecture d'un classique jusqu'à en recopier des passages sur un morceau de papier soigneusement plié dans l'ouvrage. *La Peau de chagrin* de Balzac, exhumé en de telles circonstances, avait de quoi déstabiliser un homme de raison comme Delestran. Beaumont vit son chef troublé par ce qu'il avait dans les mains. Ce n'était pas flagrant, mais on aurait dit qu'il s'était subitement projeté ailleurs, qu'il oscillait, hésitant sous le coup d'une étrange volupté à revenir parmi eux. Elle détourna le regard vers l'entrée du parc, une silhouette progressant dans leur direction venait d'attirer son attention. Elle reconnut la démarche élancée d'une collègue de l'identité judiciaire, avec sa valise métallique en bandoulière et sa sacoche photographique à la main.

– Voilà l'IJ, annonça-t-elle pour sortir Delestran de sa rêverie passagère.

– Tu l'as lu ? lui demanda-t-il à brûle-pourpoint en tendant le bras pour exhiber la couverture.

Beaumont inclina légèrement la tête.

– Non.

– Lis-le et tu comprendras.

Le ton était faussement solennel. Pas forcément convaincue, Beaumont acquiesça mais sans se laisser distraire par cette soudaine gravité. Que fallait-il qu'elle comprenne ? Delestran caressa la couverture du bout des doigts, puis remisa le livre dans son emballage et le déposa au sol, près du corps de son propriétaire.

Delestran avait reconnu Pauline, la technicienne de scène de crime à la compétence reconnue et appréciée de toute la PJ parisienne. Ils avaient fait l'école de police ensemble. Elle lui avait tout appris sur les cadavres. Cette femme délicate au teint hâlé, aux longs cheveux noirs et soyeux, faisait parler les morts. Il est vrai que, assistant à une soixantaine d'autopsies par an, elle les voyait de l'intérieur, dans l'intimité la plus déstabilisante. Elle en parlait toujours avec passion, ce qui pouvait surprendre.

Delestran était heureux de la retrouver. Ils avaient quelques histoires en commun qu'ils gardaient secrètement pour eux sans avoir besoin d'en reparler systématiquement comme le font parfois certains anciens combattants n'ayant plus rien de nouveau pour alimenter leur nostalgie. Beaumont et lui avancèrent de quelques pas pour aller à sa rencontre. C'était aussi une façon de ressortir du périmètre pour y rentrer quelques instants plus tard avec un regard neuf.

En attendant le légiste, pour ne pas avoir à répéter deux fois la même histoire, Delestran proposa à Pauline de poser ses affaires sur le banc face au bassin et de faire les photographies de la vue d'ensemble. Ils en profitèrent pour échanger quelques mots, pour parler de tout et de rien. Les deux femmes se connaissaient depuis peu. Victoire avait même été baptisée par Pauline en salle d'autopsie. Elle avait reçu par la suite les clichés la montrant revêtue d'une tenue verte acidulée avec charlotte et masque de protection devant la table en inox, un souvenir qu'on ressortirait un jour, en fin de carrière.

Pendant que la technicienne disposait méthodiquement ses cavaliers jaunes et numérotés sur les lieux du drame, Beaumont passa un coup de fil. Communiquant le numéro de téléphone précédemment relevé à Mitch, elle lui demanda de faire au plus vite une recherche d'identification du titulaire de la ligne. Delestran la regarda faire, heureux de cette initiative, elle ne perdait pas de temps.

Pauline revêtit des gants translucides, se dirigea vers la tache de sang avec deux écouvillons pour en effectuer un prélèvement. Delestran se sentit subitement inutile. Pour se donner un peu de contenance, il se rapprocha également du rebord du bassin, plongea son regard dans le fond pour en évaluer la profondeur. L'eau saumâtre ne laissait rien entrevoir. Il croisa simplement son image auréolée de ciel bleu avec quelques nuages sombres ayant fait leur apparition dans le miroir de l'eau. Il repensa à Balzac. Il se revit plus jeune, en Valentin, mais l'image intraitable lui renvoyait une silhouette vieillie aux contours informes, peut-être semblable à l'antiquaire.

Il fallut attendre encore quelques minutes avant l'arrivée du médecin légiste. Pas la peine de faire les présentations ou de se lancer dans des conversations oiseuses, tout le monde se connaissait, savait ce qu'il avait à faire. La recherche des causes d'un décès était un travail collectif réunissant pratiquement toujours les mêmes acteurs. Des affinités se créaient, parfois même de la complicité, et le docteur Renaud faisait partie de la famille. Delestran ne lui donna aucune indication. Ils étaient convenus de cette façon de faire, il y a déjà fort longtemps. C'était un garde-fou, une façon de rester le plus efficace possible en cantonnant chacun dans son domaine de compétences. L'échange d'informations ne devait pas avoir lieu avant, au risque d'influencer le légiste dans ses constatations. Il ne devait pas chercher à valider ce qui avait été supposé par les policiers. Bien au contraire, il devait avoir un regard neuf et agir en conséquence. Ce n'était qu'à l'issue de l'examen du corps que chacun ferait part à l'autre de ses observations, qu'une hypothèse serait élaborée, avec des certitudes, des éventuelles incohérences et des éléments à rechercher par d'autres moyens. Cette synthèse serait matérialisée par un appel au procureur de la République, qui déciderait de la suite à donner.

Bien entendu, en raison du lieu, ouvert au public, et par respect pour le défunt, il n'était pas question de procéder à un examen complet en mettant le corps à nu. La venue du légiste se justifiait également par le fait qu'il était important pour lui de prendre en compte l'environnement dans lequel le cadavre avait été découvert.

Le docteur Renaud sortit de sa mallette des gants, un mètre, une sonde thermique, une lampe, une paire de ciseaux, une règle et un document qu'il remit à Delestran avec un clin d'œil complice. Curieuse, Beaumont se rapprocha et constata qu'il s'agissait d'un nomogramme de Henssge. Elle ne connaissait pas le nom de ce diagramme mais elle savait que les trois entrées, températures du cadavre et ambiante, poids du corps et échelles correctives, permettaient par un recoupement de données de déterminer non seulement le délai post-mortem mais également la marge d'erreur. Voyant la surprise de sa collègue, Delestran lui précisa que c'était un petit rituel avec le docteur Renaud. Il lui avait appris à se servir de l'abaque. Le maître soumettait ainsi l'élève à l'épreuve pratique, comme s'il s'agissait d'un jeu entre eux. Delestran allait en faire la démonstration à celle qui, un jour, prendrait sa place.

Le docteur Renaud s'approcha du défunt, vérifia la rigidité cadavérique en différents endroits, puis le mesura et estima son poids. Il retourna le corps avec l'aide de Delestran pour observer la plaie à l'arrière du crâne. Il écarta soigneusement les cheveux pour l'examiner de plus près, demanda au commandant de tenir sa lampe et de diriger le faisceau vers la zone tuméfiée. Après en avoir mesuré l'étendue, il prit vigoureusement l'arrière du crâne à pleines mains pour palper du bout des doigts la zone de contusion. On devinait une zone molle tout autour de la plaie. On vit apparaître un plissement douloureux sur le visage du légiste. Après un petit temps de réflexion, il adressa un signe à Delestran pour retourner le corps à nouveau. Méthodiquement, il examina successivement les mains, la gorge, les oreilles, la face, avec une attention particulière pour les yeux, le nez et l'intérieur de la bouche. Les gestes étaient sûrs mais délicats. On le regardait faire, en silence, les têtes inclinées vers le bas, guettant la moindre réaction. La mise à nu serait effectuée ultérieurement, dans un lieu plus approprié, mais il fallait tout de même s'intéresser aux zones de prise, de maintien et de défense par un déshabillage partiel. Le légiste déboutonna le pardessus élimé, remarqua également l'absence du bouton supérieur. Delestran l'aida à faire pivoter le corps sur les flancs afin de libérer les épaules et favoriser le passage des manches qui étaient particulièrement encrassées, marquées d'un gris virant au noir. Une cordelette faisait office de ceinture. Le légiste ne chercha pas à défaire le nœud. D'un coup sec, il coupa le lien avec ses ciseaux. Pour gagner du temps, en raison d'un tricot de corps sous la chemise, le légiste décida de couper les deux épaisseurs de tissu de bas en haut sur toute la poitrine puis le long des membres supérieurs. Très intéressé, Delestran se rapprocha. Ses yeux prirent une expression de stupeur lorsque le légiste écarta l'ensemble des morceaux de tissu, mettant les chairs à nu. Il n'avait jamais vu une telle blessure : un bras défiguré par l'absence d'un morceau de chair, le biceps était manquant. Sur le flanc droit, une large plaie faisait écho à ce bras atrophié. Le légiste observa longuement ce qui s'apparentait à une vieille blessure de guerre en testant l'élasticité de cette seconde peau de cicatrisation. Elle était d'aspect similaire à celle qu'on retrouve chez les grands brûlés. Peut-être l'homme avait-il fait l'objet d'une greffe ? C'était une vilaine cicatrice dont la vue indisposait le regard, même celui d'un professionnel aguerri. Contrairement aux idées reçues, le médecin légiste n'était pas que le médecin des morts. Il lui arrivait de voir des vivants bien plus souvent qu'on ne le pense, des victimes pour établir un certificat médical descriptif de blessures, mais également des demandeurs d'asile politique, quand, sur demande des autorités, il était chargé de s'assurer de la véracité de leurs déclarations relatives à des actes de torture. Le docteur Renaud pouvait tenir un catalogue de la barbarie humaine selon les régions du monde. Il en connaissait un rayon sur l'ignominie que certains hommes pouvaient infliger à leurs semblables. Il se releva pour prendre de la hauteur, mais surtout pour inspirer profondément avant de livrer ses premières observations :

– Sale blessure ayant nécessité une longue et complexe réparation. Il faudra voir à la radio, mais je ne serais pas surpris que votre homme présente des broches à l'humérus, enfin... à ce qu'il doit lui en rester. Une blessure par balle sans aucun doute, avec une ré-entrée du projectile au niveau du thorax. C'est caractéristique des blessures de guerre et de la puissance des munitions utilisées. Le projectile est entré vraisemblablement sur la face postérieure du biceps en arrachant toute la chair, puis, avec sa vitesse de rotation, il a fait un ricochet sur l'os en le désagrégeant avant de pénétrer à nouveau dans le flanc droit. Votre homme a eu de la chance : son humérus lui a sauvé la vie. Il a modifié la trajectoire du projectile, épargnant ainsi les zones vitales. La médecine de guerre est capable de faire des miracles, éviter l'amputation dans un premier temps, puis tenter de reconstituer lentement ce qui fut, tant bien que mal, surtout pour celui qui a survécu.

– Elle date de quand, cette blessure ? lui demanda Beaumont.

– Elle est ancienne, difficile à dater mais pour vous donner un ordre d'idée, je dirais entre dix et trente ans. En plus, il n'est pas tout jeune, donc plus proche de trente que de dix. En tout cas, elle a été prise en charge comme il fallait. Nul doute que votre homme a bénéficié de ce qui se faisait de mieux à l'époque en matière de chirurgie, sinon il aurait perdu son bras.

Delestran ne disait rien mais son visage était marqué par un profond effort de mémoire. Il se souvenait d'un nom ayant fait les gros titres des journaux, un nom étrange, devenu du jour au lendemain – par la mort héroïque de quelques-uns partis loin de chez eux sauver d'autres hommes – un nom que beaucoup connaissaient sans bien savoir. Ça pouvait correspondre. C'était en mai… il venait de fêter ses quinze ans… ça l'avait marqué. Et depuis, tout le monde ou presque, avait oublié : Kolwezi. Se méfiant de sa mémoire, il vérifierait avant d'évoquer ce nom chargé d'histoire devant ses collègues. Il sortit de ses réflexions :

– Intéressant, ce que vous nous dites, docteur. On a quelques éléments qui viennent étayer vos observations. Je vous en parlerai après, mais je vous laisse terminer. Allez-y, continuez.

– Mis à part cette blessure, que vous dire d'autre ? Il a pris un sacré pète au casque, votre homme. L'occipital et le pariétal sont brisés sur la zone d'impact. Une chute en arrière sur le rebord du bassin est tout à fait compatible. Je me doute de votre question. Est-ce que ce choc a causé la mort ? C'est possible, il faudra voir les dégâts à l'intérieur. Il doit y avoir un bel hématome. Ça m'étonnerait que votre homme soit mort par noyade. On verra si on retrouve de l'eau dans les poumons. Fracture du crâne, sûr. Il y a un petit écoulement de sang dans le pavillon de l'oreille droite. Le visage est légèrement cyanosé, il y a eu détresse agonique, une mort assez rapide cependant, quelques minutes. Le choc a dû être violent, normal quand on tombe de tout son poids en arrière, surtout sur cette zone du crâne. Cette fois-ci, il n'a pas eu de chance. Si vous me passez l'expression, il ne pouvait pas tomber mieux. Vous avez vu comme moi l'arrachement du bouton de son manteau au niveau du col. Vous n'avez pas retrouvé de bouton ?

– Non, fit Delestran en regardant ostensiblement le bassin.

– Vous pouvez le faire vider ? Vous allez peut-être y découvrir des petits trésors, et pourquoi pas le fameux bouton. Mais logiquement...

Le légiste ne termina pas sa phrase. Delestran était d'accord. S'il avait été arraché sur place, ils auraient dû le retrouver au sol. Il n'y avait aucune raison pour qu'il soit dans le bassin, sauf à y avoir été jeté par la suite. Et puis, cet arrachement était peut-être ancien. Ce serait même une drôle de coïncidence de perdre un bouton juste avant de mourir. Pourtant, le légiste jeta un trouble dans l'esprit de Delestran.

– Pour le reste, je n'ai pas de lésion traumatique sur les zones de prise, de maintien ou de défense. Cependant, au niveau de la partie transversale du cou, j'ai deux petites dermabrasions, vraiment très légères, mais symétriques. Vous voyez, là, ces deux petites rougeurs, au niveau du col, un frottement, mais rien de digital.

Évidemment, tout le monde pensait à une empoignade avec une mauvaise chute à la clé, une algarade entre clochards comme il en arrive parfois avec des conséquences dramatiques, mais ce n'est pas ce qui laissait Delestran perplexe.

– Bon, voilà tout ce que je peux vous dire en l'état. Ce n'est que partiel, on en saura plus avec l'autopsie. Je vais prendre la température et j'en aurai terminé.

– Et d'après vous, docteur, il picolait ?

– On peut le penser. On a une déshydratation évidente de la peau avec quelques éruptions cutanées et des papules. La rougeur de la peau, sur le visage et au niveau des articulations, c'est caractéristique. La consommation régulière d'alcool provoque une inflammation des tissus corporels, elle dilate les vaisseaux capillaires. Donc oui, sans aucun doute. Je ne serais pas surpris de tomber sur un « joli » foie de canard quand on l'ouvrira. Vous voulez un prélèvement sanguin tout de suite ?

– Ça peut attendre à l'autopsie ?

– Oui, sans aucun problème.

– Bon, ça attendra. Allez, docteur, j'attends vos chiffres.

L'écran de la sonde thermique indiquait une température corporelle de 22,3 °C. Quelques instants plus tard, la température de l'eau était mesurée à 9 °C. Le légiste ayant évalué le poids du corps à 75 kg, Delestran se mit au travail en prenant place sur le banc pour disposer d'un meilleur appui. Il traça successivement deux droites sur le nomogramme de Henssge, puis chercha l'intersection avec la courbe correspondant au poids. Il nota son résultat, recommença pour être sûr de lui, et l'énonça à haute voix.

– Un délai post-mortem de onze heures avec une précision d'une heure trente. Il est 10 heures, donc ça nous fait une mort entre 21 h 30 et 00 h 30.

Delestran parut déçu.

– Ça fait large quand même ! Trois heures…
Bon, par contre, docteur, vous vérifiez ?

– Ne vous inquiétez pas, je ferai le calcul
à l'IML. Je l'indiquerai dans mon rapport en
ayant complètement oublié le vôtre.

Pendant que la technicienne de l'identité
judiciaire enveloppait les mains du cadavre
dans deux enveloppes de papier kraft
pour éviter les souillures, Delestran donna
quelques instructions aux effectifs de police-
secours. Le ton était directif mais pas
autoritaire.

– Bon, les gars : je vais avoir besoin de
deux ou trois petites choses. J'aimerais voir
le gardien du parc, si vous pouvez aller me le
chercher, ce serait bien. Ensuite, il faudrait
aller prendre contact avec la requérante,
deux mots, trois lignes en mentions termi-
nales sur votre saisine. Enfin, vous pouvez
appeler les pompes funèbres, je vous prépare
les réquisitions, direction l'IML.

Le brigadier répartit les rôles de l'équipage
et revint vers Delestran.

– Alors, commandant, vous en pensez
quoi ? Ça sent la chute fortuite du clochard
alcoolisé, c't'histoire.

– Vous avez fait l'armée, brigadier ?

L'homme marqua son étonnement à cette
question qu'il n'avait pas vue venir.

– Euh… Oui, pourquoi ?

– Vous vous souvenez certainement des longues cérémonies où ça tombait dans les rangs ?

– Ah oui ! Ça, je m'en souviens. Parfois c'était violent. Le pire, c'étaient ceux qui étaient au premier rang : personne en face pour amortir la chute. Ça faisait un bruit sourd !

– Et vous avez déjà vu un soldat tomber droit comme un « i » en arrière ?

– Pas que je me souvienne, c'est vrai. Vous croyez que...

– Je ne crois rien. Mais il va falloir qu'on m'explique comment, en tombant en arrière, le corps a pu basculer en plus dans le bassin.

Au même instant, Delestran vit une lueur dans les yeux de Beaumont et un sourire complice.

– Oui, c'est vrai. Ça paraît étrange...

– Je ne vous le fais pas dire... C'est vous qui vous chargez de la requérante ?

– Oui, dès que les pompes funèbres auront enlevé le corps. Pourquoi ?

– Je serais curieux de savoir la raison du 20 h 48.

– Vous pensez qu'il y en a une ?

– Certainement.

– Par rapport à l'enquête ?

– Pas forcément. Mais elle doit avoir une bonne raison d'avoir insisté sur cet horaire.

– OK, je vous dirai. Je vais faire le curieux à votre place.

Delestran mit fin à la conversation. Le légiste, qui avait remballé ses effets, attendait le commandant près du banc pour appeler le parquet.

Le magistrat s'était successivement entretenu avec Delestran et le légiste pendant une dizaine de minutes. Il avait validé la nécessité de poursuivre les investigations dans le cadre de l'article 74 du Code de procédure pénale pour rechercher les causes de la mort avec, probablement par la suite, l'ouverture d'une information judiciaire. Pour lui aussi, les circonstances du décès étaient « étranges ». L'autopsie était programmée pour le lendemain matin. En attendant, il fallait mettre une identité sur cet inconnu. Pour une fois, Delestran était optimiste. Cet homme avait une histoire, jusque dans sa chair. Il avait donc des éléments pour orienter ses recherches, notamment chez les militaires. On ferait également une enquête de voisinage auprès des vagabonds, mot choisi par Delestran, et des commerçants du quartier. L'inconnu ne devait pas l'être pour tout le monde. Il était convenu de se rappeler en fin de journée pour faire le point. « À part ça ? » lui avait demandé le substitut du procureur. C'était une formule habile, sans consistance, une fausse invitation à changer de sujet, signifiant davantage la volonté de mettre un terme à la discussion. Que dire ?

Qu'il y avait aussi ces trois disparitions inquiétantes, dans lesquelles, démuni de fil à tirer, il se sentait englué ? Comme l'affaire avait été confiée à un juge d'instruction, son interlocuteur devait ignorer l'existence de ces disparitions. Alors, il avait simplement répondu : « Rien qui vous concerne, monsieur le substitut. »

3

La silhouette du légiste s'éloigna dans l'allée centrale du jardin des Tuileries. Delestran resta un moment immobile à observer ce corps étendu devant lui. La confrontation avec un cadavre lui donnait toujours une sensation de vertige. C'était difficile à accepter, cette réalité, la dépossession d'un être devenu subitement une chose, un objet susceptible d'être déplacé. La vie s'était effacée, faisant place à un long processus de dégradation qui conduirait au néant. Devant la mort, la vie était finalement peu de chose et, pourtant, c'était tout. À trop y penser, on pouvait devenir fou ; mais à l'ignorer également.

Delestran n'était jamais indifférent à tous ces êtres défigurés par la mort mais il savait maintenir une distance. Curieusement, il était davantage intrigué par l'histoire de cet homme que par les causes suspectes de sa mort. Sans comprendre véritablement pourquoi, il sentait poindre en lui le germe d'une forme d'admiration. Peut-être en raison de l'éducation qu'il avait reçue dans un lycée militaire, au décès de sa mère ? C'était confus. Il était rare qu'il se laisse ainsi remuer. En fixant une dernière fois le visage de l'inconnu, il essayait de l'animer par l'imagination. La première scène qui lui vint à l'esprit fut celle d'un homme abandonné par les autres, lisant sur un banc, à l'écart du monde. Les gens de la rue ne faisaient pas semblant, ils ne trichaient pas, n'avaient plus à paraître ou à séduire qui que ce soit, il leur fallait survivre. La lecture était peut-être un moyen de subsistance, une façon de ne pas tomber dans l'oubli en gardant sa dignité pour cet homme manifestement instruit. Le regard était vide, mais Delestran devinait ses pupilles frétiller sous l'éclairage des mots, ses lèvres se mettre en mouvement par intermittence et sa main, redevenue ferme, notant une jolie phrase, une phrase qui claque sa belle évidence. Il lui fut plus difficile de se représenter ce corps au combat, trente ou quarante ans plus tôt, dans la fleur de l'âge, les muscles saillants et froids comme l'acier, livrant bataille jusqu'au sacrifice. C'était lointain, obscur, et pourtant, sa blessure témoignait de son engagement. Cet homme avait fait la guerre. Peut-être avait-il tué d'autres hommes et perdu des camarades ? Il y avait jusque dans sa dépouille la droiture de toute une vie. Ce n'était pas une intuition mais une impression. Des images plus ou moins floues se succédaient dans sa tête au gré des suppositions. Rien de précis, du kaki en mouvement, des tirs, un hurle-ment et un grand silence ensanglanté, puis plus rien. Le vide.

La sonnerie du téléphone de Beaumont le fit sursauter. Elle se mit légèrement en retrait pour prendre l'appel.

– Oui, Mitch. Je t'écoute.

Delestran n'entendait que la moitié de la conversation mais la suivit par l'intermé-diaire de la voix de Beaumont. Il lisait de l'étonnement sur le visage de sa collègue.

– Et c'est quoi, cet organisme ?

Elle acquiesçait de la tête au fur et à mesure des explications.

– Tu es sûr de toi, Mitch ? C'est curieux quand même ! Pourquoi les aurait-il contactés ?

Beaumont fronça les sourcils. Elle semblait réfléchir.

– Non. Non, ne les appelle pas. On ne sait pas pourquoi il était en contact avec eux. Donne-moi l'adresse. Mieux vaut qu'on se rende sur place. Tu connais le commandant et sa manie d'aller chez les autres, dans leur environnement, pour y faire son curieux. Attends ! Je prends de quoi écrire. Vas-y : envoie.

Beaumont nota la réponse sur son bloc-notes.

– Merci, Mitch, j'en fais part au chef et on te tient au courant. À plus.

Sitôt l'appel terminé, Beaumont se rappro-cha de Delestran.

– Commandant, tu connais le CNAOP ?

– Non, c'est quoi cet acronyme ?

– Le Conseil national pour l'accès aux origines personnelles. C'est ce qui correspond au numéro de téléphone qu'on a découvert. De ce que m'en a dit Mitch, cet organisme permet aux enfants « nés sous X » d'obtenir des renseignements sur leurs origines et parfois de retrouver leur mère biologique. La procédure paraît relativement simple : si la mère décide de lever le voile sur son identité, elle communique ses informations au CNAOP, mais cet organisme ne les communique pas automatiquement à l'enfant. C'est à lui d'en faire la demande. S'il ne demande rien, la mère aura beau avoir levé le voile, il n'en saura rien. Mitch a été voir sur leur site, il paraît que tout y est très bien expliqué.

Il fallut un peu de temps à Delestran pour prendre la pleine mesure de ces informations.

– Tu en penses quoi, commandant ?

– Je ne sais pas. Je vois difficilement un homme d'une soixantaine d'années entreprendre des démarches sur ses origines pour retrouver sa mère. Ça lui ferait combien ? Minimum quatre-vingts ans...

– Ça se pourrait.

– Oui. Pourquoi pas, après tout ?

– Mieux vaut tard que jamais.

– Je suppose que Mitch t'a donné une adresse.

– Oui, l'organisme est situé dans le 7e, juste en face des Invalides, 14 avenue Duquesne.

Delestran se tourna vers la Seine. Il voyait briller le dôme doré des Invalides. C'était de l'autre côté, pas si loin.

– Bon, je pense qu'on ira leur rendre une petite visite dans l'après-midi. Qu'est-ce que tu en penses, Victoire ?

– Comme toi, commandant. Tu as vu le film *36 Quai des Orfèvres* ?

– Non, je dois être un des seuls flics à ne pas l'avoir vu.

– Tu devrais. Il est vraiment bien. À un moment, il est dit : « Être flic, c'est s'embarquer pour nulle part avec l'intention de s'y perdre. »

– C'est pas faux ! Se perdre, mais pour mieux se retrouver, en tout cas pour les plus chanceux d'entre nous !

– Tu t'es perdu, toi, commandant ?

– Oui, ma petite Victoire, souvent. Si tu ne te perds plus, c'est même là que ça devient dangereux. Être perdu, c'est redevenir vigilant, car on voit de drôles de trucs quand même... Percer les petits secrets de la nature humaine, ce n'est pas donné à tout le monde ! Faut être capable de voir ce qui s'y dissimule et surtout savoir se retirer à temps... Le plus important dans notre job, c'est quand même de rentrer à la maison.

Beaumont aimait bien quand Delestran se faisait paternaliste. Il n'y avait pas d'aigreur ni d'usure et encore moins une envie de donner des leçons. Chez lui, ça sonnait juste. Une vraie épaisseur d'homme. Elle lui désigna le cadavre :

– Et lui, tu crois qu'il s'est perdu ?

– Il y a des chances. Mais je ne pense pas qu'il se soit laissé aller à se perdre complètement. C'est un joli « voyageur de l'immobile », expliqua-t-il en mimant les guillemets avec ses doigts. Il faudra que je te donne des bouquins à lire. Tu verras, Simenon, ce n'est pas la même époque que Marchal, mais c'est aussi très, très bon. Puissant, même ! Et puis, c'est une époque définitivement révolue, pas de risque de confusion.

Il adressa à ce moment-là un clin d'œil à sa collègue.

– Bon, qu'est-ce qu'ils foutent les pompes funèbres ? Parce qu'on a un peu de travail quand même. Moi, j'ai bien envie de lui mettre un nom et de savoir comment il est mort. Tu peux prendre l'appareil-photo numérique dans la sacoche ?

– Oui. Qu'est-ce que tu veux faire ?

– Je vais solliciter tes talents de mise en scène. Tu peux prendre une photo de son visage ? Tu essaies de faire un truc propre, laissant supposer qu'il est vivant. Tu te débrouilles comme tu peux. Ça nous sera utile pour l'enquête de voisinage.

– Tu veux leur montrer la photo du mort ?

– Pourquoi pas ? Si ça peut nous aider à mettre un nom.

Prendre un mort en photo, c'était la première fois que cela lui arrivait. Après plusieurs essais, Beaumont montra l'écran à Delestran.

– Très bien. Tu l'as presque ressuscité ! Ça fera l'affaire.

Pour patienter, Delestran s'écarta, fit le tour du bassin en repassant devant le tigre tenant dans ses griffes le crocodile, s'engagea dans une allée en laissant Beaumont avec le cadavre. Il alluma une cigarette, balaya l'horizon en cherchant un point fixe pour accrocher son regard. Dans le fond de l'allée, un couple de jeunes mariés chinois prenait la pose. C'était devenu à la mode. On en voyait un peu partout dans Paris, quel que soit le temps, par grand froid ou sous la canicule ; parfois même sous la pluie. Les Chinois venaient immortaliser leur amour loin de chez eux. C'étaient toujours les mêmes tenues et les mêmes poses ; rien de finalement très original. Du noir et du blanc qui finiraient dans un rectangle de papier glacé encadré.

En reculant légèrement pour entrevoir une entrée dissimulée par un arbre, Delestran manqua de tomber en arrière. Il s'était pris les pieds dans le filin protecteur tendu à quinze centimètres au ras du sol. Il n'avait pas vu qu'il se trouvait sur la bordure de l'allée, qu'une frontière matérialisée par un fil protégeait le vert du gazon. Sur sa gauche, il vit apparaître au loin les uniformes de ses collègues, encadrant un homme qu'il identifia comme étant le gardien à sa tenue de travail plus claire. Ils cheminaient vers lui.

Alerté par les policiers qui lui avaient demandé d'accéder aux jardins, le gardien les avait ensuite aidés à sortir le corps de l'eau. Interrompu dans sa pause matinale, il avait délaissé son casse-croûte pour revenir sur les lieux, et ne semblait pas plus ému que cela. C'était un homme robuste, d'une cinquantaine d'années, aux cheveux drus grisonnants, avec un mégot au coin des lèvres. Il avait des mains burinées par le travail de la terre, légèrement noircies aux extrémités. Delestran ne fut pas surpris par la fermeté de sa poigne lorsque sa main serra la sienne. Il retrouvait la force tranquille des grosses bêtes tendres et maladroites de ses lointaines origines paysannes. C'était franc et sincère, ça faisait du bien. Des verres épais, fortement incurvés, agrandissaient des yeux immobiles par effet de loupe. Deux disques remplis de noir semblaient vouloir s'extraire de leurs cavités. On ne voyait qu'eux ; ses yeux. C'était déstabilisant sans être agressif. Conscient de la gêne que pouvait provoquer son regard modifié par l'optique, l'homme cherchait à en corriger les effets en évitant de croiser celui de son interlocuteur. C'était devenu un automatisme. Malgré lui, il était contraint à la fuite et finissait toujours par incliner la tête vers le bas avec résignation.

Delestran l'obligea à relever la tête en posant sa main sous son épaule, au niveau de son biceps. Là, il y avait de la matière.

– Bonjour, monsieur. Commandant Delestran, je travaille à la 1re division de police judiciaire. Je suis chargé de l'enquête pour établir les circonstances de la mort de cet homme que vous avez retrouvé ce matin dans le bassin. Comment vous appelez-vous ?

Le gardien fut un peu surpris par cette première question. Il répondit avec la tentation de baisser à nouveau les yeux, mais le contact physique établi par Delestran l'en dissuada.

– Bernard Giraudin.

– Vous le connaissiez, cet homme ? Vous l'aviez déjà vu dans le parc ?

– Monsieur Georges ? Ah oui, je le connaissais. On le voyait souvent. C'était un habitué du jardin.

Stupéfait, Delestran haussa le ton pour marquer sa surprise.

– Et pourquoi ne l'avez-vous pas dit à mes collègues ?

Le gardien regarda par terre, bredouillant sa réponse comme un enfant devant justifier une faute qu'il n'avait pas commise.

– Ben, parce qu'ils ne me l'ont pas demandé. S'ils me l'avaient demandé, je leur aurais dit, monsieur.

Delestran n'en revenait pas. Que pouvait-il lui dire ou lui reprocher ? Il se retourna vers le brigadier tout aussi surpris. Ben oui... il y avait parfois des évidences surprenantes chez les hommes de bonne foi qui pouvaient encore surprendre les flics expérimentés. Ils en sourirent conjointement.

– Monsieur Giraudin, donc je vais vous le demander. Vous connaissez cet homme, Monsieur Georges, c'est ça ? Qu'est-ce que vous pouvez nous dire d'autre ? Son nom, où il vivait, qui il fréquentait ; enfin, tout ce que vous savez.

– En fait, je ne sais pas grand-chose. On l'appelait Monsieur Georges, je ne sais pas pourquoi. C'était peut-être son prénom. C'était un habitué, il venait souvent les après-midi, toujours au même endroit, sur ce banc, là, à côté du bassin. Il passait deux ou trois heures à lire, puis il repartait sans rien dire.

– Depuis combien de temps ?

– Peut-être deux ou trois ans.

– Tous les jours ?

– Pratiquement, sauf quand il pleuvait.

– Il était seul ?

– Oui, toujours, je ne l'ai jamais vu avec quelqu'un.

– Vous savez où il habitait ?

– Non, mais je sais qu'il fréquentait l'église des Polonais.

– Des Polonais ?

– Oui, l'église Notre-Dame-de-l'Assomption qui se trouve juste à côté, rue Saint-Honoré. C'est un commerçant du quartier qui me l'a dit. Il paraît qu'il la fréquentait régulièrement. C'est une mission catholique polonaise qui est en charge de l'église. Peut-être qu'il était d'origine polonaise.

– OK, très bien. Hier, vous l'avez vu dans le parc ?

– Non, il n'y était pas.

– Vous en êtes sûr ?

– Oui, ça oui ! D'ailleurs, nous, on croyait qu'il était mort, parce que ça faisait une semaine qu'on ne le voyait plus, alors que d'habitude il venait tous les jours. Avec les collègues, on s'était fait une raison.

– Pour vous, c'était un sans-abri ?

– Je ne sais pas. C'est vrai qu'il était toujours habillé de la même façon et que ses vêtements étaient vieux et abîmés, mais ce n'étaient pas des loques comme celles de nos clochards qui viennent souvent dans le parc. Lui, il n'était jamais allongé sur les bancs comme les autres. Il était assis, toujours avec un livre dans les mains.

– Vous lui avez déjà adressé la parole ?

– Non, jamais.

– Même pas un bonjour ?

– Quand je passais devant lui, j'inclinais la tête, c'était pareil ; et lui me faisait également un signe en retour.

– Vous l'avez déjà vu ivre ou en train de consommer de l'alcool ?

– Vous savez, la consommation d'alcool est interdite dans le parc.

– Oui, je sais bien. Tuer un homme, c'est aussi interdit...

– Pourquoi, il a été tué, Monsieur Georges ?

– Pour l'instant, je n'en sais rien, mais ce n'est pas exclu. Alors, vous l'avez déjà vu boire ou être sous l'emprise de l'alcool ?

– Écoutez, comment vous dire... Oui, je l'ai déjà vu, il avait toujours avec lui un sac dans lequel il y avait une bouteille d'alcool, mais il buvait au verre, pas au goulot. Je l'ai vu faire plusieurs fois. Il remplissait son verre, le posait à côté de lui et remettait sa bouteille dans son sac. Ça pouvait passer pour un verre d'eau et il lisait tranquillement.

– Il buvait beaucoup ?

– Ça, je n'en sais rien. Peut-être une demi-bouteille. Mais, en tout cas, je peux vous dire qu'il repartait droit et que je n'ai jamais eu de problème avec lui. C'est pour ça que, malgré l'interdiction, je n'ai jamais rien dit ; et mes collègues, c'était pareil.

Delestran marqua une pause pour réfléchir. Il regarda par-dessus l'épaule du gardien, se frotta la bouche de la main en effleurant son menton.

– Monsieur Giraudin, vous dites que ça fait une semaine que vous ne l'aviez pas vu. Vous pouvez être plus précis ?

– Attendez que je réfléchisse. La semaine dernière, la dernière fois que je l'ai vu, c'était... mardi après-midi. Oui, mardi, il était là, comme d'habitude, là, sur le banc.

Delestran regarda sa montre pour vérifier la date du jour.

– Donc mardi 29 mars. C'est la dernière fois que vous l'avez vu ?

– Oui.

– Et cela ne vous étonne pas qu'il soit réapparu ce matin à l'ouverture de votre parc, flottant dans le bassin ?

– Si, bien sûr, mais qu'est-ce que j'y peux, moi ?

Les gros yeux du gardien se faisaient encore plus déroutants.

– S'il n'y était pas hier soir à la fermeture, comment expliquez-vous qu'il y soit à l'ouverture ?

– Ça, je n'en sais rien. Mais, vous savez, ce parc, c'est comme un morceau de gruyère. Même si les grilles sont fermées, tout le monde peut y rentrer facilement. Aux beaux jours, c'est souvent qu'on retrouve des clochards dormant sur les bancs, parfois même des fêtards viennent y finir leur nuit. Rien que là, vous voyez l'entrée vers le Louvre ? À côté de la grille, il y a un muret, eh bien croyez-moi, c'est facile de l'escalader. Sur chaque entrée

64

c'est pareil. On a fait mettre du grillage, ils nous l'ont saccagé, parfois même découpé. La nuit, tout le monde peut entrer ! J'ai fait remonter l'information à ma hiérarchie, mais bon, visiblement, cela n'a pas l'air de les préoccuper. Même qu'une fois, des petits malins se sont amusés à verser un baril de lessive dans le grand bassin. Avec le jet d'eau, il y avait deux mètres de mousse. Ils ont dû bien s'amuser, les saligauds. Nous, ça nous a donné du travail toute une journée pour tout enlever.

– Justement, on peut vider les bassins ?

– Non, il n'y a pas de système d'évacuation, il faut faire venir une pompe. Pourquoi ?

– Juste comme ça.

– Vous avez l'intention de vider le bassin ?

– Je ne sais pas, c'est possible. Bon, monsieur Giraudin, je vous remercie de vous être tenu à notre disposition. Le brigadier va prendre votre déposition sur son carnet de déclaration, cela vous évitera de vous déplacer à notre service. Je vais vous laisser nos coordonnées. Si vous apprenez des choses sur Monsieur Georges, tout ce qui nous permettrait de savoir qui il était et ce qu'il lui a pris de venir dans votre parc pendant la nuit, n'attendez pas qu'on vous le demande, appelez-moi.

– Très bien. Vous croyez qu'on l'a tué, Monsieur Georges ?

Le verbe « croire » agaçait toujours Delestran. Ça le braquait. Mais il s'empêcha d'exprimer sa crispation. Le gardien était manifestement affecté, prenant subitement conscience de la réalité du drame. L'emploi de « monsieur » accolé à son prénom supposé témoignait d'une forme de respect. Il était inutile de réagir vigoureusement à ce mot qui l'exaspérait tant.

– Franchement, je n'en sais rien. Je souhaite qu'il soit décédé de mort naturelle, mais il est possible que... Et tant que c'est possible, on enquête. Cela ne va pas être simple, on cherche à comprendre. C'est toujours comme ça, on se doit de chercher, au moins pour lui.

Le gardien dévisagea subitement Delestran, peut-être ému par son opiniâtreté. Il voulut dire quelque chose sans trouver ses mots. Il finit par lâcher un « merci ». Surpris par ce qu'il venait de prononcer, il baissa la tête, gêné.

Les employés des pompes funèbres finirent par arriver. Beaumont leur remit les deux réquisitions judiciaires qu'elle venait de rédiger, l'une pour le transport du corps, l'autre à l'attention du directeur de l'IML. Le corps de Monsieur Georges fut enveloppé dans une bâche mortuaire d'une blancheur immaculée, munie de poignées sur les côtés, son dernier écrin de dignité.

Delestran consulta sa montre au départ du chariot roulant, qui faisait crisser les graviers de l'allée centrale du jardin des Tuileries. Il était un peu plus de 10 h 30. Il interrogea Beaumont du regard. Elle acquiesça. Ils avaient le temps d'aller faire un tour à l'église avant de rentrer au service. Ils pouvaient même se permettre d'y aller à pied, histoire d'humer l'air du quartier qu'ils verraient sous un angle différent. De leur côté, les membres de l'équipe police-secours allaient prendre contact avec la requérante puis passeraient en début d'après-midi à la 1re division de police judiciaire déposer le procès-verbal de saisine.

Pour rejoindre l'église Notre-Dame-de-l'Assomption, place Maurice-Barrès, ils pouvaient longer le jardin des Tuileries sous les arcades de la rue de Rivoli puis tourner à droite dans la rue Chambon ou rejoindre la rue des Pyramides pour remonter le Faubourg-Saint-Honoré. Qui préférait-on rencontrer ? Des touristes de droit commun à la découverte de Paris, chaussures de marche, sac à dos et plan à la main, ou ceux d'un régime dérogatoire, plus aisés, se faisant déposer par leur chauffeur privé devant les riches vitrines ? Quand on était flic, on pouvait passer d'un monde à l'autre sans aucune difficulté. Les marques de luxe à l'aller, les arcades populaires au retour, Delestran valida le choix de Beaumont. À la sortie du parc, ils se dirigèrent vers la rue des Pyramides. Devant l'hôtel Régina, la statue de Jeanne d'Arc rutilait sous les premiers rayons du soleil. Pendant une quinzaine de minutes, ils marchèrent côte à côte, sans rien dire, nourrissant leur regard de petits détails façonnant l'atmosphère, jusqu'à ce qu'apparaisse la façade de l'édifice religieux surmonté de son fronton triangulaire et de sa coupole chapeautée d'ardoises grises. Elle ressemblait à la Sorbonne, en plus petit. Ils s'arrêtèrent sur la place pour avoir une vue d'ensemble. Les portes de l'édifice étaient largement ouvertes. Beaumont vit soudain le regard de Delestran se durcir. Un voile de gravité assombrit son visage. Il semblait si sérieux d'un seul coup.

Delestran n'y connaissait pas grand-chose, aux églises. Il évitait d'y mettre les pieds. Lorsqu'il y était obligé, il entrait toujours en dernier, se positionnait légèrement à l'écart dans le fond, à l'extrémité d'une travée. Il patientait en observant les visages, toujours les mêmes, pétris de douleur, éprouvait de la peine pour les enfants de chœur portant une croix bien trop grande pour eux. Lorsque l'atmosphère lui devenait trop pesante, il se mettait à compter les cierges, bougies, chandelles et autres veilleuses ; enfin, tout ce qui produisait une vraie lumière, jusqu'à retrouver celle du jour. Mais, cela, c'était une autre histoire...

Ils montèrent les marches pour entrer dans la pénombre de la nef et tenter d'y rencontrer quelqu'un qui puisse les renseigner sur Monsieur Georges.

Dans un angle mort à droite de l'entrée, une petite femme âgée vêtue modestement de sombre, la chevelure dissimulée sous un fichu coloré, se tenait debout, derrière un meuble vitrine comportant des bibelots à vendre. À son côté, sur une table, du café, du thé, une assiette de gâteaux secs et une corbeille de chocolats en papillote étaient à la disposition des visiteurs. Les enquêteurs s'approchèrent. Avec une application surprenante, la femme s'affairait à la bonne tenue de son échoppe, déplaçant et remisant un par un une multitude de petits objets, comme certains égrènent des perles pour passer le temps. Delestran se résigna à l'interrompre dans sa tâche :

– Bonjour madame. Je cherche le curé.

Elle manifesta une sorte d'indifférence, inclina cependant légèrement la tête, par courtoisie. Delestran se demanda si elle comprenait le français. Il répéta sa phrase en découpant chaque syllabe, puis lui posa la question.

– Oui, je comprends le français.

La petite voix fluette était teintée d'un accent des pays de l'Est.

– Le prêtre est dans la sacristie, il vient de dire la messe. Il n'est pas disponible. Mais la maison de notre Seigneur vous est ouverte.

La vieille femme se signa à l'invocation de son Dieu, puis retourna à son occupation.

Delestran baissa les yeux sur une multitude de cierges rangés par taille dans un coffret en bois compartimenté. Il n'était pas question de les compter. Il se rapprocha de la vieille femme en préparant son porte-cartes, baissa la voix pour ne pas l'effrayer.

– Excusez-moi de vous déranger à nouveau. Je suis de la police judiciaire. Commandant Delestran. Je voudrais voir monsieur le curé, c'est important.

Malgré la voix se voulant calme, la vieille femme tressaillit à la vue de la carte tricolore et surtout des mots « police judiciaire ».

Delestran se voulut rassurant.

– C'est important mais ce n'est pas grave. J'ai besoin d'un renseignement. Je pense que monsieur le curé pourra m'aider. Vous pouvez aller le chercher, s'il vous plaît ?

La vieille femme fit pivoter une planche de bois pour sortir de son repaire. Elle réajusta son fichu avant de prendre la direction du fond de l'église en longeant une colonnade et disparut derrière une lourde porte en bois qu'elle avait dû pousser à deux mains.

Les policiers patientèrent quelques instants. Pendant ce temps, Delestran fit plusieurs tours sur lui-même, la tête en l'air, sans rien y voir de précis si ce n'est la voûte. Il était toujours impressionné par le génie humain de la construction.

Le père Wenceslas se présenta comme le représentant de la Mission catholique polonaise officiant dans la maison de Dieu. C'était un homme imposant, d'une soixantaine d'années, calme et distingué. Il portait une tenue civile affichant une sobriété calculée, un pantalon en épaisse flanelle noire, une chemise gris anthracite avec un col romain, où on apercevait un petit rectangle blanc, et une veste noire portant une croix argentée sur le revers. Il parlait un français mélodieux, rythmé par l'inflexion tonique caractéristique de l'accent polonais, tombant presque toujours sur l'avant-dernière syllabe de chaque mot. Il ne parut pas surpris par la venue de deux policiers dans son église. Son regard impavide contrastait avec celui de Delestran, dans lequel on pouvait déceler une légère méfiance de circonstance. Le prêtre, devinant la réserve du policier, crut bon de préciser qu'en ce lieu, en 1842, s'étaient tenues les obsèques de Stendhal, ce qui prouvait la grande tolérance de son église à l'égard des incroyants ou, plus exactement, des croyants qui s'ignoraient, précisa-t-il avec une sorte d'espièglerie. Les présentations étant faites, le père Wenceslas enchaîna :

– Il n'est jamais trop tard, pensez-y. Mais je suppose que vous n'êtes pas venus jusqu'à nous pour vous repentir. En quoi puis-je vous être utile ?

Un léger sourire se dessina sur les lèvres de Delestran. Il appréciait la taquinerie de cet homme de foi.

– Monsieur le curé, commença-t-il, ne pouvant se résoudre à l'appeler « mon père », nous faisons, vous et moi, un bien étrange métier. Il nous arrive de recueillir de drôles de confessions qui nous éclairent sur la nature humaine et puis aussi, parfois, d'accompagner nos concitoyens dans leur dernière demeure. Voilà ce qui nous amène. Ce matin, un corps a été découvert dans le jardin des Tuileries, le corps d'un inconnu, et nous cherchons dans un premier temps à l'identifier.

Le prêtre prit un air affecté.

– Est-ce que, parmi vos fidèles, vous auriez un homme se prénommant Georges, un homme d'une soixantaine d'années, un homme, comment dire... aux allures de sans-abri, peut-être un ancien militaire ? D'après ce qu'on nous a dit, il fréquentait votre église.

Immédiatement, les policiers surent qu'ils avaient frappé au bon endroit. Le prêtre inclina la tête vers le sol avant de la relever, offrant ses yeux remplis d'effroi.

– Il faisait bien plus que la fréquenter. Il y habitait.

Devant l'étonnement des deux policiers, le prêtre raconta.

Georges Bernard était effectivement un ancien militaire ayant servi dans la Légion étrangère. Gravement blessé au combat en Afrique, il avait failli perdre son bras. Les médecins militaires l'avaient sauvé de l'amputation ; un vrai miracle. Même s'il ne pouvait plus participer aux opérations extérieures, la Légion étrangère ne l'avait pas abandonné, bien au contraire. Elle l'avait conservé dans son giron. Il était devenu instructeur et avait eu la charge, à la fin de sa carrière, d'apprendre le français aux jeunes engagés volontaires venus du monde entier. Il avait terminé au grade d'adjudant-chef et avait été décoré pour ses faits d'armes.

Le prêtre ne savait pas ce que l'adjudant-chef Bernard avait fait dans les premières années de sa retraite. Il ne devait pas être facile de revenir à la vie civile après trente années passées dans la Légion, sa seule famille, semblait-il. Il avait sombré, incapable de vivre normalement dans cette société qui lui était étrangère. Toujours est-il que, sur la recommandation d'une fidèle, il avait été recueilli par la Mission polonaise, environ trois ans auparavant. Il avait une petite chambre dans le bâtiment annexe, avait tenu à verser un loyer tous les mois, prenait ses repas avec les frères. Il avait fini par trouver sa place au sein de la communauté. Trois fois par semaine, il donnait des cours de français aux ecclésiastiques, ainsi qu'à certains fidèles, mais également aux plus démunis de la rue à qui il avait fini par ressembler un peu, forcément.

– Il ne participait pas à tous les offices, il était un peu vagabond de ce côté-là aussi, mais je puis vous assurer que c'était un homme fidèle et animé d'une bonne âme.

– Vous lui connaissiez de la famille, autre que la Légion étrangère ?

– Non, il n'en parlait jamais. Je pense qu'il n'avait plus personne.

– Et cette fidèle, celle qui vous l'avait recommandé ?

– Cela me gêne de vous en parler. Comment dire ? Enfin, vu votre métier, vous devez être habitué. Cette femme est, comment dire, une dame de galanterie, si vous voyez ce que je veux dire. Dieu est compréhensif, n'est-ce pas ?

– Si elle vous l'a recommandé, c'est qu'elle doit l'estimer et donc bien le connaître ?

– Oui, il me semble. En tout cas, elle avait énormément d'affection pour lui et je pense qu'ils se voyaient toujours.

– Cela vous dérangerait de nous donner son nom ? Au moins pour l'avertir.

– Elle s'appelle Nikolechka Zastevioska, mais on la connaît davantage sous le prénom de Nicole. Vous la croiserez en soirée, autour de la place de la Madeleine, dans sa vieille Audi, les warnings allumés, pour éviter de se faire verbaliser par vos collègues.

– Nicole ?

– Vous la connaissez ?

– Tous les policiers de Paris connaissent Nicole. Incroyable ! C'est, si vous me permettez l'expression, une sacrée bonne femme. Elle pourra aller au paradis, elle ! Je ne savais pas qu'elle fréquentait l'église, ni qu'elle était d'origine polonaise.

– Elle vient à toutes les messes du dimanche matin et parfois se recueillir en journée. Si vous pouvez éviter de lui dire que...

– Oui, bien entendu, monsieur le curé. Le secret de la confession... Je n'y manquerai pas. J'ai aussi une petite faveur à vous demander.

– Je vous écoute.

– Vous pourriez nous conduire à sa chambre ?

– Une perquisition ?

– Non, monsieur le curé, simplement une visite domiciliaire. Comme je vous l'ai dit, il y a une enquête, il faut qu'on s'intéresse à la vie de cet homme. D'ailleurs, vous connaissez sa date et son lieu de naissance ?

– Non.

– Voilà ! On pourra peut-être trouver dans sa chambre des documents qui nous permettent d'établir clairement son identité. Il faut qu'on prévienne l'état-civil et peut-être une famille. Ne vous inquiétez pas, nous établirons un procès-verbal. Vous serez présent et votre nom figurera sur l'acte que vous signerez en qualité de témoin.

Le père Wenceslas ne donna pas son accord immédiatement. Non pas qu'il fût inquiet de ce que les policiers pourraient découvrir, mais davantage par le fait qu'il avait enfreint le règlement en accueillant cet homme dans la communauté.

– Vous savez, Monsieur Georges n'occupait pas cette chambre de façon, comment dire… officielle. Son loyer, il le versait en liquide, mais n'y voyez aucun mal. C'est juste que le règlement… En plus, sa chambre, ce n'était pas une chambre, plutôt un réduit. J'ai presque honte de vous montrer cet endroit, même si Monsieur Georges ne s'en était jamais plaint, bien au contraire. Il se disait heureux d'avoir un endroit à lui pour vivre.

– Je comprends, monsieur le curé. Ne vous inquiétez pas. Nous aussi, les policiers, nous savons fermer les yeux quand il le faut.

– Bon, très bien. Dans ce cas, venez ! Suivez-moi !

Il fallut ressortir de l'église, emprunter la rue Saint-Honoré sur une trentaine de mètres avant de se présenter devant l'entrée du bâtiment faisant office de séminaire. Le père Wenceslas gravit les trois marches du perron, poussa la porte en bois massif, entraînant ses visiteurs derrière lui. Delestran ouvrit grand les yeux comme s'il découvrait une terre vierge secrètement gardée. Cela faisait partie des avantages de son métier, accéder aux coulisses des belles façades, voir l'envers des choses. La Mission catholique polonaise était constituée d'une vingtaine de religieux occupant un bâtiment s'élevant sur deux étages. C'était une petite organisation structurée et confinée dans le cœur de Paris, avec un dortoir au dernier étage, des salles de travail au premier et tout ce qui était nécessaire à la vie en communauté au rez-de-chaussée, dont, curieusement, un restaurant ouvert au public, permettant de récolter un peu d'argent. Au-delà du mobilier, des matériaux anciens et du caractère malgré tout solennel des lieux, les deux policiers furent impressionnés par l'atmosphère apaisante de l'endroit. Le silence semblait avoir de la consistance, il vous enveloppait comme un voile. Ils s'étaient même mis à chuchoter, par peur de déranger.

Le prêtre salua un jeune homme affairé à des tâches administratives derrière la vitre d'une loge puis emprunta un couloir. Au passage, Delestran ne put s'empêcher de jeter un coup d'œil furtif à l'intérieur des pièces dont la porte était ouverte. Des hommes en petits groupes s'entretenaient pieusement. Parfois, une salle était vide. Ils débouchèrent à l'angle du bâtiment sur un vieil escalier en bois aux marches usinées par les passages répétés. Les policiers s'attendaient à monter, mais le prêtre les guida au sous-sol. Cette fois-ci, les marches étaient en pierre. Il alluma la lumière qui dévoila des toiles d'araignée dans les encoignures des murs, au niveau des canalisations apparentes. Par réflexe, les trois visiteurs rentrèrent les épaules pour se faufiler dans un étroit couloir, entre deux murs de vieilles pierres. Ils passèrent devant une laverie, une salle d'eau, une pièce plus large faisant office de salle d'archives, puis arrivèrent devant une succession d'alvéoles, autrefois des caves. Monsieur Georges occupait la première.

– Voilà, c'est là... derrière cette porte. Mais j'ai peur que ce soit fermé.

Le prêtre actionna la poignée pour s'en assurer.

– Ne vous inquiétez pas, il me semble que j'ai la clé, lui répondit Beaumont.

Les policiers avaient conservé les effets découverts sur le mort, comme ils le font systématiquement, pour une remise ultérieure à la famille. La jeune lieutenant fouilla dans le sac en papier kraft rangé dans sa sacoche, sortit la clé. Elle la regarda en la comparant avec l'orifice de la serrure : cela pouvait correspondre. D'un mouvement de tête explicite, Delestran lui indiqua de procéder à l'ouverture. Le prêtre s'écarta, la clé pénétra parfaitement. Un seul tour permit de libérer le verrou.

C'était donc là que le mort avait vécu. Une ancienne cave réaménagée de dix mètres carrés environ, une tanière sans ouverture, si ce n'est une grille d'évacuation d'air au plafond contre le mur d'enceinte avec une sortie au niveau du sol dans la rue. Un simple lit, une armoire, un bureau avec une lampe et une ampoule au plafond. Mais ce n'était pas ces détails qui provoquèrent un choc à l'ouverture de la porte. Les yeux du prêtre et de Beaumont s'écarquillèrent devant la vision d'un phénomène ahurissant, car il s'agissait bien d'un phénomène. Delestran l'avait déjà rencontré à deux ou trois reprises, comme tous les flics au cours de leur carrière, lorsqu'une odeur insupportable contraint le voisinage à faire appel à la police, qui procède alors à la macabre découverte. Mais, là, il y avait une énorme différence. Il n'y avait pas de cadavre croupissant au milieu d'un amoncellement d'immondices, emballages alimentaires, prospectus, accumulés méthodiquement depuis des années en restreignant l'espace vital de l'occupant jusqu'à l'engloutir complètement. Non, il y avait bien une accumulation vertigineuse mais c'était propre, sain. Delestran n'en revenait pas. Cette fois-ci, en lieu et place du dégoût ou de la répulsion, ses yeux brillaient d'admiration. Cette vision effaçait toutes celles du passé.

Il donna quelques explications à sa collègue en jetant, par moments, un coup d'œil au père Wenceslas pour ne pas l'exclure de la conversation. Monsieur Georges était atteint du syndrome de Diogène dans une forme bien singulière. Son accumulation compulsive l'avait conduit, non pas à un appauvrissement dégradant comme on le trouvait habituellement, mais à un enrichissement aux yeux de Delestran. Le commandant leur raconta qu'il avait un jour fait des recherches et découvert sur Internet que ce phénomène était apparu pendant la guerre. Le manque obligeait les hommes à ne rien jeter, y compris leurs déchets pouvant être réutilisés. On le retrouvait de nos jours chez les grands oubliés de la société vivant dans l'indigence. Comprendre pouvait permettre de rendre moins pénibles certains phénomènes, de mettre une distance ou, plus exactement, de prendre de la hauteur. C'était un peu comme avec les autopsies, pour ne pas subir l'horreur de l'instant, il valait mieux essayer de comprendre comment cela marchait à l'intérieur.

Des livres, il y en avait partout, empilés les uns sur les autres, du sol au plafond, sur toute la longueur des cloisons, avec des ouvrages plus épais, entassés au pied des colonnes servant de contreforts. On aurait dit que Monsieur Georges avait tapissé les murs de sa chambre avec des livres. L'amoncellement formait un surprenant papier peint au motif compliqué, à vous faire tourner la tête. Bien entendu, il y en avait également sous le lit. Des livres comme une carapace, une enveloppe placentaire, dans un désordre patiemment organisé. Malgré le confinement, on se sentait enrobé dans une atmosphère protectrice.

Combien y en avait-il ? Des centaines, des milliers. Les avait-il tous lus ? Cela paraissait impossible. Tout grand lecteur compulsif avait sa PAL : sa Pile À Lire, une pile ne diminuant jamais, toujours alimentée, parce qu'elle était en quelque sorte à la lecture ce que le désir était au plaisir. Comment ces ouvrages étaient-ils arrivés jusqu'ici ? Delestran se tourna vers le prêtre :

– Monsieur le curé, cela fait combien de temps que Monsieur Georges occupe cette chambre ?

Sans s'en rendre compte, il parlait de lui au présent.

– Environ trois ans, commandant.

– Et vous ignoriez cette...

Delestran ne trouva pas de mot. Il désigna les livres d'un geste ample et vague.

– Je savais que Monsieur Georges lisait beaucoup, il avait toujours des livres avec lui. D'ailleurs, je vous rappelle qu'il était chargé d'apprendre le français à certains de nos fidèles. C'était sa mission dans la maison de Dieu. Maintenant, de là à m'imaginer une telle collection, un tel envahissement...

Delestran ferma les yeux un court instant pour prendre sur lui, s'empêchant de dire au religieux qu'il n'avait rien compris. Monsieur Georges n'était certainement pas un collectionneur, il épuisait le champ des possibles.

– Avec ma collègue, on va se permettre de jeter un coup d'œil. Je ne veux pas vous faire perdre votre temps, monsieur le curé, nous n'allons pas effeuiller chaque livre mais on va regarder dans ce qu'il reste, l'armoire et le bureau.

– Faites ce que bon vous semble, commandant.

– Tu prends l'armoire, je prends le bureau, proposa-t-il à sa collègue.

– OK, chef.

Delestran avança à petit pas en faisant attention où il mettait les pieds. Il inclina longuement la tête à l'horizontale dans un sens jusqu'à ressentir la pointe d'une brûlure dans la nuque, puis dans l'autre, pour découvrir les titres et les auteurs. Beaumont en fit autant de son côté. Une bibliothèque était comme un album photographique, « Dis-moi ce que tu lis et je te dirai qui tu es. » Difficile en quelques minutes de faire un inventaire, mais les enquêteurs se firent une impression. Aucun classement, beaucoup de romans, quelques essais, des biographies et des récits de voyage – principalement de la littérature classique –, des auteurs morts et quelques contemporains. Monsieur Georges n'était pas un adepte du genre policier. Il y avait tous les grands auteurs de la littérature française, mais également des étrangers, des Russes, des Anglais, des Américains, des Allemands, des Grecs et tant d'autres. Certains noms leur étaient totalement inconnus, d'autres leur évoquaient quelques souvenirs. Subitement, devant tout cet étalage, on se sentait un peu honteux de son ignorance.

Pourtant habitué à pénétrer dans l'intimité de la vie des gens, Delestran se sentit tel un intrus en avançant prudemment dans le petit espace pour atteindre le bureau. De son côté, Beaumont avait ouvert les deux portes de l'armoire, tandis que le père Wenceslas observait les deux policiers depuis le couloir.

Beaumont tomba sur la réserve du mort, une dizaine de bouteilles de cognac au bas du compartiment de la penderie. Quatre étaient vides sur une seule colonne à gauche, une bouteille entamée aux deux tiers était isolée au centre, tandis que cinq autres, pleines, à droite, étaient rassemblées sur deux rangs. Elle fit les poches des vêtements impeccablement pendus sur trois cintres sans rien y découvrir. Dans les étagères, tout était rangé au carré, les plis dans le même sens ; rien ne dépassait. On sentait la rigueur de l'ancien militaire, maniaque de l'ordre jusque dans le dépouillement. Le contraste était saisissant avec les piles de livres gisant tout autour. Finalement, chez un même homme, la rigueur intérieure pouvait cohabiter avec le désordre ambiant.

Au centre de l'étagère centrale, une boîte rectangulaire en carton vieilli attira le regard de Beaumont. Elle la sortit de l'armoire, la déposa sur le lit et souleva le couvercle. Elle contenait un béret vert enveloppé dans du papier de soie pour éviter que son feutre ne prenne la poussière, un livre de chants militaires traditionnels, quatre écrins avec des médailles, un livret militaire avec ce qui semblait être un ordre de libération et des photos du légionnaire Georges Bernard en treillis, tenue de parade, seul ou avec ses camarades. Beaumont n'y connaissait pas grand-chose, mais une photo retint son attention. Elle reconnut son mort au « présentez armes », en tenue de parade, couleur sable, képi blanc, épaulettes à corps vert et tournantes rouges, cravate verte et ceinture bleue. Il devait avoir une vingtaine d'années, un peu plus peut-être, un bel homme au physique agréable. La mâchoire serrée, le menton relevé, le regard franc et déterminé l'impressionnèrent. Les plis à l'ordonnancement parfaitement codifié de son uniforme lui donnaient une élégance particulière. Il portait beau, avait « de la gueule » en posant ainsi fièrement à côté d'un étendard vert et rouge où on pouvait lire « Honneur et Fidélité ». Il n'y avait aucun document concernant sa blessure. Dans son livret militaire, deux pages avaient été arrachées. Beaumont laissa l'ensemble de ces documents sur le lit à la disposition de Delestran, certainement plus avisé de ce qu'ils représentaient, car les gens de sa génération avaient fait leur service militaire.

Pendant ce temps, Delestran s'était occupé du bureau. Dans l'unique tiroir, il avait trouvé divers documents, parmi lesquels une carte d'identité. Il avait désormais une date et un lieu de naissance : le 17 mai 1942 à Bonneval dans l'Eure-et-Loir, et une adresse dans cette même ville. La pièce d'identité était périmée depuis une vingtaine d'années, l'intéressé n'avait pas jugé nécessaire de la refaire. Figuraient également des relevés de compte bancaires de la Banque postale, des papiers de la Sécurité sociale et un petit fourbi de choses sans importance. Malgré ses conditions de vie rudimentaires, Georges Bernard n'était pas dans le besoin. Ses relevés faisaient état du versement d'une pension, le 27 de chaque mois. On pouvait observer des retraits réguliers d'une centaine d'euros chaque fois, deux fois par semaine. L'alcool et les livres ?

Delestran se retourna vers le prêtre :

– Vous nous avez bien dit qu'il vous versait un loyer ?

Le père Wenceslas paraissait gêné.

– Oui, mais c'est lui qui a insisté. Nous, nous ne lui avons rien demandé. Il donnait des cours plusieurs heures par semaine, comme je vous l'ai dit, il était donc normal qu'on l'héberge. En plus, vous voyez, les conditions... On peut dire qu'il était le plus mal logé d'entre nous.

– Oui, mais cela avait l'air de lui convenir. Il vous donnait combien ?

– Trois cents euros.

– Trois cents euros ?

– Cela comprenait également le petit-déjeuner et le repas du soir, se justifia le prêtre, embarrassé.

Delestran conserva la pièce d'identité, remit en place les documents et referma le tiroir. Sur le bureau, il s'intéressa davantage à une pile de carnets, de différentes tailles, avec une couverture en carton coloré ou en moleskine. Il les avait repérés dès le départ. Par une sorte de superstition, consistant à se réserver toujours le meilleur pour la fin, il s'était d'abord concentré sur le contenu du tiroir. L'attente entretenue avait exacerbé sa curiosité. Sans savoir ce qu'il allait y découvrir, il s'empara des carnets avec l'intuition d'y lire les secrets d'un homme. Il les feuilleta un par un, une quinzaine au total, s'arrêta par moments, stupéfait par ce qu'ils contenaient. D'une écriture noire très resserrée, Georges Bernard avait soigneusement consigné ses notes de lecture, des petites phrases, parfois des passages de quelques lignes. Chaque carnet débutait et se terminait par une date, de telle sorte qu'on pouvait établir avec une relative précision la chronologie de ses lectures, des centaines par an. Une véritable anthologie de forçat-lecteur, l'œuvre monomaniaque d'un homme reclus dans les livres. En somme, ces carnets étaient la réduction de tous ces ouvrages éparpillés autour d'eux, un concentré à donner le vertige, même à un homme averti comme Delestran.

Un peu étourdi, il releva la tête lentement. D'un regard circulaire, il fit à nouveau le tour de la pièce avant de se fixer sur la grille d'évacuation d'air. Les yeux dans le vague, il réfléchissait. Est-ce que cela valait la peine ? N'était-il pas, lui aussi, en train de perdre son temps en accumulant des petits détails sur la vie d'un homme n'ayant, au bout du compte, aucun intérêt s'il s'agissait tout simplement d'un accident, d'une chute fortuite ? Le doute s'insinua en lui. Tout ça pour ça ? Il tâtonnait dans ses pensées, mais son goût pour la curiosité humaine, sa prétention à tout vouloir connaître de ses semblables, l'arracha à son indécision. C'était plus fort que lui, surtout avec un personnage aussi singulier que Georges Bernard.

Sur l'angle gauche du bureau restait une pochette cartonnée verte. Delestran ôta l'élastique et fit une autre découverte, tout aussi surprenante. Il écarta une brochure de renseignement émise par le CNAOP pour s'intéresser à une enveloppe timbrée adressée à

Monsieur Georges Bernard, 48, rue du Val-de-Loire, 28800 Bonneval, la même adresse que celle figurant sur la carte d'identité. À l'intérieur, une lettre datée du 15 janvier 2002 :

Mon cher Georges,
mon très cher et tendre,
J'espère que cette lettre te parviendra à temps, c'est ma dernière volonté. L'heure est venue pour moi de quitter ce monde malgré le combat que je mène depuis plusieurs années. Cette fois-ci, je ne m'en remettrai pas, le cancer m'emportera. Et pourtant, en t'écrivant cette lettre, il me semble retrouver un dernier souffle de vie. Mon cher Georges, je n'ai rien oublié de ce premier dimanche d'août, il y a quarante-cinq ans, en sortant de la messe, où j'ai croisé ton regard. Tu m'es apparu si subitement que ce fut un choc lorsque tu as posé sur moi tes yeux enveloppants de tendresse. Il y avait déjà tout dans cet instant : la magie de nos deux univers, totalement opposés, qui se sont télescopés en libérant des étincelles de liberté. Tu sortais du boulanger, avec des religieuses au chocolat. Tu vois, je n'ai rien oublié. J'ai adoré ta maladresse d'avoir laissé échapper tes gourmandises quand je t'ai souri, ton embarras en ramassant au sol le paquet tout froissé et, en te relevant, le

regard pur d'un homme sauvage deman-
dant pardon alors qu'il n'avait rien fait de
mal. C'était tout toi ! J'ai même eu l'im-
pression, à cet instant-là, que tu m'avais
tendu la main pour m'offrir le contenu de
ton petit paquet ficelé... Tout toi ! Nous
n'aurions jamais dû nous rencontrer,
mais, par un prodigieux hasard, la vie en
a décidé autrement avant de nous séparer
quelques semaines plus tard. Ces quelques
jours passés avec toi, dans ton monde si
éloigné du mien, à l'arrière de ta barque
en mouvement, sur les berges de ta rivière
dont tu connaissais le moindre remous,
dans ta cabane dissimulée dans le vert
du saule pleureur, étendus en pleine nuit
dans une prairie au milieu de nulle part
à regarder le ciel étoilé, et ton élégance, au
petit matin, lorsque tu me faisais la courte
échelle pour franchir le mur d'enceinte
de ma terrible forteresse familiale, non,
je n'ai rien oublié, rien ! Je peux le dire
aujourd'hui, ces deux semaines avec toi
ont été les plus heureuses de ma vie. Grâce
à toi, je peux affirmer que j'ai eu plusieurs
vies. L'une très confortable, longue et pai-
sible, entourée de ce qui m'a longtemps
semblé être de l'amour ; et une autre, la
tienne, la nôtre, si courte, dépouillée du
superflu, puissante et intense, déraison-
nablement enflammée comme seul le vrai
amour, finalement, peut en produire.

Ce n'est plus l'heure des regrets ou des remords. J'ai passé ma vie à regretter de t'avoir écrit cette lettre au creux de l'hiver où je te demandais « de ne plus écrire », avec cette étrange complicité que nous avions acquise dans la fureur de nos enlacements. Je ne me suis jamais aussi bien sentie que dans tes bras, protégée et libre malgré tout. Oui, libre ! J'ai été femme dans tes bras.

Il fallait être fous pour partager à ce point, si intensément, ce poème de Marceline Debordes-Valmore, « N'écris pas ». À croire qu'elle l'avait écrit pour que nous le vivions ! Le pire, ou le mieux, je ne sais pas, je n'ai jamais su, peut-être les deux, ensemble et séparés, comme le dit la chanson. Tu as respecté ma demande, tu n'as pas écrit. Je sais que cela voulait dire tout l'inverse. C'est tragiquement beau, c'est tout nous et les larmes me viennent comme autrefois, des larmes chaudes dans mon corps si froid.

Tu te souviens, on s'était dit qu'on se retrouverait à la maison de retraite ? Je sais que tu t'en souviens. Voilà, je ne vais pas tarder à prendre la retraite de ma vie. La maladie, une autre tragédie, nous enlèvera ce que nous aurions dû vivre ensemble, une retraite commune avant de mourir, comme une résurgence juste avant la fin.

Il y a désormais urgence. Si ce Dieu auquel je ne crois plus existe encore malgré tout, qu'il fasse que tu reçoives cette lettre à temps. Je vivrai en m'accrochant encore de toutes mes forces dans ce seul but. Vite, mon ange, viens me retrouver comme autrefois dans notre cabane. J'ai un terrible secret à te livrer, comme un acte d'amour. Je n'ai rien oublié de cette nuit que j'emporterai avec moi pour m'éclairer dans les ténèbres. Il faut que je te dise la raison pour laquelle je t'ai demandé de ne plus m'écrire. Car il y a une vraie raison, bien vivante, crois-moi. C'est un appel du cœur que je te lance, du cœur qui bat encore en pensant à toi. Viens, mon ange, j'aimerais tant te voir lorsque la lumière s'éteindra pour t'emporter avec moi.

Clinique Notre-Dame-de-Lorette, Paris 9ᵉ. Je t'attends. Viens vite.

Je joins à cette lettre la photo que tu avais prise de moi en redescendant du grand saule. Cette jeune femme qui fut moi t'attend, mon ange, pour te livrer son dernier souffle. Viens, viens vite !

Et c'était signé Mathilde.

Au fur et à mesure de la lecture, Delestran s'était rapproché du lit. Il avait fini par s'asseoir, assommé par le poids des mots. Après l'avoir terminée, il avait déposé la lettre sur la couverture, légèrement à l'écart, en tournant les deux feuillets vers Beaumont pour qu'elle en prenne connaissance. Lui ne pouvait rien dire. Il resta un long moment immobile, abasourdi, à regarder tout autour comme s'il cherchait à savoir ce qu'il y avait d'anormal. Rien ne pouvait le sortir de cet étourdissement momentané. Il fallait attendre que ça passe, comme le boxeur allongé au tapis après un coup à la pointe du menton ou en plein foie. En reprenant ses esprits, il s'aperçut que, dans cette chambre, il n'y avait pas de croix accrochée au mur.

Beaumont remit la lettre dans son enveloppe en repliant délicatement les deux feuillets. Elle semblait moins émue que Delestran par la lecture. Une autre sensibilité, certainement.

– Commandant ?

Elle le ramena parmi eux.

– Il manque quelque chose…

Delestran attendait la suite.

– La photo ? Vous l'avez trouvée ? Elle devrait être dans l'enveloppe.

– Oui, c'est vrai, il manque la photo.

– Faudrait pas qu'il ait eu l'envie de la cacher entre deux pages d'un bouquin, parce que, là, on va y passer du temps…

– Oui, et puis…

Delestran hésita.

– Est-ce bien nécessaire de la retrouver ? On ne sait toujours pas de quoi est mort notre ami.

Le mot avait été prononcé tout naturellement. Il n'avait pas choqué Beaumont. Il n'était pas rare qu'au cours d'une enquête on se sente proche d'une victime, d'un témoin, voire d'un criminel.

– Alors, qu'est-ce qu'on fait ?

– On place tout sous scellé. Comme cela, tout sera conservé en état.

Ils avaient encore fouillé pendant quelques minutes, sans grande conviction, en se marchant presque l'un sur l'autre. Le père Wenceslas avait observé la scène sans rien dire, feignant de dissimuler son agacement de n'avoir pas été mis dans la confidence du contenu de la lettre. Malgré cette frustration à peine masquée, il afficha un large sourire en les raccompagnant à la sortie du bâtiment. Il semblait soulagé, remercia les policiers pour leur visite en ajoutant, avec une bienveillance calculée, qu'ils seraient toujours les bienvenus dans la maison de Dieu. « Il n'est jamais trop tard », avait-il conclu. Agacé, Delestran répliqua qu'il reviendrait uniquement pour la dépose du scellé. Il le tiendrait également informé lorsque les funérailles pourraient avoir lieu.

La poignée de main fut ferme et froide.

En s'éloignant de l'édifice, Beaumont taquina Delestran.

– Vous avez un problème avec Dieu, me semble-t-il.

– Non, pas avec Dieu. Mais avec ceux qui sont censés le représenter.

– Ça s'voit ! Je pense que le père Wenceslas, malgré sa mine réjouie, l'a bien compris.

– Je n'ai pas été irrévérencieux, rassure-moi.

– Non. Ferme mais courtois, comme on dit. Un peu insistant quand même, lâcha-t-elle, l'œil espiègle.

– Puisqu'on sort d'une église, je vais te faire une confession.

Delestran prit un air grave.

– J'ai tendance à me méfier des gens excessivement gentils, cela cache toujours quelque chose.

Il consulta sa montre. 12 h 30. Il réfléchit un instant.

– Bon, je passe un coup de fil au service et je t'invite à déjeuner quelque part. Moi, ça m'a donné faim, cette histoire, pas toi ?

4

Ils avaient pris place dans une brasserie de la rue Saint-Roch. Malgré les indications du serveur, souhaitant les installer près de la fenêtre, Delestran s'était dirigé vers un angle mort, non pas dans le fond de la salle, mais dans la partie médiane. Il s'était adossé contre le mur. C'était sa façon à lui de se positionner, toujours face à un éventuel danger en ayant une vue d'ensemble. C'était une habitude, plus exactement un réflexe, celui d'un animal anticipant sans cesse la menace pour mieux la voir arriver et ne jamais être surpris. Ce qui pouvait passer pour de l'instinct n'était en fait qu'une histoire de conditionnement. Beaumont n'avait pas le choix, elle devait se contenter du long miroir horizontal juste au-dessus de l'épaule de son chef, ce qui offrait également de belles ouvertures d'angle. Elle voyait ainsi passer le contenu des assiettes dans les mains des serveurs, ce qui orienterait son choix sans avoir besoin de consulter le menu que venait d'ouvrir Delestran.

Quand le serveur se présenta, le choix était fait. Une bavette d'aloyau avec des frites et sans salade, précisa Delestran, accompagnée

d'une Leffe, puis une tarte au citron merin-
guée ; une salade périgourdine, un Coca et
une mousse au chocolat pour Beaumont.
En patientant, ils échangèrent leurs impressions sur les événements de la matinée.
Beaumont se limitait aux faits, tandis que
Delestran était plus enclin à évoquer la personnalité de Georges Bernard. Il le désignait
par son nom, alors que sa collègue utilisait
le mot « victime ». Mais victime de quoi ?
Seule l'autopsie permettrait d'en savoir
davantage. Pour Delestran, il y avait quand
même une succession de hasards qui, mis
bout à bout, pouvaient laisser entrevoir un
mal plus profond qu'une simple chute fortuite. Il ne pouvait pas croire qu'un homme
comme Georges Bernard, avec tout ce qu'il
avait vécu, puisse finir ainsi. Un homme de
sa trempe saurait mourir seul, mais pas dans
l'indignité. Beaumont ne se laissa pas pertur-
ber par ce que Delestran appelait la « latéralité », un mot hérité des anciens, qu'on avait
tendance, de plus en plus souvent, à oublier
au cours des enquêtes, parce qu'il fallait
aller vite, parce qu'on ne savait plus prendre
son temps. Beaumont butait sur un détail
qui ne relevait pas de la « latéralité » et qui,
pourtant, avait de l'importance. Si Georges
Bernard avait chuté en arrière sous l'emprise
de l'alcool en se fracassant le crâne, comment avait-il fini dans le bassin ? On pouvait
reproduire l'expérience une centaine de fois,

jamais on n'obtiendrait le résultat auquel ils étaient confrontés. Bien entendu, cette évidence n'avait pas échappé à Delestran, qui leva son verre de bière pour trinquer avec sa collègue.

Une autre chose préoccupait Delestran. Si les flics de télévision n'avaient qu'une seule enquête en cours, les flics de la réalité avaient toujours au portefeuille plusieurs affaires qu'il fallait traiter selon l'urgence. Et l'urgence pouvait prendre plusieurs visages : judiciaire, médiatique, politique, administrative, avec en filigrane ce besoin parfois de rassurer l'opinion publique, ce qui trop souvent l'empêchait de maîtriser ses priorités. Même si Delestran s'en serait bien passé, il fallait composer avec, c'était la règle du jeu. Son patron ne manquerait donc pas de le relancer en début d'après-midi sur ces trois disparitions inquiétantes à propos desquelles toutes les investigations entreprises n'avaient rien donné. Il lui faudrait proposer quelque chose de nouveau, car, ce serait l'argument de son patron et il aurait raison, on ne pouvait pas se contenter d'attendre une nouvelle disparition, ou pire, qu'on découvre le corps mort d'une de ces femmes dans un coin de Paris. On avait pourtant ouvert au plus large le champ des investigations. Delestran ne savait plus où aller chercher. Il en discuta avec Beaumont. Ils n'avaient pas d'autres choix. Les fondamentaux, même si cela avait déjà été fait. Recommencer, insister, taper aux portes : l'enquête de voisinage...

Il était 14 h 30 quand Delestran rejoignit le bureau du commissaire Guéhut, son taulier, au troisième et dernier étage du bâtiment de la 1re DPJ. La porte était grand ouverte, signifiant au visiteur qu'il pouvait se donner la peine d'entrer sans craindre de déranger.

Tanguy Guéhut n'était pas seul, une femme avait pris place, face à lui, devant son bureau. Delestran marqua un temps d'arrêt. Un geste de la main de son patron l'invita à poursuivre. La femme ne s'était pas retournée. Delestran ne vit d'elle qu'une chevelure bouclée d'un noir intense, un buste droit, de fines épaules et des bottes en cuir marron montant juste au-dessous du genou. Ses bras étaient en appui sur les accoudoirs, les pieds parallèles, posés à plat sur le sol. On imaginait ses mains repliées à la hauteur de son ventre, les doigts entrecroisés formant une cavité avec les paumes comme celle d'un coquillage. Un sac à main était posé au sol, sur sa droite. Une silhouette à l'écoute fut la première impression du commandant. Le commissaire Guéhut se leva, contourna son bureau et la jeune femme pivota légèrement sans pour autant offrir son profil à Delestran. Il vit cependant une petite main, la droite, quitter son point d'ancrage pour venir, d'un mouvement circulaire, se positionner à hauteur de

hanche. La main était ouverte, les doigts ten-
dus en direction du sac à main béant, gonflé
par quelques pochettes cartonnées colorées
dépassant légèrement de l'ouverture. Lorsqu'il
serra la main de son chef à l'angle du bureau,
Delestran devina le regard de cette femme
posé sur lui. Un court instant, il sentit la gêne
d'être regardé sans pouvoir entrevoir immédiatement le visage de cette dernière.

— Delestran, je vous présente madame Claire
Ribot, psychologue, nouvellement affectée à
notre service.

Elle se leva, offrit sa main à Delestran, saisi
par la noirceur de ses yeux qui contrastait
avec le teint de porcelaine de son visage. Une
petite patte d'oisillon dans celle d'un ours. Il
n'avait pas porté attention à la fonction de
Claire Ribot, ne s'en était même pas étonné,
subjugué par ce regard perçant si particulier. Il eut la désagréable sensation d'être à
la place d'un malade, juste avant une consultation, ne pouvant deviner ce qui se tramait
derrière ces deux morceaux de charbon luisants qui l'examinaient sans agressivité. Il
fut persuadé que ce regard était travaillé,
mettant d'entrée de jeu une distance calculée
entre la sympathie et l'empathie.

— Madame Claire Ribot va donc travailler
avec l'ensemble des policiers du service. La PJ
innove, madame Ribot sera chargée des victimes, de leur accueil, prise en charge et suivi,
bien entendu une fois qu'elles seront passées

entre vos mains ; priorité à l'enquête. Je lui laisserai le soin par la suite de faire le tour des groupes pour se présenter et surtout qu'elle vous explique en quoi elle peut vous être utile, son domaine de compétences, ce qu'elle peut faire, vous apporter ; et aussi ses limites.

Delestran écoutait tout en lançant quelques coups d'œil vers la psychologue restée silencieuse.

– Bienvenue parmi nous.

– Je vous remercie, commandant.

Il s'attendait à une voix fluette en raison du gabarit frêle de la psychologue, mais elle était posée, d'un ton neutre mais sûr.

Delestran avait envie de la questionner, non pas parce que c'était son métier, mais parce que c'était sa nature. Elle avait une quarantaine d'années, devait certainement avoir déjà travaillé dans un autre service, donc avoir de l'expérience. Elle n'avait pas débarqué là par hasard. Le commissaire Guéhut enchaîna.

– Bon, Delestran, parlez-moi un peu de votre cadavre. Ça dit quoi ? On m'a dit qu'on partait sur une autopsie...

Delestran était visiblement gêné, Tanguy Guéhut crut bon d'ajouter une précision :

– Ne vous en faites pas pour madame Ribot, elle va se familiariser avec notre matière et notre façon de parler.

Ce n'était pas cela qui dérangeait Delestran. La psychologue le devina.

– Commandant, si vous préférez que je sorte…

Elle avait tapé dans le mille, dès le départ.

– Non, vous ne me dérangez absolument pas. C'est juste que je ne sais pas encore très précisément comment vous situer. Je veux dire, ce que vous êtes en droit d'entendre. Enfin, ce n'est pas ce que je veux dire vraiment…

Delestran cherchait ses mots. Il ne voulait pas que ce soit mal interprété.

– Ce que je veux dire, c'est que je ne voudrais pas vous rapporter des éléments qui, par la suite, nuiraient à votre travail. Je n'ai pas l'habitude de travailler avec des psychologues, sauf des experts qui agissent en vertu de réquisitions. Donc là, je suis un peu dans… dans le vague.

Tanguy Guéhut s'interposa :

– Ne vous inquiétez pas, Delestran ! Ça va bien se passer.

Le ton légèrement ironique chatouilla Delestran.

– J'ai l'air inquiet, patron ?

– Non, je me doute bien. De toute façon, madame Ribot est astreinte au secret professionnel, comme vous et moi, donc pas de problème de ce côté-là. Et puis, pour votre mort, bien que ce soit une victime, et encore, on n'en sait rien d'après ce que j'ai ouï dire, madame Ribot n'aura pas à assurer sa prise en charge psychologique et son suivi, à moins que vous l'ameniez à l'autopsie. Ça vous dirait d'assister à une autopsie, madame Ribot ?

– Euh... hésita-t-elle, surprise par cette question. Si je peux éviter, ça m'arrangerait. En fait, je n'y ai pas pensé. Vous pensez que ça pourrait être intéressant pour mon travail ?

– Pour votre travail, je ne sais pas, mais pour votre curiosité personnelle et votre culture policière, certainement. On fantasme beaucoup dessus, mais, croyez-moi, on en ressort plus impressionné par ce qu'on y apprend que par ce qu'on y voit, n'est-ce pas, Delestran ?

– Écoutez, je ne vous dis pas non. Je ne voudrais pas déranger, c'est tout.

– Bon, en tout cas, vous savez que c'est possible, à vous de vous manifester. On vous laisse la main. Allez-y, Delestran, continuez.

Delestran résuma la matinée qu'il avait passée avec Beaumont. Maîtrisant l'art de la synthèse, il raconta son histoire en conciliant les éléments objectifs de l'enquête avec l'environnement pour ne rien trahir de la réalité. Tanguy Guéhut connaissait bien son équipe. Il devina rapidement l'attraction exercée par cet homme retrouvé mort sur son chef de groupe. Delestran ne se contenterait pas d'attendre les conclusions du légiste, il irait fouiller dans les replis de cette vie soudainement interrompue. Il devait cependant le ramener à la priorité du moment, les trois disparitions inquiétantes survenues en l'espace de quinze jours dans le nord-ouest parisien. Des milliers de gens disparaissaient chaque année en France, mais s'il avait négocié avec les chefs d'arrondissement pour récupérer ces trois dossiers, c'était parce qu'il avait pressenti, en bon flic paranoïaque, quelque chose d'anormal dans la concomitance, la proximité géographique et, davantage encore, dans les personnalités et les situations de ces trois femmes. Il était même intimement convaincu qu'il y en aurait d'autres. C'était sa hantise, tous les jours, de découvrir une nouvelle disparition en consultant les télégrammes.

– Bon, OK, Delestran. Je vous laisse continuer cette enquête à votre convenance. Par contre, je vous demande d'être toujours actif sur les trois disparitions. Je sais que, depuis quinze jours, vous avez fait tout votre possible mais il ne faut rien lâcher. Je ne la sens pas, cette affaire. Ce n'est pas normal.

Tanguy Guéhut avait appuyé chaque syllabe avec un mouvement de tête presque douloureux.

– Je vous avoue, patron, qu'on ne sait plus où chercher. Tous les environnements ont été étudiés, les familles entendues, les enquêtes de voisinage effectuées au peigne fin, les écoutes tournent à vide, les diffusions et descriptions sont lancées... À part refaire ce qu'on a déjà fait, je ne vois pas.

– Avouez quand même que ce n'est pas normal. Ces femmes avaient toutes une situation familiale, une vie saine et équilibrée. C'étaient des femmes aimantes et aimées ; rien à voir avec ce qu'on a d'habitude. Qu'est-ce qui pourrait justifier, d'un seul coup, qu'elles décident de disparaître ? Et puis, même si elles l'avaient voulu, on ne disparaît pas comme ça ! Ça se prépare, ça nécessite une logistique, de l'argent, une aide extérieure... Et là, on dirait qu'elles se sont volatilisées...

– Je suis d'accord avec vous. Moi aussi, cela m'intrigue. Si on veut voir le côté positif de la chose, on peut toujours se dire que, tant qu'on ne retrouve pas un corps...

– Oui, mais quand même, pour les familles, c'est terrible. Je me mets à la place des maris. Et puis deux d'entre elles ont des enfants ! Vous imaginez le drame pour eux ! Alors, bien sûr, on pense à une double vie. Bon, déjà, une double vie, c'est plutôt du genre masculin, mais là, trois femmes d'un seul coup... Non... impossible... il y a autre chose et je n'aime pas ça.

Il y eut un long silence de réflexion. Claire Ribot avait écouté l'échange entre les deux policiers d'un œil intéressé.

– Excusez-moi, si je peux me permettre, je peux peut-être vous aider.

Intrigués, Guéhut et Delestran tournèrent d'un même mouvement la tête vers elle, exprimant une réserve sans pour autant être sur la défensive.

– Euh, oui, on vous écoute, madame Ribot.

– Sans vouloir m'immiscer dans vos enquêtes, d'après ce que je viens d'entendre, il semble que des familles soient dans le désarroi. Je peux leur proposer mes services, leur apporter un soutien psychologique, les aider à traverser l'épreuve, parler aux enfants, en attendant que vous retrouviez ces femmes.

Les deux policiers restèrent un instant suspendus. Pour eux, c'était quelque chose de nouveau dont ils ignoraient les possibilités, les modalités et, il faut bien le reconnaître, l'utilité. Delestran paraissait le plus sceptique. Plus ouvert, Tanguy Guéhut trouva l'idée intéressante.

– Oui, pourquoi pas ? Comment souhaitez-vous procéder, madame Ribot ? Vous voulez convoquer les maris ?

– Non, pas les convoquer, ce serait trop brutal. Ce que je peux faire dans un premier temps, c'est les contacter par téléphone, leur proposer mes services en leur expliquant ce que je peux leur apporter. Ensuite, libre à eux de décider s'ils veulent ou non me rencontrer.

– Et si vous les rencontrez, ce sera...

– Pas forcément ici dans votre service. Il serait plus judicieux que je les rencontre chez eux pour ne pas ajouter du stress.

– Ben, écoutez, moi, je n'y vois aucun inconvénient. Vous en pensez quoi, Delestran ?

– A priori, cela ne me pose aucun problème.

– Bon, eh bien, le plus simple, c'est que vous donniez les coordonnées téléphoniques des trois maris à madame Ribot et elle se débrouillera pour entrer en contact avec eux. En attendant, qu'est-ce que vous aviez prévu, Delestran ?

Delestran savait que son taulier allait lui poser cette question. Il y avait déjà réfléchi pour ne pas rester sans réponse.

– On va reprendre les enquêtes de voisinage, une par une. Notamment sur les habitudes de ces femmes, pour essayer de mieux déterminer le moment et le lieu où elles ont disparu. On va prendre contact avec toutes les personnes que l'on sera amené à rencontrer sur le parcours en leur présentant des photos et on verra.

– Vous commencez par qui ?

– Le plus simple, madame Bellefond, celle qui n'est pas rentrée après sa séance de fitness en fin d'après-midi. On va refaire tout le parcours de la salle de sport rue de Clichy jusqu'à son domicile rue d'Aumale. Elle y allait à pied, une dizaine de minutes environ.

– C'est son mari qui a donné l'alerte ?

– Oui, à son retour au domicile, vers 21 heures.

– C'est celui qui gère une société d'import-export à Saint-Ouen ?

– Oui, tout à fait.

– Et les enfants, quel âge ?

– Huit et dix ans.

– Ah oui, c'est vrai, c'est la fille au pair lituanienne qui s'en occupait. Curieux qu'elle n'ait pas donné l'alerte.

– On l'a entendue. Parfois, madame Bellefond ne rentrait pas directement, elle s'attardait avec des copines en allant prendre un verre.

– Bon, très bien, Delestran. Et vous ne lâchez pas les autres également.

– On va faire la même chose demain en arpentant le parc Monceau avec une photo de madame Lacroix.

– Curieux quand même, elle part faire son footing sur sa pause méridienne et elle ne revient pas. DRH pour une succursale de la Société générale, c'est ça ? Son lieu de travail, c'est loin du parc ?

– Non, pas très loin, au début de l'avenue de Villiers. En descendant la rue de Courcelles, elle devait y être en moins de dix minutes.

– Elle a disparu quand ? C'est la plus récente, n'est-ce pas ?

– Oui, le 2 avril, ça fait donc quatre jours. Pour les autres, ça risque d'être plus compliqué. Vous le savez tout comme moi, nos concitoyens ont souvent la mémoire courte. 23 mars pour Éléonore Bellefond et 15 mars pour Céline Piveteau, ça commence à dater.

– Effectivement, c'est ce qui rend les choses inquiétantes. Il y a forcément une explication. Ces trois femmes, quand même, merde... Ce n'étaient pas des marginales, bien au contraire !

Claire Ribot écoutait les deux policiers évoquer leurs préoccupations. Ils ne s'étaient pas rendu compte que ses yeux avaient changé. Elle les fixait avec un effort de concentration qui se traduisait par un léger froncement de sourcils accompagné d'un rétrécissement de pupilles. Tout comme un chat et son regard torve, on ne savait pas s'il s'agissait d'une expression de désapprobation, de déplaisir ou de consternation.

Tanguy Guéhut s'en aperçut finalement alors qu'un silence court mais pesant s'était subitement installé.

– Quelque chose ne va pas, madame Ribot ?

Elle sortit de sa catalepsie passagère en fermant ses paupières lentement. Un coup de balayette intérieur, un truc de psychologue, se dit Guéhut, peu habitué à ce genre de comportement qui donnait une part de mystère à cette femme.

– Oui, ça va. Je réfléchissais.

Elle avait une curieuse façon de répondre aux questions. Sa réponse appelait une autre question que son ton détaché dissuadait de formuler.

– Bon, très bien. Dans ce cas, Delestran, je vous laisse présenter madame Ribot aux effectifs de votre groupe. Vous en profiterez pour lui donner les coordonnées téléphoniques et les identités des familles.

Claire Ribot suivit Julien Delestran dans l'escalier pour rejoindre le deuxième étage. Ils marchaient côte à côte dans le long couloir central les conduisant au bureau du commandant, côté cour. De dos, on aurait dit un père emmenant sa fille à l'école élémentaire tellement la différence de gabarit était saisissante. De face, l'impression était différente. Delestran, à l'allure pataude, ressemblait davantage à une mère ours conduisant sa progéniture, alerte et preste, à la découverte d'un monde nouveau. De sa grosse patte, il lui désigna l'entrée de son antre, l'invita à prendre place sur une des chaises pendant qu'il allait chercher ses effectifs dans les parages.

Claire Ribot eut le temps d'observer la configuration des lieux en s'attardant sur tout ce qui ne relevait pas du mobilier traditionnel du bureau d'un flic. Il n'y avait pas de posters accrochés au mur pour renforcer l'atmosphère policière, ni même de ces objets divers et variés, prises de guerre exposées avec une fierté mélancolique. Les murs étaient blancs, la peinture craquelait par endroits, surtout vers le plafond. Autour du bureau, un meuble vitrine comportait une enfilade d'épais livres rouges rangés suivant les années de parution. Elle inclina la tête et lut sur les tranches, Code pénal, Code de procédure pénale. Un peu plus loin, une imposante armoire moderne, grand ouverte, servait à entreposer de gros dossiers, puis un vieux coffre-fort métallique dont la peinture s'écaillait, avec une plante verte enracinée dans ses billes d'argile posée dessus. Ce qui attira son attention était ailleurs, et plus précisément sur le bureau du commandant. Le plan de travail était clairsemé, simplement une trousse d'écolier en vieux cuir avec quelques stylos, une carte postale ancienne dans un encadrement en merisier piqué, des marins bretons, béret sur la tête et cigarettes à la bouche, débarquant des thons d'un vieux gréement à voile, et un dictionnaire, un gros *Larousse* à la couverture rigide et verte, la tranche noircie par l'usage répété. Tout le reste, ce qu'elle imaginait nécessaire au travail de bureau d'un flic, devait se trouver dans les deux caissons supports. Et puis, à l'écart, mais à portée de main, dans un renfoncement, une trentaine de livres de poche occupaient toute la largeur d'une armoire basse. Claire Ribot s'approcha, inclina de nouveau la tête, eut la surprise de constater qu'ils étaient du même auteur. Elle n'aurait jamais pensé qu'un policier puisse lire des romans policiers. Le commandant Delestran éprouvait-il le besoin, de temps en temps, à travers ses lectures, de se retrouver en famille ? Mais, en y regardant de plus près, elle se rendit compte que ce n'était pas tout à fait des romans policiers. Elle connaissait l'auteur, comme tout le monde, elle avait vu les Maigret à la télévision, mais ces titres de Simenon lui étaient inconnus. Des titres étrangement simples, en rien commerciaux. Pourtant, ils suscitaient sa curiosité grâce à une impression de complexité sous-jacente. *Au bout du rouleau*, *La neige était sale*, *Une vie comme neuve*, *En cas de malheur*, *Le passage de la ligne*, *L'ours en peluche*, *Un nouveau dans la ville*, *L'homme qui regardait passer les trains*, *Les autres*, *Le haut mal*. Elle n'eut pas le temps de lire les autres titres – une vingtaine encore –, car elle entendit qu'on revenait vers elle. Elle se rassit rapidement, croisa les jambes en portant son regard vers l'encadrement de la porte dans une attitude maîtrisée.

Un instant plus tard, Claire Ribot s'était relevée à l'entrée de Delestran et de son groupe. Ils étaient tous là, et lui furent présentés : Victoire Beaumont en qualité d'adjointe au chef de groupe, les plus expérimentés, Michel Mateoni et Stanislas Riaud, la génération suivante, Anna Bellama et Olivier Lessourd, et enfin la dernière recrue, Stefan Henrich.

Six poignées de main, certains regards bien-
veillants et d'autres plus ou moins méfiants.
Il lui sembla que la défiance augmentait avec
l'âge. Si les plus jeunes voyaient une évolu-
tion avec l'arrivée d'une psychologue dans un
service de PJ, une possibilité de les décharger
de certaines tâches ingrates, les plus vieux
demeuraient plus sceptiques, voire réfrac-
taires. Bien entendu, il y avait l'argument
facile, de surface : jusqu'à présent, on avait
su faire sans les psys, et les flics avaient
acquis, par l'expérience du terrain, un vrai
savoir pouvant largement faire la leçon aux
grands théoriciens de l'abstraction. Delestran
en était le plus convaincu. Il n'avait rien dit
à Claire Ribot pour ne pas la mettre mal
à l'aise devant son groupe mais, secrètement, il détestait tous ces grands experts
aux mains propres se servant des gens pour
valider leurs théories. Il suffisait de les voir
à la barre d'une cour d'assises se contredire
en invoquant le même savoir selon l'intérêt
qu'ils défendaient. Il lui paraissait plus sûr,
et donc moins dangereux, de faire l'inverse,
de rechercher la théorie en partant de la
pratique. Mais, en fouillant plus en profondeur, cette méfiance policière à l'égard de
tous ces intervenants extérieurs trahissait
une inquiétude se transformant progressivement en peur. Les flics n'avaient jamais eu
peur des voyous ou des criminels et voilà
qu'ils se mettaient subitement à se méfier de

professionnels innocents, tout simplement parce qu'ils grignotaient leur décor jusqu'à les déposséder inéluctablement de leurs affaires. Le policier n'était plus le seul maître sur son île. En somme, on leur volait leur jouet. C'était bien entendu un choc générationnel. Si les plus jeunes avaient perdu le sens de l'humain par la force des choses, ils avaient largement compensé dans la résolution des affaires par l'apport des nouvelles technologies. La fin justifiait-elle les moyens ? Finalement, c'était un peu toujours la même question. Elle pouvait conduire à des situations absurdes si on ne trouvait pas le juste, et si difficile, équilibre. Tout devenait compliqué, obligeant le flic généraliste à se spécialiser en perdant une vision d'ensemble sur son cœur de métier. C'est pour cette raison que Delestran tenait à avoir des jeunes dans son groupe, pour se rapprocher au mieux de cet équilibre par la complémentarité. Et là, subitement, on introduisait un intrus venant prendre en charge leurs victimes... C'était un peu comme s'ils devaient désormais la partager, la scinder en deux, cette victime, et n'en garder qu'une partie sans avoir accès à l'autre. Les flics ne seraient jamais des révolutionnaires, mais malgré leur résistance qui pouvait les conduire à l'aigreur, ils étaient bien obligés d'intégrer ces évolutions en faisant au mieux, comme toujours.

Pas besoin d'être psychologue pour interpréter ces regards suspicieux. Claire Ribot n'était pas en terrain conquis. Elle n'y vit aucune hostilité contre sa personne, trouva cette réaction plutôt saine et normale. Elle savait qu'il lui faudrait faire ses preuves, convaincre pour être acceptée. Cela pouvait prendre du temps. Elle ne tenta pas de les rassurer, cela aurait rajouté de la méfiance chez ces professionnels aguerris au monde de la triche. Il lui fallait éviter les petites manœuvres de séduction, celles des représentants de commerce ayant un produit à vendre. Elle n'avait rien à vendre, simplement un service à proposer. Elle se présenta le plus simplement possible. Elle était à leur service, prendrait en charge les victimes seulement s'ils le jugeaient opportun.

– Si vous estimez que je peux leur apporter un bien-être, vous pouvez me solliciter et, après en avoir discuté ensemble, je vous dirai ce que je peux faire.

En une phrase, tout était dit. Elle ne s'introduisait pas dans leur monde, c'est eux qui la faisaient entrer, et encore, en arrière-plan. Elle leur donna deux exemples concrets : les accompagner sur une annonce de décès, ou assurer un suivi psychologique pour une victime de viol en tentant de l'aider à se reconstruire même si, elle était lucide, on ne se reconstruisait pas, ou, plus exactement, pas comme avant. Ils auraient le temps par la suite de faire davantage connaissance. Cela dura à peine deux minutes, et Claire Ribot vit les visages s'assouplir à la fin de son petit laïus.

S'ensuivit un silence encombrant, personne n'osa prendre la parole. Claire Ribot concentrait tous les regards. Ce fut l'un de ces instants embarrassants où l'on se sent de trop, où on a le sentiment que chacun n'attend qu'une chose : votre départ pour reprendre son activité normale. Elle s'en dégagea, balayant des yeux l'assemblée d'un mouvement circulaire, puis quitta le bureau en leur souhaitant une bonne journée. Elle n'avait pas osé demander les coordonnées des maris, comme Guéhut l'avait proposé. Delestran avait-il déjà oublié ? Elle préférait attendre que cela vienne d'eux, sans rien réclamer.

En s'éloignant dans le couloir, elle se permit un sourire parce que personne ne la voyait. Elle entendit la vie reprendre son cours suite à son départ, marqua un temps d'arrêt sur le palier avant de descendre d'un étage pour rejoindre son bureau.

Ce n'était pas le meilleur emplacement, orienté au nord et juste en face des toilettes. Il faudrait s'en contenter. Claire Ribot avait déposé dans la matinée trois gros cartons, dont l'un d'eux contenait sa bouilloire et un service à thé. En attendant que le responsable informatique vienne procéder à

l'installation de son ordinateur, elle se pré-
para un thé en réfléchissant à l'agencement
des meubles. Il faudrait tout déplacer pour
accueillir au mieux ses visiteurs, essayer de
créer une atmosphère propice à l'apaisement
en aménageant un lieu d'écoute. L'espace
était réduit, elle hésita. Elle aurait voulu une
table ronde avec un plateau en verre plutôt qu'une table rectangulaire opaque. Les
chaises ne lui plaisaient pas non plus, le tissu
de l'assise était fatigué, encrassé, on devinait
le bleu originel du dossier, mais la couleur
avait rendu l'âme. Il ne fallait pas que ses
interlocuteurs aient la même sensation que
lors de leur audition par les policiers. On
avait beau changer la disposition, créer une
autre atmosphère avec le même mobilier
administratif lui parut impossible. Elle pro-
fiterait du prochain week-end pour apporter
ses propres meubles, plus exactement ceux
de son couple avant son divorce. Par manque
de place dans son nouvel appartement, elle
les avait entreposés dans la remise de ses
parents. Ce serait l'occasion de leur donner
une nouvelle destinée.

Alors qu'elle était penchée sur le contenu
d'un carton, sa tasse fumante juste derrière
elle, on frappa à la porte. En se redressant,
Claire Ribot vit le visage de Victoire Beaumont
dépasser de l'encadrement avec des yeux
pétillants.

– Je te dérange ?

– Non, entre.

Les deux femmes s'étaient tutoyées sans se poser de questions. Claire Ribot referma les volets de son carton, contourna son bureau pour s'approcher de sa première visiteuse. Il y eut un petit moment de flottement, rien de très dérangeant, juste une légère timidité partagée.

– Voilà, j'ai discuté avec mon chef et on aurait peut-être du travail pour toi. Tu as entendu parler des trois disparitions inquiétantes sur lesquelles on travaille actuellement ?

– Oui, quelques bribes, dans le bureau de monsieur Guéhut.

– On a trois familles ravagées et, franchement, on ne sait plus quoi leur raconter. C'est même difficilement supportable de leur dire un peu toujours la même chose, en boucle, pour tenter de les rassurer.

– Oui, j'imagine à quel point ce doit être difficile, pour eux comme pour vous.

Dans le regard de Claire Ribot, il y avait quelque chose de nouveau, une disponibilité ouvrant sur d'autres possibilités.

– Quand tu t'es présentée tout à l'heure, je suis sûre que nous y avons tous pensé, mais que personne n'a osé. Tu verras, c'est un monde viril, la police. C'est une belle virilité, une espèce de carapace pour ne pas laisser entrevoir des petites fragilités. C'est pour ça que ça leur fait un peu peur, les psys. Ils ont l'impression d'être vus de l'intérieur

117

sans qu'ils puissent rien y faire, même si ce n'est pas eux qu'on regarde. Ils seront distants, parfois même brutaux, mais jamais ils ne seront méchants ou mesquins. Si le monde dans lequel nous évoluons est cruel, odieux et violent, les flics ne le sont pas. Bien entendu, quand tu es une femme, c'est difficile, surtout dans ce milieu, mais finalement c'est comme partout. On est scrutées parce qu'on passe moins inaperçues, mais il faut oser parfois les remettre à leur place quand ils débordent. Les flics sont des enfants gâtés qui jouent aux grands méchants peut-être parce qu'ils souffrent plus du destin des autres que du leur. Alors, il ne faut pas hésiter à les regarder tels qu'ils sont et non comme ils prétendent être.

Comme les hommes de son milieu, Victoire Beaumont n'était pas du genre à s'épancher facilement. Pourquoi, soudainement, se laissait-elle aller à une sorte de confession devant cette femme qu'elle ne connaissait pas ? Peut-être parce qu'elle avait ressenti la pesanteur du silence quelques minutes auparavant et que cela lui avait rappelé le souvenir de sa propre arrivée.

Claire Ribot n'avait pas besoin d'être rassurée. Victoire Beaumont ne lui apprenait rien sur ces hommes. Elle appréciait cependant la démarche bienveillante, une solidarité féminine était toujours bonne à prendre. Elle fut davantage surprise par la justesse de ce qui pouvait s'apparenter à un diagnostic, si tant est qu'il y ait une maladie à soigner. Malgré sa jeunesse – une dizaine d'années les séparaient –, Victoire Beaumont était une femme d'une grande maturité.

– Je t'écoute, Victoire. Qu'est-ce que je peux faire pour vous ?

– Eh bien, voilà : tu pourrais jeter un œil à nos disparitions, au moins pour prendre les éléments qui te seraient utiles pour contacter ces familles et leur proposer ce que tu nous as expliqué dans le bureau. J'en ai parlé aux autres, ils ne sont pas, comment dire, opposés (elle faillit employer le mot « hostiles »). Tu t'imagines bien qu'ils ne seraient pas venus te voir, mais cela ne veut pas dire qu'ils n'ont pas besoin de toi. Dans la résolution de l'affaire, c'est sûr que tu ne peux pas nous être d'un grand secours, mais, dans l'accompagnement de ces familles, je pense que ça relève de tes compétences, non ?

– À première vue, oui. Comment on procède ?

– Le plus simplement du monde. Tu me suis dans le bureau de Delestran, les trois procédures sont dans son bureau. Tu prends ce qui t'intéresse et tu fais ce que tu as à faire. Nous, on sera sur le terrain toute l'après-midi, on risque de rentrer tard, tu seras sûrement partie. Au fait, tu fais quoi comme horaires ?

– 08 h 30-12 h 30 et 13 h 30-17 h 30.

– Ah, oui ! OK. On s'adaptera.

Il y avait dans cette exclamation une surprise résignée. L'administratif était difficilement conciliable avec le judiciaire, surtout dans les horaires.

– Mais je vais vous laisser mon portable. Vous pourrez me joindre à tout moment.

– C'est gênant, on ne va pas te déranger dans ta vie privée.

– Si vous estimez qu'il y a une nécessité, je n'y vois pas d'inconvénient. Je peux m'adapter. Quand on est sur de l'humain, il faut être souple et disponible.

Claire Ribot s'était empêchée d'en dire plus, qu'elle avait deux filles en garde partagée. Les semaines impaires, forcément, ce serait plus compliqué. Elle avait une baby-sitter sur laquelle elle pouvait néanmoins compter.

À cet instant, Victoire Beaumont fixa la main gauche de Claire Ribot. Elle ne portait pas d'alliance, ce qui ne voulait rien dire, mais une bague à l'annulaire gauche, une jolie bague pouvant signifier bien d'autres choses. Elle osa quand même une question.

– Tu as des enfants, Claire ?

– Oui, deux filles, de huit et dix ans. Mais ne t'inquiète pas pour la garde. Si je déborde, j'ai tout prévu. On y va ?

Claire Ribot prit les devants pour sortir du bureau. Une façon de fermer la porte à la question suivante.

Les hommes de Delestran étaient en train de s'équiper. On entendait des bruits de culasse, des mouvements de tiroirs. On se répartissait dans les véhicules. Mitch cherchait un gyrophare en pestant. Il était revenu furieux du garage car il n'était pas dans la Xsara. Encore un qui ne l'avait pas remis à sa place ! Une voix s'éleva dans le bureau voisin :

– Arrête de gueuler, je l'ai mis dans le coffre, sous le tapis. T'as mal regardé, c'est tout !

– Putain ! Tu ne peux pas le laisser là où il est, dans la boîte à gants ? Comme tout le monde !

– J'ai oublié de le remettre en place. Fais pas chier, t'as qu'à chercher. Et puis, je préfère t'entendre gueuler plutôt que d'avoir à faire un rapport, si tu vois ce que je veux dire...

– Connard !

– Monsieur connard !

– La prochaine fois, le gyro, au lieu de le laisser dans la bagnole, emmène-le dans le bassin, et le jack, tu sais où tu peux te le mettre... Je te verrais bien avec ton petit moule-burnes, un gyro sur le cul, en train de faire de la brasse coulée. Ce n'est pas dans le 19ᵉ que tu devrais aller, mais dans le Marais !

– Jalouse !

Victoire Beaumont mit Claire Ribot dans la confidence. Olivier Lessourd s'était fait piquer un gyrophare, il y a trois semaines, sur sa pause de midi, en allant à la piscine. Pour le reste, c'étaient des mots d'amour, elle s'habituerait.

En attendant que l'agitation cesse, Delestran consultait une dernière fois un plan du 9e arrondissement sur lequel un itinéraire était tracé en rouge. Son front s'était barré de quelques plis de réflexion. Il releva la tête à l'arrivée des deux femmes.

– Chef, j'en ai parlé à Claire. Elle est OK. Je peux lui montrer les procédures ?

D'un hochement de tête, Delestran désigna trois épais dossiers alignés sur la tablette d'une armoire basse sur sa droite. Sur chaque pochette cartonnée de couleur jaune figuraient de façon similaire, à l'encre noire, un numéro de procédure débutant par « 2005/ » en haut à droite, la mention « disparition inquiétante » au centre et, juste en dessous, en plus gros caractères, l'identité de la personne concernée. À l'intérieur, dans des pochettes souples et rouges, des dizaines de procès-verbaux étaient empilés suivant leur thématique, actes généraux, personnalité, auditions, téléphonie, annexes, etc. C'était la première fois que Claire Ribot avait accès au contenu d'une procédure judiciaire. Elle ouvrit grand les yeux, fut impressionnée par la quantité de feuillets. Bien qu'ils soient méthodiquement ordonnés, il y avait de quoi s'y perdre. Devinant son embarras, Victoire Beaumont la rassura, même les magistrats ne lisaient pas tout. Delestran les observait à la dérobée, prêt à intervenir, ce qu'il ne manqua pas de faire lorsque Beaumont poursuivit ses explications sur les contenus des sous-dossiers :

– Victoire, fais-lui juste une copie de chaque saisine. Pas besoin de tout remuer.

Beaumont sentit une pointe d'agacement, qu'elle interpréta comme une réprimande.

– C'étaient juste quelques explications, sans plus.

– Pas nécessaire. Avec la déclaration initiale, elle aura tout ce qu'il lui faut. Allez, tu lui fais ça et on y va. Les autres sont prêts.

Le ton était tranchant. Beaumont se demanda ce qui pouvait justifier cette soudaine crispation. Une contrariété ? Elle récupéra les trois documents dans chaque dossier et se dirigea vers la photocopieuse au bout du couloir.

Claire Ribot s'était rapprochée de l'encadrement de la porte pour anticiper sa sortie dès la remise des documents. Chaque seconde s'égrenait dans sa tête, elle ne savait pas où poser son regard. Beaumont avait raison, les flics pouvaient parfois être brutaux. Delestran la fuyait également. Ils attendaient tous les deux la même chose dans un silence de plus en plus embarrassant. Ne voyant toujours pas revenir son adjointe, Delestran le rompit au grand soulagement de la psychologue :

– Madame Ribot, je n'aime pas trop qu'une personne étrangère au service... – il se ressaisit immédiatement – ... au groupe, vienne mettre son nez dans mes dossiers. N'y voyez rien contre vous, c'est juste un truc de flic. Et puis...

Claire Ribot souriait au fond d'elle-même en le voyant se débattre pour remonter à la surface.

– Et puis, encore une fois, il est préférable que vous n'ayez pas accès à toutes les informations. Non pas parce que nous nous méfions de vous (c'était dit quand même), mais parce que cela n'est pas nécessaire pour votre travail. Ces informations pourraient même vous desservir en vous influençant. Donc, encore une fois, rien contre vous.

Elle attendit quelques secondes avant de répondre.

– Je comprends tout à fait, commandant. Et vous avez raison.

Delestran s'attendait à quelques mots supplémentaires, mais il n'en fut rien.

– J'ai eu peur que vous l'ayez mal pris, c'est pour ça... Je préfère que les choses soient, si j'ose dire, claires entre nous.

– Elles le sont, commandant.

Claire Ribot avait les yeux rieurs. Si le commandant avait eu peur, elle ne l'imaginait pas avoir peur pour ce genre de choses. Il avait tout simplement pris conscience de sa maladresse. Il n'était donc pas nécessaire d'en rajouter. C'était juste pour Victoire qu'elle se permit une ultime remarque.

– Victoire voulait seulement me donner quelques explications sur la forme. Sur le fond, je pense qu'elle est sur la même ligne que son chef.

– Vous pensez que... elle l'a mal pris ?

– Elle vous connaît mieux que moi.

Delestran se dit que cette femme serait coriace à affronter dans d'autres circonstances, y compris sous le régime de la garde à vue.

– Mais, j'y pense, nous avons établi une fiche de diffusion avec les photos de ces trois femmes. Si vous le souhaitez, je peux vous en donner une copie.

Cet homme était un grincheux, mais il avait la qualité de s'en rendre compte au risque de devenir ridicule en voulant redresser la barre par une forme de repentance.

– Alors ça, commandant, c'est le genre de document qui pourrait avoir une mauvaise influence sur mon travail, voyez-vous. Bien entendu, je souhaite qu'on les retrouve au plus vite, mais, moi, elles ne m'intéressent pas. Ce qui m'intéresse, ce sont celles et ceux qui partagent leur vie et qui sont en souffrance. C'est à eux que je peux être utile. Les femmes, si je peux m'exprimer ainsi, c'est votre domaine. Et je n'ai pas besoin ni envie de voir leur visage. Vous comprenez ?

Plus habitué à poser des questions qu'à y répondre, Delestran se sentit un peu déstabilisé. Il lâcha un simple « oui », parce que, finalement, c'était évident. Puis, pour reprendre un peu la main, il ajouta :

— Madame Ribot, comme je dis à tous les nouveaux arrivants dans mon groupe, j'aime les relations franches. Alors on se dit les choses.

— Je l'entends bien comme ça, commandant.

Claire Ribot prit la main tendue par Delestran pour sceller leur accord au moment où Victoire Beaumont revenait dans le bureau avec les photocopies. Elle avait manqué quelque chose mais n'avait pas besoin d'en connaître la raison pour se satisfaire de l'effet.

5

Ce fut un échec, une fois de plus. Malgré toute l'énergie déployée, le groupe était rentré bredouille. Le regard noir, Delestran ne cachait pas sa déconvenue. Des heures durant, ils avaient battu le pavé dans un sens, puis dans l'autre, sur trois itinéraires possibles entre le domicile d'Éléonore Bellefond rue d'Aumale et sa salle de sport rue de Clichy. Au départ, on se prêtait au jeu, puis, à la longue, avec la répétition, la lassitude transformait une banale enquête de voisinage en une épreuve d'endurance. Cela finissait par devenir avilissant d'accoster ces gens, tous occupés à autre chose, de leur présenter furtivement une carte tricolore pour les rassurer, de raconter succinctement une histoire maintes fois répétée en veillant à ne pas trop les alarmer, puis de montrer une photo qu'ils examinaient en faisant irrémédiablement non de la tête. On rencontrait de tout, du plus effrayé qui fuyait face à ce qu'il pensait être de faux policiers, jusqu'au bienheureux, connaissant tout de la vie du quartier, sauf ce qui vous intéressait, et dont on avait du mal à se débarrasser.

Delestran n'aimait pas ces enquêtes de voisinage, qu'il ne menait que pour se donner bonne conscience. Pourtant, il fallait les faire, méthodiquement, sans rien laisser passer entre les mailles du filet invisible qu'ils formaient tous ensemble, séparés de quelques mètres. Au fur et à mesure des rencontres, une image lui venait irrémédiablement, celle d'une échelle le long de laquelle il descendait. Il partait de tout en haut pour une pêche miraculeuse, se confrontait à la réalité à chaque barreau et finissait au fond d'un gouffre, sans avoir rien obtenu. Il se sentait parfois devenir un autre, endosser la parure d'un vendeur ambulant ou d'un pétitionnaire en arpentant ainsi l'asphalte avec l'envie d'en finir au plus vite. C'était une image dégradante qu'il avait de lui en ce type d'occasion. D'où venait cette impression étrange qui le ternissait ? La peur du déclin, déjà amorcé ? Il gardait ça pour lui. Même à sa femme, il ne parlait jamais de ces petits moments d'angoisse terrifiante. Il lui fallait rapidement passer à autre chose.

Il avait prétexté la rédaction du procès-verbal pour rester seul au bureau en invitant ses effectifs à rentrer chez eux. Il eut la tentation d'un verre de cognac, mais y renonça. Une autre envie lui était venue au cours de l'après-midi. Elle s'était accrue avec sa désillusion. Il consulta sa montre, presque

20 heures. Il décrocha son téléphone pour appeler son épouse. Une fois de plus, elle dînerait seule, en lui préparant une assiette à réchauffer au micro-ondes. Elle ne posait jamais de questions. Delestran appréciait beaucoup. L'absence d'interrogations pouvait prendre la forme d'une bienveillance entre les vieux complices d'une longue vie commune. Il ne rentrerait pas tard, c'était promis, ce qui voulait dire qu'ils dormiraient ensemble. Il devait juste aller voir une vieille connaissance pour une enquête, il n'avait pas besoin d'en dire davantage.

À bien y réfléchir, c'était quand même un drôle de métier que celui de flic. On débutait sa journée avec un cadavre, on se rendait à l'église pour y faire la lumière sur un inconnu, on abordait des gens normaux dans la rue, puis, avant de retrouver le lit conjugal, on allait voir une prostituée en ayant préalablement téléphoné pour avertir sa femme...

Avant de se mettre en route, Delestran jeta un œil sur la saisine établie par les effectifs de police-secours intervenus avec lui au jardin des Tuileries. Elle avait été déposée sur son bureau dans l'après-midi, en son absence. Elle relatait l'ensemble des diligences effectuées et mentionnait les identités des personnes rencontrées.

C'était fluide, agréable à lire. Delestran nota l'usage d'un vocabulaire recherché mais sans excès, ainsi que quelques éléments d'atmosphère qui donnaient au document une saveur particulière. Le rédacteur lui avait réservé une belle surprise. Le brigadier avait tenu parole en faisant le curieux à sa place au sujet du 20 h 48. La vieille dame d'origine anglaise qui avait donné l'alerte avait une étrange habitude. Été comme hiver, Agathe Graham ouvrait ses volets au lever du soleil et les refermait au coucher. Toujours ponc-tuelle car elle était renseignée, c'était à la minute près ; une vraie manie à laquelle elle s'accrochait depuis la mort de son mari cinq ans auparavant. Delestran était toujours étonné par ces pépites d'étrangeté que lui offraient parfois ses concitoyens dans leur façon de vivre. La source lui semblait être intarissable.

L'été, elle devait certainement faire une sieste chaque après-midi pour tenir le coup, se dit Delestran. Ça le faisait sourire, le mettait presque en appétit, mais il avait une dernière visite à faire avant de se mettre à table.

Il savait où la trouver, à l'angle de la rue Vignon et du boulevard de la Madeleine, dans son Audi A3 grise, warnings allumés. Fidéliser une clientèle prenait du temps. Une fois la nasse mise en place et les proies habituées à venir s'y gaver, le poste pou-vait attirer les convoitises. Les prostituées étaient comme certains pêcheurs, marquant leur territoire et mettant un point d'honneur à ce que personne d'autre ne puisse s'y installer à leur place. Delestran était sorti du métro place de l'Opéra. La nuit était tombée rendant à Paris l'éclat de ses lumières artificielles. Sur le boulevard des Capucines, il avait marqué un arrêt devant l'Olympia. Le rouge des néons annonçait le groupe Oasis. Il aimait beaucoup cette salle de concert, son atmosphère feutrée et le confort des fauteuils. Jamais il n'oublierait la première fois. C'était pour ses seize ans, son oncle l'avait invité au concert de Barbara. Il en avait vaguement entendu parler, ne connaissait pas son répertoire. Ce soir-là, pour lui, ce fut un choc. Il en était ressorti bouleversé sans savoir pourquoi, une émotion qu'il n'avait jamais connue auparavant. C'était étrange. Pour une raison qu'il ne s'était jamais expliquée, il avait eu le sentiment d'être devenu un homme en sortant de la salle. Chaque fois qu'il repassait devant, il en avait des frissons.

Il vit la tête de Nicole s'incliner en le voyant arriver dans son rétroviseur. Il ne ressemblait pas à un client habituel, toujours pressé dans l'approche. L'avait-elle reconnu à sa largeur d'épaules et sa démarche impassible ? Elle ne fut pas surprise lorsqu'il toqua au carreau. Elle abaissa sa vitre. Delestran se pencha légèrement en avant et elle tourna son regard vers lui. Elle l'avait bien reconnu.

– Bonsoir, Nicole.

– Bonsoir, commandant.

– Je peux monter ?

Un bref mouvement des yeux lui indiqua que la place était libre. Elle déverrouilla la fermeture centralisée, l'observa lorsqu'il passa devant le véhicule, n'actionna pas la clé de contact. Elle savait.

– Toujours au travail, Nicole ?

– Oui, un peu comme vous, commandant.

– C'est pour quand, la retraite ?

– Pas pour tout de suite. Tant que mon corps peut encore donner du plaisir aux hommes...

Nicole savait dissimuler son âge par quelques artifices mais, à la regarder de près, on était rattrapé par la réalité, le poids des années, les chairs fripées par la fatigue d'une vie chaotique. Si elle trompait son monde, elle n'était pas dupe d'elle-même. On ne faisait pas ce métier par plaisir mais pour manger.

– Cela fait combien de temps qu'on ne s'est pas vus ?

– Six ans et quatre mois.

– Le temps passe vite.

– Vous trouvez, commandant ?

Bien entendu, ce n'était pas une question.

– Comment ça va, Nicole ?

– On fait aller. La vie n'est pas toujours un cadeau.

– Oui, je sais.

– Surtout depuis que mon Riton est parti.
Delestran fronça les sourcils.

– Le crabe a eu raison de lui, cela fait six
mois. Cette saloperie de maladie l'a emporté
en trois mois. Vous n'étiez pas au courant ?

– Non, je l'ignorais. Je suis…
Elle l'interrompit :

– Ne soyez pas désolé, commandant. Vous
ne le portiez pas dans votre cœur, mon Riton.

– Certes, mais je ne me réjouirai jamais
de la mort d'un homme. Si je suis désolé,
c'est surtout pour vous. Je sais à quel point
vous l'aimiez et tout ce que vous aviez
vécu ensemble, les galères, mais aussi des
moments comme peu de gens en vivent.

– Même pas un an qu'il a passé à l'air libre !
Si vous saviez… Mon Riton, je l'ai vu disparaître en à peine trois mois. Méconnaissable !
Il avait perdu trente kilos. Ça l'a pris par les
intestins. À la fin, il ne restait plus rien. Le
crabe l'a rongé jusqu'au bout. Et vous voulez que je vous dise, pas une seule fois je ne
l'ai entendu se plaindre. Vous entendez ? Pas
une fois ! Comme devant vous, les poulets,
silence ! Mon Riton, il savait souffrir et il est
mort dignement ! Il a même fini par envoyer
chier les médecins et toutes leurs simagrées.
À la fin, il n'en voulait plus, mon Riton, de
la vie. Et c'est dans mes bras qu'il est mort.
Il avait payé pourtant, mais il faut croire que
ça suffisait pas.

Delestran était toujours impressionné par la résistance quasi animale de ces personnages qui n'intéressaient personne et que son métier lui donnait la chance de fréquenter, les durs-au-mal, capables de « vivre malgré tout ». C'était à croire qu'ils avaient ça dans leurs gènes. Quelque part, ils forçaient son admiration. Delestran l'avait écoutée en essayant de se remémorer le visage d'Henri Vaubert, dit le Niçois : un bel escroc, au sens policier du terme. Il l'avait envoyé à l'ombre pendant cinq ans avec ses complices à la suite d'une affaire de vol de lingots d'or chez un couple de personnes âgées en se faisant passer pour des policiers. Il les avait pris en flag mais n'avait jamais réussi à mettre la main sur le magot d'une douzaine d'autres coups similaires. Nicole n'avait rien dû récupérer non plus, sinon elle ne se serait pas remise au tapin après toutes ses années d'inactivité. Car c'était lui, Vaubert, qui l'avait sortie du trottoir dans les années 1980 à Nice, avec l'argent de quelques méfaits. On le soupçonnait d'un braquage à Toulon, plusieurs centaines de milliers de francs. Il avait tout dépensé comme à l'accoutumée et s'était entiché de la Polonaise travaillant dans une maison renommée non loin de la promenade des Anglais, allant jusqu'à racheter son contrat auprès du tenancier, un Libanais. Delestran connaissait l'histoire. Vaubert la lui avait racontée lors de sa garde à vue, tout en évitant de reconnaître certains faits. Il avait justifié son argent, à l'époque, par un gain au casino de Monaco : l'excuse immuable de ces beaux voyous, flambant systématiquement l'argent de leur crime avant de retourner à la mine, selon leur expression. À Paris, il était tombé une première fois en 1990. Il avait passé quatre années au ballon puis avait racheté une bijouterie dans le 14e arrondissement, à sa sortie, on ne sait trop comment, en jurant qu'on ne l'y reprendrait plus. Et puis toujours le goût pour la grande vie, les affaires officielles qui ne marchaient pas, il avait fallu renflouer les caisses... Et Delestran l'avait serré à la fin des années 1990.

Elle avait dû en voir, la Nicole, le luxe des palaces, des maisons de couture, des chefs étoilés ; et puis le retour à la source, sur le bitume, quand Vaubert purgeait sa peine et qu'il lui fallait manger en tentant de préserver un semblant de dignité dans le souvenir du confort qu'elle avait connu. C'était sa vie. Elle non plus, elle ne s'en plaignait pas. Désormais, elle était seule.

– Il vous a laissé quelque chose, Riton ?

– Juste avant de mourir, il m'a acheté un appartement dans le 17e, avec de l'argent qu'il avait mis de côté en pensant à nos vieux jours. Nos vieux jours... Mais dites-moi, commandant, ce n'est pas pour me parler de mon Riton que vous êtes venu me voir.

Maintenant qu'il est mort, vous allez peut-
être enfin lui foutre la paix.

– Figurez-vous que c'est pour un autre
homme que je suis venu. Georges Bernard,
vous connaisssez ?

– Vous êtes au courant ?

– Oui, et il semblerait que vous aussi.

– On peut vivre dans le péché et fréquenter les églises, commandant. J'y suis allée
en fin d'après-midi. Le père Wenceslas m'a
avertie. Il m'a dit que la police était venue.
Je ne savais pas que c'était vous. Vous croyez
qu'on l'a tué, commandant ?

– Je ne crois rien, je cherche juste à
comprendre.

– Mais vous pensez que...

Cette fois-ci, ce fut Delestran qui lui coupa
la parole.

– Pour l'instant, je n'en sais rien. Je mène
une enquête et on verra bien où elle me
conduira. Ce qui m'intéresse, c'est que vous
me parliez de lui. J'aurais besoin de savoir
qui il était, je ne sais pratiquement rien sur
lui. Vous le connaissiez bien ?

Delestran vit de la peine sur le visage de
Nicole. Elle ne trichait pas. Elle était visiblement affectée, comme s'il s'agissait d'une
nouvelle catastrophe dans sa vie. Elle ne
répondit pas tout de suite. Le regard dans
le vide, elle semblait plongée dans ses pensées. Elle ressassait, revoyait certainement
quelques images appartenant désormais au

passé. Elle finit par relever la tête avec un sourire de résignation.

– Avec lui, c'était différent. Et vous savez, si je suis venue travailler ce soir, c'est pour ne pas avoir à me retrouver seule avec mes pensées. Vous comprenez ?

– Oui, il me semble.

Delestran vit deux larmes qu'elle essuya en répandant une traînée de poudre noire de chaque côté.

– C'est bien ma veine ! s'esclaffa-t-elle en regardant le résultat dans le rétroviseur.

Nicole ne jouait pas la fragilité. Elle pleurait sans qu'elle puisse rien y faire. Delestran était gêné d'être le témoin de ce chagrin. Sa main chercha quelque chose dans sa poche. Il sortit un mouchoir en papier, le tendit à Nicole après l'avoir déplié. Il détourna les yeux vers la rue par discrétion.

Il lui fallut du temps pour remettre de l'ordre dans ses idées. Peut-être avait-elle trouvé en Delestran du réconfort, quelqu'un capable de l'écouter ? Après une dernière hésitation, comme par pudeur, elle se livra pendant une vingtaine de minutes, au cours desquelles Delestran ne l'interrompit pas.

Cela n'avait pas été facile de retourner faire commerce de son corps après plusieurs années passées dans le confort frelaté par l'argent de la rapine. Son Riton à l'ombre, le robinet s'était coupé net. Elle s'était

137

retrouvée sans ressources, du jour au lendemain, sans même pouvoir compter sur le soutien du milieu qu'elle avait autrefois fréquenté mais qui ne la connaissait plus. Elle avait eu la chance de trouver une place dans un établissement de Pigalle où, juchée sur un tabouret non loin de la vitrine, elle prenait douloureusement la pose en aguichant le passant dans la rue. Avec la complaisance du patron, lorsque le client avait lâché suffisamment de billets dans des bouteilles de champagne, elle pouvait l'emmener dans une chambre un peu plus loin pour le dépouiller complètement. C'était comme à Nice, quelques années auparavant, sauf que, après avoir goûté au luxe, le champagne avait un goût amer.

C'est ainsi qu'elle l'avait vu arriver, il y a une quinzaine d'années. Lui aussi avait fini par entrer...

Mais il n'était pas comme les autres clients habituels, qui ne fréquentent les femmes que dans la mesure du nécessaire. Il avait un certain savoir-vivre, un regard caressant, sans être dupe des règles du jeu. Il parlait peu, avait refusé de la suivre le premier soir, lui avouant, entre deux longs silences, qu'il lui fallait du temps. Il n'était pas revenu tout de suite, un mois plus tard peut-être. Combien de fois s'étaient-ils ainsi entrevus avant qu'elle parvienne à l'emmener dans la petite chambre de bonne au dernier étage de la rue Fromentin ? Combien de temps cela avait-il duré ? Plusieurs mois ? Une année ? Elle ne s'en était pas rendu compte. C'était seulement maintenant qu'elle prenait conscience de tout ce chemin parcouru pour l'apprivoiser.

Nicole n'était pas du genre à faire des confidences sur les ébats sexuels de ses clients. C'était une femme sur laquelle l'acte d'amour ne laissait pas de trace, mais, encore une fois, avec lui, c'était différent. Un soir, il était rentré en mettant directement l'argent correspondant à plusieurs bouteilles de champagne sur le comptoir. Il avait refusé qu'on le serve. Tout le monde avait compris. Nicole avait revêtu un manteau avec l'accord du tenancier, puis elle l'avait accompagné dans la rue. Il semblait déterminé comme s'il s'agissait d'un duel, avait voulu éteindre la lumière et tirer les rideaux pour être dans le noir. Il ne voulait pas voir ce qu'elle voyait. Elle avait ressenti dans ses tressaillements une violente douleur, puis le calme après un acte refoulé depuis longtemps. Pour lui, elle avait eu envie de faire une exception en le prenant dans ses bras, mais il avait refusé. Il voulait rester seul dans le lit, allongé dans le noir. Elle avait ramassé ses vêtements, s'était habillée sur le palier en lui demandant de claquer la porte en partant. Elle s'était retrouvée seule dans la rue, avait rejoint son tabouret pour y passer la nuit.

Elle avait bien cru l'avoir perdu, ne jamais le revoir, mais l'homme meurtri avait finalement rejoint le nid quelques mois plus tard, puis régulièrement, sans avoir besoin de passer par l'établissement où Nicole s'affichait. En somme, ils avaient pris des raccourcis. Au fil du temps, ils étaient devenus amants. Il n'était plus question de relations tarifées, ils avaient même fini par allumer la lumière. Il s'était confié un peu, notamment sur cette méchante blessure de guerre. Son « coucou » – elle l'appelait désormais ainsi – était légionnaire. Il avait pris les armes, en dernier recours, pour fuir une femme, son premier amour, celui dont on sait qu'il sera le seul et le dernier tout le reste de la vie. Cela n'avait pas été possible, lui avait-il dit.

« C'est souvent comme ça en amour », ajouta Nicole et de conclure, devant le regard interloqué de Delestran : « Les années ont fini par m'apprendre des petites vérités, à ne plus avoir d'illusions, par exemple. »

C'était donc bien à Kolwezi qu'il avait été grièvement blessé par un sniper rebelle, au cours d'un combat acharné pour reprendre la ville. Il devait sa survie à un médecin belge dont il n'avait jamais pu retrouver la trace malgré ses recherches. Il en avait parlé juste une fois, mais ensuite il avait refusé de répondre à ses questions après qu'elle s'était renseignée en lisant un livre sur l'opération « Bonite ». C'était scandaleux, selon Nicole.

Cet homme avait fait la guerre, libéré plusieurs centaines de Français pris en otage au Zaïre. Il avait versé son sang, en gardait des séquelles terribles, et on ne lui avait même pas remis la Légion d'honneur ; ou simplement des médailles militaires.

– Quand on voit à qui ils la donnent, à des faux culs de première !

Nicole avait repris du poil de la bête.

Comme il ne pouvait plus partir en opération, la Légion étrangère, « sa seule famille », avait pris soin de lui en le reclassant à l'instruction. Il formait les jeunes recrues lors de leur incorporation. C'est ainsi qu'il s'était retrouvé à donner des cours de français, entre autres. Par ailleurs, plutôt que de boire, il s'était mis à lire, de façon compulsive. Les livres avaient remplacé sa guerre. Ils s'étaient vus pendant cinq ans, une fois par mois. Il montait à Paris uniquement pour la voir. Ils passaient la journée ensemble, mangeaient toujours dans le même restaurant, comme un vieux couple pétri d'habitudes. Et puis Riton était sorti de prison...

Ils en avaient parlé au début. Georges savait que ce jour arriverait et avait pris sa décision dès le départ. La veille, ils s'étaient vus une dernière fois, faisant comme s'ils ne savaient pas. Elle se souvenait très bien de son regard. Il était ancré en elle pour toujours. Il avait l'expression douce et grave d'un homme conscient d'accomplir son devoir en se sacrifiant. Nicole n'avait pas de scrupules, « c'était la vie qui était comme ça », disait-elle. C'était terrible et beau à la fois.

À la fin de son récit, Nicole affichait une tristesse résignée par le sort qui s'acharnait contre elle. Le regard perdu dans le vague, la voix rauque où l'on entendait encore la jeune fille, la femme publique s'était confiée au flic de la PJ, au cœur de Paris, un soir d'avril, à l'abri d'un autre monde s'agitant tout autour. Il y a de ces instants dans la vie d'un flic qu'on garde pour soi, comme parfois une victime, parce qu'on a peur de ne pas être compris. Comment partager l'indicible lumière noire de ces êtres singuliers ?

Delestran avait attendu un peu avant de la relancer. Il ne voulait pas l'agresser en rajoutant de la peine, même s'il avait besoin de connaître la suite, car il y en avait forcément une. Pourquoi, subitement, avait-il eu envie de lui dire quelque chose de vrai ?

– Vous savez, Nicole, j'ai toujours eu une tendresse particulière pour les femmes comme vous, les prostituées. Vous gagnez votre vie en mettant les hommes à nu et, quelque part, je vous envie. Tous ces hommes qui viennent vous voir, vous avez, si je puis m'exprimer ainsi, la chance de les voir dans ce moment de pure vérité où ils ne pensent plus à tricher. Il me semble qu'en venant à vous, ils cherchent à restaurer une vérité animale en échappant momentanément au rôle d'homme qu'on leur a assigné. Et vous les voyez dans cette vérité crue que personne d'autre ne peut voir ; même pas leurs femmes, celles qui partagent pourtant leur vie en pensant les connaître.

– On ne connaît jamais véritablement son homme, commandant. Vous savez, mon Riton, il avait beau être sentimental avec moi, ce n'était pas un ange pour autant. Je n'ai jamais su ce qu'il fabriquait dans mon dos.

– Vous devez vous en douter.

– Je ne parle pas de ses petites affaires.

– Je l'entendais bien ainsi. Mais je vous rassure, ce n'est pas pour cela que je suis venu.

– Et vous, commandant ? Votre femme, elle vous connaît vraiment ?

– Pour l'essentiel, il me semble. Il faudrait lui poser la question.

– J'en déduis donc que vous êtes marié. Vous avez des enfants, commandant ?

– Non, je n'ai pas eu la chance d'avoir ce bonheur.

– Moi non plus. C'est mon plus grand regret, et pourtant, quand je vois ma vie, il me semble que c'est peut-être mieux ainsi.

C'était le bon moment, celui que Delestran attendait, pour relancer le sujet.

– Et Georges, il avait des enfants ?

– C'est curieux que vous me posiez cette question. Vous savez quelque chose ?

143

Delestran vit une pointe d'inquiétude dans le regard de Nicole, qui relevait davantage de la méfiance. Sa question, en lieu et place d'une réponse, paraissant toute simple, sonnait comme une défense.

– Non. Je demande ça seulement parce que je m'intéresse à lui.

– Et qu'est-ce que vous voulez savoir ?

Encore une question.

– Le reste, Nicole. Je suppose que vous vous êtes revus, forcément.

Elle ne répondit pas tout de suite. Elle détourna la tête un bref instant, pour réfléchir. C'était peut-être encore douloureux pour elle. Son front s'était plissé, elle fronçait les sourcils, creusait en elle. Il fallait l'aider.

– Nicole, vous l'avez revu, n'est-ce pas ? C'est même vous qui l'avez recommandé auprès du père Wenceslas.

Elle prit une longue inspiration.

– Oui. Oui, je l'ai revu, finit-elle par lâcher. Mais n'allez pas croire des choses. Une dizaine d'années s'étaient écoulées, sans nouvelles. La vie avait repris son cours par la force des choses. Pourtant... Je suis sûre qu'il pensait à moi autant que je pensais à lui. Mais que voulez-vous que je vous dise, c'est la vie ! On a pris chacun sur nous en se disant que peut-être un jour, juste avant la fin...

– Et puis, il y avait Riton.

– Oui, Riton... Je ne sais pas si j'ai eu de la chance ou de la malchance avec lui, un peu comme avec les autres, d'ailleurs. De l'ombre à la lumière et vice versa, sans nuance... Fallait faire avec. J'ai recroisé Georges par hasard, ici même, il y a deux ou trois ans. À cause de vous, Riton était de nouveau en prison. N'allez pas croire que je vous en veux, commandant. Je sais, c'est la règle du jeu et je suis bien obligée de l'accepter. Et vous, au moins, vous avez été réglo, pas comme ses copains qu'il a couverts et qui m'ont laissée en plan. Avec l'âge, je ne pouvais plus travailler en maison, alors je me suis mise à mon compte. Tant bien que mal, j'ai trouvé quelques bonnes âmes, de quoi envoyer un peu d'argent à Riton tous les mois et subvenir à mes besoins. Au départ, quand je l'ai vu, je n'y ai pas cru. Je l'ai reconnu tout de suite, mais ce n'était plus le même homme. On aurait dit un clochard. Lui, d'ailleurs, il ne m'a pas reconnue. Il marchait dans la rue, avachi sur lui-même, tout rabougri, vous savez, comme ces vieux chiens sans maître qui s'en vont tout seuls. Ce qui m'a le plus frappée, ce n'est pas son accoutrement ou les marques du temps qui semblait s'être accéléré pour lui, non, ce qui m'a le plus frappée, c'était ce regard que je ne lui avais jamais vu, le regard d'un homme accablé. Ce fut un choc, vous savez, un choc de le recroiser, mais pas seulement. Un choc surtout de voir ce visage écrasé de souffrances. Si je ne l'avais pas connu avant, il m'aurait fait penser à un vieillard s'en allant au mouroir. Lui, c'était un guerrier, et là, il avait rendu les armes, au sens propre comme au figuré.

Nicole s'arrêta brutalement, planta son regard dans celui de Delestran.

– Vous savez ce que j'ai ressenti à ce moment-là ? De la pitié. C'est la seule fois de ma vie où j'ai éprouvé de la pitié pour un homme. Même pas pour mon Riton rongé par le crabe. Lui, Georges, il me faisait mal.

Ce fut un instant pénible, une fois de plus, mais Nicole sut conserver sa dignité. Elle fit en sorte de ne pas en rajouter, un peu aidée par Delestran.

– Et donc, vous vous êtes de nouveau rencontrés ?

– Oui, je ne pouvais pas le laisser passer sans rien dire. Cela vous est déjà arrivé de recroiser des personnes du passé auxquelles vous avez tenu ?

– Oui, comme tout le monde.

– Eh bien là, ce n'était pas comme tout le monde. C'était étrange. Nous avions tellement de choses à nous dire que nous étions gênés de n'avoir rien à nous dire. Il a fini par me reconnaître, mais j'ai bien vu que quelque chose s'était éteint en lui. Définitivement. Plus de lueur dans le regard. On a échangé quelques mots, mais c'étaient les silences qui parlaient pour nous. Je lui ai proposé de boire un café, il a refusé sans avoir besoin de prétexter quoi que ce soit. Je me souviens de sa petite phrase : « C'est gentil, Nicole, mais non, merci. » J'ai tout suite compris qu'il ne fallait pas le brusquer. Il m'a dit qu'il repasserait et, effectivement, il est revenu sans que je sache si c'était réellement pour moi ou parce que je me trouvais sur son chemin. En fait, il a fallu que je le rapprivoise. C'est ma petite faiblesse, ça, commandant, les hommes sauvages... Alors, en plus, lorsqu'ils sont esquintés, c'est plus fort que moi !

Delestran lui renvoya le même sourire qui s'était dessiné sur ses lèvres à cet instant-là, le sourire amusé de grands enfants terriblement lucides et un peu complices.

En vieux amants séparés, ils s'étaient revus régulièrement sans que cela devienne une habitude, laissant faire le hasard. Cela se passait sur un banc du jardin des Tuileries où elle savait qu'elle le trouverait un livre à la main, ou sur le trottoir où, cette fois-ci, c'était lui qui savait. Il était monté à Paris pour une raison qu'elle mit du temps à connaître. Il dormait dans des chambres d'hôtel louées à la semaine, passait son temps à errer dans la rue à la recherche de quelqu'un, lui avait-il dit. Ce n'est que plus tard que Georges Bernard se confia sur les raisons de son vagabondage. Au fur et à mesure des explications, des images apparaissaient dans l'esprit de Delestran. Il revoyait les yeux définitivement figés de cet homme, sa blessure de guerre, son entresol faisant office de tanière, ses montagnes de livres érigées en cloisons et bien entendu cette lettre dont Nicole avait également eu connaissance.

Il l'avait reçue pratiquement un an après la mort de sa mère. En retraite depuis peu, il avait rejoint la maison familiale pour s'occuper d'elle plutôt que de la voir finir ses jours dans un établissement de fin de vie. Aurait-il tout quitté si sa mère était toujours en vie ? Nicole avait posé la question sans obtenir de réponse. Cette lettre avait tout déclenché. Peu de temps après, il vendait tout et montait à Paris. Il ne lui avait pas dit ce qu'elle contenait, simplement le plus important : l'identité de la rédactrice et ce qu'elle représentait pour lui.

Mathilde de Maussicourt était une femme qu'il avait connue, il y a très longtemps. Il disait que c'était une autre époque. Il n'avait jamais pu l'oublier pour une raison simple : elle était son premier amour. C'était pour elle qu'il s'était engagé dans la Légion étrangère, pour la fuir et continuer à l'aimer secrètement après un été d'une violence sentimentale inouïe à l'issue duquel ils avaient été contraints de renoncer à ce prodigieux destin, pourtant à portée de main. Il ne lui avait pas beaucoup parlé de cette période, peut-être pour la protéger, par pudeur aussi, ou tout simplement parce que ces choses-là demeurent indicibles. Mathilde appartenait à une famille ancrée dans les traditions. Elle n'avait pas choisi, elle avait subi. Il lui était impossible de s'écarter du chemin tracé pour elle, surtout parce qu'elle était déjà officiellement promise. Avec Georges, elle avait commis une transgression en éprouvant le plus sublime des sentiments, mais son environnement avait été plus fort que cette passion. Quarante-deux années plus tard, comme s'il les avait comptées, toutes ces années, Mathilde lui avait adressé une lettre, juste avant de mourir, en lui demandant de venir en urgence à son chevet.

Nicole marqua une courte pause dans son récit pour reprendre son souffle. Delestran en profita :

– J'ai retrouvé la lettre dans sa chambre. Il l'avait soigneusement conservée.

– Vous avez donc vu la photo de Mathilde ?

– Non, la photo n'y était pas. On a cherché mais on ne l'a pas trouvée. Bon, on n'a pas tout passé au peigne fin non plus, cela aurait demandé beaucoup trop de temps.

– Pourtant, elle était dans l'enveloppe avec la lettre. Il me l'a montrée. Elle posait devant un saule pleureur et derrière, il y avait une rivière. Vous savez, je ne sais pas comment elle a vieilli, Mathilde, mais c'était une bien jolie jeune femme à l'époque. C'était Georges qui avait pris la photo. Il en était fier et elle, sur la photo, elle lui avait tout donné, ça se voyait dans ses yeux. Mathilde, elle avait un je-ne-sais-quoi de plus que les autres : le charme, mais quelque chose en plus qui la rendait vraiment belle et attendrissante. Une tristesse lumineuse. Oui, c'est ça. C'est toute la différence entre elle et moi.

– Faut pas dire ça, Nicole. Elle aussi, elle a dû terriblement souffrir. Sa vie a dû être plus confortable que la vôtre, mais en fut-elle plus heureuse ?

– Oui, mais moi, cette femme sur la photo, je ne l'ai jamais été.

– Peut-être parce qu'il vous manquait un bon photographe.

– Oui, ça doit être ça. Vous êtes gentil, commandant.

– Et donc, il est remonté à Paris pour la retrouver. Vous savez ce qu'elle avait d'important à lui dire, juste avant de mourir. Parce qu'elle est décédée, n'est-ce pas ?

– C'est drôle, cette manie chez vous les flics !

– Laquelle ? De tout le temps poser des questions ?

– Non, ça, ça fait partie de votre métier. L'autre, de ne pas employer certains mots. Chez vous, les gens ne sont pas morts, ils sont dé-cé-dés.

– Décédés. Oui, c'est vrai. Delta-Charlie-Delta, c'est par superstition ou parce que l'on

sait mieux que les autres ce que c'est vraiment, la mort, donc on est davantage effrayés
par ce qu'elle...

Delestran ne trouva pas le mot.

– Mais, dites-moi, Nicole, on dérive, là.
Revenons-en à Mathilde et Georges, vous
savez ce qu'elle lui a dit avant de mourir ?
Pourquoi voulait-elle absolument le voir ?

Nicole opina à plusieurs reprises, les
lèvres serrées, retenant tant bien que mal sa
réponse.

– Oui, et là vous allez tomber des nues.
Elle lui avait donné un fils. Oui, c'était ça,
son terrible secret : Georges avait un fils et
personne n'en savait rien.

– Comment ça ?

– Ben, à l'époque, c'était pas comme maintenant... Et une fois avait suffi pour qu'elle
se retrouve enceinte. Le pire, c'est que lui,
il était déjà parti à la Légion étrangère
quand elle s'en est rendu compte. Et dans la
famille... c'est très mal passé, si vous voyez
ce que je veux dire. C'est toujours compliqué, ces choses-là. Mais là, avec sa famille à
elle, ça l'était encore plus.

– Je m'en doute.

– Oh que non, commandant ! Vous ne
pouvez pas imaginer ce que cela a dû être,
moi non plus d'ailleurs. Elle était prise au
piège. Elle portait en elle le fruit du péché
et ils l'ont obligée à le garder jusqu'au bout.
Parce que, dans cette famille-là, ils avaient

des principes, des convictions. C'étaient des religieux, des purs et durs, traditionalistes si vous voyez ce que je veux dire. Dans cette famille, avorter est un crime...

– Cela a dû être terrible ?

– Oui, pour elle, il y a quarante-cinq ans et toute sa vie. Et pour Georges, le fait de l'apprendre si tardivement.

– Effectivement. Mais je pensais surtout à elle, Mathilde de Maussicourt. C'est bien comme ça qu'elle s'appelle, n'est-ce pas ?

– Oui, et je n'ose imaginer ce que ça doit être que de porter un enfant pendant neuf mois, de lui donner la vie et de devoir l'abandonner aussitôt à l'Assistance publique, parce que la famille en a décidé ainsi.

– Elle a accouché « sous X » ?

– Oui, Georges me l'a confirmé. On lui a juste dit que c'était un garçon, qu'il était bien portant. Elle n'a même pas eu le droit de le voir. Vous imaginez l'arrachement pour une maman et son enfant, séparés définitivement, dès le départ... À peine commencée et la vie est déjà bousillée, tout ça pour des grands principes. Moi, ce n'est pas pour ça que je vais à l'église ! Croyez-moi, commandant.

– On sait ce qu'il est devenu, cet enfant ?

– Vous pensez bien qu'il l'a cherché, Georges. Mais il s'est heurté au mur de l'accouchement « sous X ».

Delestran repensa soudainement au numéro de téléphone griffonné sur le revers d'emballage du paquet de cigarettes que Georges Bernard avait sur lui. Il en fit part à Nicole.

– Oui, il avait fait des démarches auprès de cet organisme pour le retrouver, mais en vain. Ça bloquait quelque part. D'après ce que j'ai compris, il fallait que l'enfant fasse une demande sur ses origines pour qu'on lui communique l'identité de sa mère, à condition que cette dernière ait décidé de lever le secret. Et là, l'enfant n'avait déposé aucune demande.

– Mathilde de Maussicourt avait décidé de lever le secret de son identité ?

– Non, malheureusement. Elle n'en a pas eu le temps, elle est morte avant. Mais Georges était le père, donc il a pu le faire auprès de cet organisme avec les éléments qu'il avait en sa possession. C'était comme s'il avait fait une reconnaissance de paternité, mais tardivement.

– Il connaissait la date de naissance ?

– Oui, Mathilde le lui avait dit. Le 14 mai 1961. Je m'en souviens très bien car je suis du 7 mai, une semaine plus tôt, mais avec dix ans de plus. Elle l'a appelé Valentin.

Delestran écarquilla les yeux.

– En fait, c'était la seule chose que Mathilde avait eu le droit de faire, donner un prénom à son enfant. Valentin, c'était le prénom qu'elle avait indiqué à la sage-femme dès qu'elle était revenue en salle de travail après avoir mis l'enfant en couveuse, et que cette dernière devait donner à l'état-civil en allant faire la déclaration le lendemain à la mairie. Elle avait raconté à Georges comment ça s'était passé. Et sans l'aide de la sage-femme, seule, elle n'y serait pas parvenue. Car l'enfant avait failli s'appeler Matthias. Lorsque la question du choix du prénom avait été posée, Mathilde avait répondu, presque naturellement, Valentin. Ce choix n'avait pas plu à sa mère, présente dans la salle d'accouchement. Elle s'en était offusquée, s'en était prise à sa fille. Vous imaginez, devoir accoucher devant sa mère… Tout ça parce que la vieille bigote voulait être certaine qu'elle ne conserve pas l'enfant au dernier moment. Et que dire de l'humiliation ultime de se faire reprendre sur le choix du prénom à la descente du placenta. Ces choses-là, ça devrait pas exister ! Et vous savez ce qu'elle a fait, la vieille ?

Delestran fit non de la tête.

– Eh bien, figurez-vous qu'elle est partie chercher un calendrier dans le bureau des sages-femmes. Elle est revenue avec dans la salle de travail, l'a consulté ostensiblement devant tout le monde pour constater que le 14 mai correspondait à la Saint-Matthias. Ce prénom lui convenait, « un grand évangéliste, ça lui portera bonheur », avait-elle déclaré avec la froideur d'une mère sans cœur.

On aurait dit que Nicole aurait été capable de lui tordre le cou tellement elle mettait d'intensité dans ses propos.

– C'était odieux. Comment pouvait-elle faire ça à sa fille, dans cet instant-là... Ah, il est beau, le vernis de la famille de Maussicourt ! On peut aller à l'église après ça et faire les beaux à la sortie de la messe comme si on sortait de la blanchisserie !

Delestran n'aurait pas dit mieux. Il lui semblait partager la même colère, non pas contre ce Dieu, mais contre tous ceux qui en revendiquent l'héritage.

– Mais, alors, il s'appelle comment ? Matthias ou Valentin ?

– Valentin, grâce à la sage-femme. Elle est revenue un peu plus tard lorsque Mathilde était seule dans la salle de travail. Elle lui a dit qu'elle donnerait le prénom de Valentin à l'état-civil sans que sa mère en sache rien, parce que c'était le choix de la maman et que, pour elle, c'était ce qui comptait le plus. Voilà, commandant, je vous ai dit tout ce que je savais.

Il y eut un long silence. Nicole ressassait ses souvenirs, revoyait Georges Bernard aux différentes époques de sa vie. Delestran tentait de l'imaginer, errant dans Paris à la recherche de son fils, prénommé Valentin et aujourd'hui âgé de quarante-quatre ans.

Tous les deux réunis dans l'Audi, ils étaient dans une cage de verre. Tout autour, les rues s'étaient éclaircies, les passants se faisaient rares, quelques véhicules passaient encore au compte-gouttes. La nuit imposait progressivement sa calme indifférence. Delestran redoutait l'instant où il lui faudrait sortir, regagner son domicile en emportant tout cela avec lui. Il devinait le reste : la révélation tardive d'un fils par une femme attendue toute une vie et rendant son dernier souffle à peine retrouvée, la fuite à nouveau, mais cette fois-ci pour retrouver son fils, la longue errance de cet homme et son immense déception, aussi effrayante que fut grand l'espoir. Une vie accablée en somme, qu'on noie volontairement dans le dénuement et l'abandon avec, pour entretenir une petite lueur malgré tout, les livres pour seule compagnie. Delestran en avait des frissons. Son goût des autres avait une limite qu'il ne fallait pas dépasser.

– Une dernière chose, Nicole. Vous êtes sûre qu'il n'a pas retrouvé son fils ?

– Je pense qu'il me l'aurait dit. On se voyait quand même régulièrement, surtout depuis qu'il avait rejoint l'église polonaise. C'est moi qui l'ai mis en relation avec le père Wenceslas il y a trois ans. À force de traîner dans la rue au début, il avait fini par y dormir. Ça ne pouvait pas durer comme ça. Il fallait que quelqu'un prenne soin de lui, ce n'était pas grand-chose. En plus, il avait de l'argent, il touchait une retraite. Mais ça, l'argent, il s'en foutait. Sur ce point-là, je l'ai détesté.

— Et la dernière fois que vous l'avez vu, c'était quand ?

— Début mars, ça doit faire quatre semaines, sur son banc au jardin des Tuileries. Je ne m'en suis pas inquiétée. Il dormait au chaud, c'est tout ce qui comptait pour moi.

— Et d'habitude, quelle était la fréquence de vos rencontres ?

— Une fois par semaine, parfois deux. Cela dépendait du temps qu'il faisait. Vous croyez qu'il s'est passé quelque chose ?

— J'en sais rien, Nicole, mais je trouve ça étrange que, d'un seul coup, vous ne le croisiez plus.

— Vous sous-entendez quoi, commandant ?

Nicole fronça les sourcils en affichant un regard noir de colère. Delestran se rendit compte du malaise que pouvait avoir engendré sa dernière remarque et dissipa le doute.

— Non, Nicole. Je ne sous-entends rien. Je trouve juste étrange qu'il ait apparemment changé ses habitudes. Vous savez comment on est, nous, les flics. Un changement de comportement, c'est toujours intéressant. Encore faut-il trouver ce qui l'a provoqué, ce changement.

— Si vous trouvez, vous me direz ?

— Oui, Nicole. Je vous tiendrai au courant, c'est promis. Gribouillez-moi un numéro de téléphone sur un papier.

Elle inscrivit son numéro au revers d'un ticket de stationnement et lui tendit le morceau de papier qu'il mit dans la poche intérieure de sa veste. C'était le moment désagréable du départ, celui où on ne sait pas toujours quoi dire.

– Combien je vous dois, Nicole ?

– Pas de ça entre nous, commandant. Il y aurait outrage ! Ça m'a fait du bien de parler avec vous. Si Riton savait ça... Peut-être que, de là-haut, il nous voit ?

– Peut-être...

Delestran avait envie de l'embrasser sur les joues, mais quelque chose l'en dissuada. Elle le comprit, devança son embarras en lui tendant la main qu'il s'empressa de serrer délicatement avant de sortir du véhicule. En refermant la porte, il lui adressa un regard pénétrant, qui voulait dire : « Prenez soin de vous, madame. »

6

– Quelque chose ne va pas, Jul' ?

Il ne s'agissait pas véritablement d'une question, simplement d'un moyen détourné par des années de complicité pour signifier à son mari que madame Delestran l'avait vu, plongé dans ses pensées. Le regard vague, dirigé vers le fond de son bol de café noir, il tournait mécaniquement sa cuillère dans le sens des aiguilles d'une montre en produisant un tintement métallique. Fraîchement sortie de la douche, elle avait passé l'épais peignoir en tissu-éponge de coton blanc qu'il lui avait offert à Noël. Elle s'approcha, le contourna pour venir se positionner derrière lui. Elle se pencha, colla sa joue tout contre la sienne en rassemblant ses mains autour de son ventre, qu'elle enveloppa avec gourmandise. La cuillère cessa instantanément de battre la mesure. Delestran redressa la tête, se laissa aller en arrière tout doucement pour ressentir davantage l'emprise de son épouse. Il ferma les yeux, laissant infuser en lui le baiser délicat déposé dans son cou tandis que sa main droite s'engouffrait sous le peignoir en remontant le long de la jambe pour se fixer au creux de la hanche. C'était l'endroit qu'il préférait. Le mot était faible. Le creux d'une hanche de femme semblait avoir été façonné pour y recevoir la main d'un homme venant retrouver son empreinte. Collée contre lui, madame Delestran huma la tiédeur nocturne de son gros chat comme une mère retrouve celle d'un nourrisson tout juste sorti de sa gigoteuse. Il s'était couché tard, elle ne l'avait pas entendu rentrer. Il avait englouti son assiette réchauffée au micro-ondes, seul dans la cuisine, puis s'était déshabillé dans le salon, avait déposé ses vêtements sur le fauteuil du couloir. Il avait pris d'infinies précautions pour ouvrir la porte de la chambre, s'était dirigé dans le noir vers sa place dans le lit.

– Tu as eu un sommeil agité cette nuit. Tu n'as pas cessé de te retourner, comme si tu voulais évacuer quelque chose. Encore une sale affaire ?

Bien sûr, il n'avait pas répondu. Malgré ses précautions, il l'avait réveillée et s'en voulait un peu.

– Sale, pas vraiment. Une affaire, peut-être. J'ai mis le doigt dans une drôle d'histoire et je ne sais pas où elle va me conduire. Je ne sais même pas si, finalement, elle est de mon ressort.

– Tu ne le sauras qu'à la fin.

« Elle a déjà tout compris », se dit Delestran. Il mettait cela sur le compte de ses origines,

160

des gens de la terre, taiseux mais toujours plus prévoyants que les bavards de la ville. Parfois, il en était secrètement jaloux.

– Oui, mais je me demande s'il faut que je continue à vouloir absolument y trouver quelque chose. Peut-être que je m'égare en en faisant un roman, comme on me le reproche parfois.

– De quoi tu doutes, Jul' ?

– De tout et de rien. De me raconter des histoires ou de ma capacité à les révéler. Peut-être les deux à la fois.

– C'est plutôt bon signe, d'avoir des doutes. Tu sais où cela les mène, les gens pétris de certitudes.

– Tu veux savoir ?

– Comme tu veux.

Pour cela aussi, elle avait un don. Elle ne posait jamais de questions précises sur son métier mais savait être là quand il le fallait.

– Je vais te préparer un café, assieds-toi. Tu veux du pain grillé ?

Delestran s'était levé en invitant son épouse à s'asseoir en face de lui. En étalant le beurre fondant sur une tartine de pain chaude et croustillante, il commença à lui raconter. Avec elle, il pouvait se laisser aller à quelques confidences qu'il ne se serait pas permises avec les autres. L'enquête bien entendu, mais surtout le reste, ce qu'elle faisait transpirer comme le liquide rendu par une éponge humide lorsqu'on la presse.

Madame Delestran avait mis de la confiture de mûres sur les deux tartines préparées par son mari. Elle croquait la croûte avec appétit en l'écoutant faire ce qu'on ne pouvait appeler un compte rendu, mais plutôt un récit, piqué d'impressions et de ressentis. Elle n'en perdait pas une miette. Puis elle but son café d'un trait, s'essuya le bord des lèvres et s'exclama :

– Tu m'as raconté tout ça pour te justifier d'avoir passé ta soirée avec une prostituée en me laissant seule à la maison. Bravo, c'est du propre ! Effectivement, belle romance, Julien Delestran...

C'était dit avec une exagération faussement bien jouée. Il appréciait tant ce décalage. C'était peut-être une des raisons pour lesquelles il l'aimait.

– Qu'est-ce que tu comptes faire, Jul' ?

– Continuer ce que j'ai commencé, enquêter sur la vie de cet homme, m'approcher le plus possible de la vérité. Et tant pis si je perds mon temps.

– Jul', si tu pensais vraiment perdre ton temps, tu n'aurais pas fait tout cela. Je te connais : quelque chose te turlupine. J'imagine que cette affaire doit faire écho à des images de ton enfance, mais il y a autre chose... Tu as toujours su faire la part des choses. Qu'est-ce qui te chagrine dans cette histoire ?

« Chagriner » : le mot était si juste, encore une fois.

– En fait, il y a quelque chose qui cloche et je m'y accroche. Vois-tu, si ce brave homme était tombé tout seul sous l'emprise de l'alcool, certes il aurait pu décéder en raison du choc. Mais moi, il va falloir qu'on m'explique comment il a fini dans le bassin. Il n'a pas pu basculer par-dessus le muret dans sa chute, c'est impossible.

– Tu penses que quelqu'un l'a poussé ?

– Oui. Il ne peut en être autrement. Pour moi, c'est presque devenu une évidence. Et toi, tu peux comprendre, parce que, vois-tu, ce serait vraiment odieux qu'un homme finisse ainsi de son propre chef. Pas lui en tout cas, pas après avoir fait tout cela, la vie qu'il a eue, qu'il a menée. Il ne peut pas finir comme ça. Ce serait abject. C'est ça qui me fait peur en fait, et c'est pour ça que je m'accroche à ce détail qui n'en est pas un.

Elle avait effectivement compris ce que les mots de son mari signifiaient. Cette grande colère qu'il avait toujours dissimulée au plus profond de lui contre ce qu'on appelait parfois la fatalité, le destin. Il s'en servait, en réaction. Elle savait d'où cela lui venait. Ce n'était pas une revanche, mais une vengeance contre l'injustice. Elle l'aimait aussi pour ça.

– Fais attention à toi quand même, Jul'.

Elle avait prononcé ces mots comme on dit « je t'aime ». La journée pouvait enfin commencer.

Madame Delestran rejoignit la chambre pour aller se préparer. Chaque matin, elle faisait l'ouverture de l'école qu'elle dirigeait en saluant les enfants et les parents. Elle appréciait ce moment-là, lorsqu'on ouvre les portes. Ensuite, la réalité était plus compliquée. Elle aussi savait faire la part des choses.

Il était 7 h 15, Delestran la regarda disparaître de l'appartement en attendant son clin d'œil juste avant qu'elle ne referme la porte. Il en était ainsi tous les matins. Désormais seul, il se resservit une tasse de café, la laissa sur le coin de la table pour rejoindre la salle de bains, puis l'avala d'une seule gorgée vingt minutes plus tard avant de s'en aller rejoindre son autre monde.

Arrivé avant le reste de l'équipe, Delestran avait lancé sa vieille cafetière pour le rituel du matin. Il avait ouvert la fenêtre en grand pour que l'air frais de la nuit envahisse son bureau, lisait les gros titres d'un journal récupéré au poste de garde en lançant régulièrement un regard sur le récipient qui se remplissait de noir par saccades. Comme tous les jours, la première tasse serait pour lui. Au fil des arrivées, on se regroupait dans son bureau pour y parler de tout et de rien.

Chacun y allait de son petit commentaire sur un sujet d'actualité. On n'était pas toujours d'accord, surtout en matière de politique. Lorsque le sujet semblait épuisé, on finissait irrémédiablement par en venir aux affaires en cours. C'était en quelque sorte une mise en train, une façon de s'accorder comme les musiciens d'un orchestre avant un concert. Malgré la gravité des enquêtes, il n'y avait pas d'urgence, d'autant plus que le groupe n'était pas de permanence. Leur tour revenait toutes les trois semaines. Il fallait donc maîtriser son emploi du temps sans dépendre des aléas de l'actualité, des saisines pouvant surgir à tout moment, contraignant le groupe à se maintenir disponible et à réagir en mettant tout le reste de côté. Une nouvelle enquête de voisinage sur une des trois disparitions était programmée en début d'après-midi au parc Monceau, l'ensemble du groupe y participerait. Delestran et Beaumont devaient se rendre à l'IML pour l'autopsie, fixée à 10 heures. Deux convoqués en matinée devaient être entendus sur une queue de CR*, Anna Bellama et Olivier Lessourd s'en chargeraient. Il restait encore les écoutes à relever, on ne se faisait guère d'illusions, mais il fallait les traiter. Ce serait pour Michel Mateoni. Stanislas Riaud

---

* « Queue de CR » : actes secondaires à la fin d'une commission rogatoire.

et Stefan Henrich profiteraient du calme de la matinée pour aller faire une séance de tir au stand du boulevard Macdonald, leur première de l'année sur les trois obligatoires.

Puisque tout le monde était réuni, Delestran en profita pour les mettre au courant de son entrevue avec Nicole. Il calma d'entrée de jeu les ardeurs de Lessourd et Mateoni, qui, apprenant la qualité de Nicole, avaient chambré leur chef de groupe avec grivoiserie. Il avait passé l'âge d'aller voir les filles de galanterie, chose du reste qu'il n'avait jamais faite en dehors du contexte professionnel, lui. Devant ce sous-entendu sans fondement, lancé à l'emporte-pièce, les deux allumeurs se défendirent, assez maladroitement, ce qui fit rire les deux filles du groupe. Delestran reprit la main. Il était en train de relater les éléments que lui avait confiés Nicole lorsqu'il fut interrompu par un bruit sec sur le montant de la porte. Il inclina la tête et vit apparaître Claire Ribot dans l'encadrement. Elle hésita à entrer, on ne lui en avait pas donné l'autorisation. Son sourire s'effaça rapidement devant le regard désobligeant de Delestran. Elle l'avait interrompu, cela lui déplaisait, il ne s'en cacha pas. Coupée dans son élan, la psychologue ne savait plus ce qu'elle devait faire. Victoire lui adressa un petit signe explicite de la main pour lui dire d'entrer. Elle s'exécuta en ayant conscience de gêner. Elle crut bon de devoir rassurer tout le monde, elle passait juste dire bonjour. Cette petite phrase lancée à l'ensemble du groupe visait Delestran. Il la fixa sans ménagement. Claire Ribot termina son tour de poignées de main par Delestran en soutenant son regard pour lui imposer le sien avant de tourner les talons vers la sortie. C'était volontaire de sa part : lui montrer qu'elle était franche mais pas défiante. Juste avant de sortir, elle se retourna à l'appel de son prénom par une voix féminine. C'était Victoire, bien entendu :

– Claire ? Avec le chef, on va à une autopsie ce matin. Tu veux venir ? En plus, le corps n'est pas dégradé.

– C'est gentil de penser à moi, mais cela ne va pas être possible. J'ai un entretien ce matin. Ce sera pour une autre fois. Je vous souhaite une bonne journée !

Et elle disparut en retrouvant son sourire initial.

Delestran n'avait rien dit à propos l'initiative de son adjointe, même s'il se voyait mal passer deux heures avec la psychologue dans la salle d'autopsie. En revanche, une fois qu'elle eut disparu, il avait lâché un sourire sarcastique. Personne n'avait bronché, sauf Beaumont, qui ne comprenait pas pourquoi son chef de groupe réagissait ainsi.

Delestran termina son récit. Georges Bernard avait un fils, il fallait le retrouver.

– Bien entendu, tout cela n'a peut-être aucun lien avec la mort de notre homme. Et il reste surtout la question principale : comment a-t-il fini dans le bassin ? Alors, puisque certaines « s'entretiennent » – le mot avait été prononcé en découpant chaque syllabe –, nous, avec Victoire, on va aller s'entretenir avec notre patient entre les mains du légiste. On y va, Victoire ?

Lorsque la circulation se densifiait, Beaumont usait de quelques passe-droits avec la complicité de Delestran et abaissait le pare-soleil « police ». Le commandant n'avait plus conscience de ce privilège permettant d'atténuer considérablement les contraintes de la vie en collectivité. Beaumont n'était pas encore contaminée par le poison de l'habitude, n'en revenait toujours pas de remonter en toute impunité des files entières de véhicules immobiles, débordant sur la droite dans les couloirs de bus ou à contre-sens, sur la voie de gauche. Avec le gyrophare sur le toit et le deux-tons tonitruant, cela pouvait vite devenir n'importe quoi. Quand l'usage devenait abusif, il n'en était pas pour autant moins jubilatoire, bien au contraire. Heureusement, Delestran était un flic raisonnable, sachant calmer les ardeurs de ses hommes en mal d'adrénaline. Et puis la vitesse, en général, l'effrayait.

Le cadavre de Georges Bernard les attendait. Tout en conduisant, Beaumont devinait le regard de Delestran, fixe et porté vers le lointain. À quoi pensait-il ? À ce qu'ils allaient vivre pendant deux heures ? Appréhendait-il toujours cette opération ou, là encore, l'habitude avait-elle pris le dessus ? Beaumont ne redoutait pas l'examen médical des cadavres, mais elle avait une sorte de trac.

Pour ne pas trop gamberger, elle profita d'un arrêt à un feu rouge pour questionner Delestran :

— Commandeur, je peux te poser une question ?

Il répondit par un « oui » un peu évasif.

— Elle t'a fait quelque chose, la psy ?

— Non, pourquoi ?

— Je ne sais pas, j'ai l'impression que... Comment dire, je te trouve sec avec elle.

— Ah bon ?

— Oui. Cela m'a même paru surprenant de ta part. D'habitude, tu ne te comportes pas comme cela avec les nouveaux, ni avec les nouvelles, d'ailleurs. Je suis bien placée pour le savoir.

Delestran fronça les sourcils, peut-être étonné que ce soit aussi visible.

— Tu trouves vraiment que j'ai été désobligeant ?

— Je n'ai pas dit désobligeant. Simplement, j'ai remarqué une forme d'hostilité, comme si elle n'était pas la bienvenue. Avec le père

Wenceslas, j'ai bien vu également que, tous les deux, vous n'étiez pas sur la même longueur d'onde. Mais là, avec Claire Ribot, je ne comprends pas pourquoi tu as cette sorte de méfiance à son encontre.

– Mais, dis-moi, tu m'observes ?

– Pas plus que ce que mes yeux me donnent à voir.

– Et donc, tes yeux…

– Mes yeux ont vu un agacement. Une suspicion trahissant une crainte. C'était volontaire ?

– Mais, dis-moi, tu poses beaucoup de questions d'un seul coup. Volontaire ? Oui, certainement. Je n'aime pas trop qu'on vienne fouiller dans nos affaires.

– Elle ne vient pas fouiller. Son domaine de compétences n'a rien à voir avec le nôtre. Elle a été claire, d'ailleurs.

– Oui, mais bon, elle va quand même s'entretenir avec la famille, donc elle va y mettre le nez.

– C'est le principe de l'aide psychologique aux victimes et à leur entourage.

– Oui, mais ça, tu vois, ça me gêne.

– Pourquoi ? Je ne comprends pas.

– Elle va avoir des informations que nous n'aurons pas, des confidences… Ces gens-là savent voir à l'intérieur, mieux que nous.

– Cela n'aura rien à voir.

– Parce que tu crois que tout est compartimenté dans la vie ?

– Non, bien sûr. Mais Claire n'enquête pas, elle soutient. C'est différent.

– Mais, dis-moi, lieutenant Beaumont, la policière s'est transformée en avocate ?

– Pas de ça avec moi, commandeur. C'était juste une question comme ça ; et à voir ta réaction, je me dis que...

– Tu te dis que ?

– Que mes yeux ont bien vu !

Le véhicule était de nouveau en mouvement, ce qui n'empêcha pas Beaumont d'adresser un sourire espiègle à son chef de groupe.

Que fallait-il lui répondre ? La vérité ? Que Delestran se méfiait des psychologues en général, parce qu'ils détenaient un savoir dont il se sentait, lui, démuni. Était-ce une forme de jalousie, un caprice d'enfant gâté, ou y avait-il réellement une raison plus profonde ?

– Bon, je prends acte de ta remarque ou plus exactement de ta demande insidieuse de modifier légèrement mon comportement en devenant plus accueillant avec la psychologue.

– Je ne te demande rien. Maintenant, c'est vrai que si tu pouvais être un petit peu plus souple, ce serait sans doute mieux pour tout le monde ; à commencer par elle.

– J'y veillerai.

Beaumont avait réussi à titiller efficacement son chef, l'obligeant à changer sa façon de faire. Delestran avait cédé sans pour autant se mettre à nu. Ils pouvaient donc reprendre une activité normale.

Leur véhicule déboucha sur les quais de Seine, remonta le fleuve le long des berges. Le ventre ouvert et chargé de charbon, une péniche descendait le courant en traçant derrière elle un sillon blanc, scintillant de lumière. Quelques mouettes volaient au vent. Leur présence était toujours surprenante dans un lieu si éloigné de la mer.

Quelques minutes plus loin, l'institut médico-légal dressait son austérité en pierres de taille sur un îlot cerné de voies de circulation très fréquentées. En arrière-plan, le métro aérien allait et venait en contournant le bâtiment cubique. Une rame chargée de silhouettes franchissait la Seine et s'apprêtait à disparaître dans les entrailles de la terre. Pour n'y voir aucune symbolique, il suffisait d'être patient : bientôt une rame identique apparaîtrait en sens inverse, montant vers la lumière.

C'était un endroit banal pour le commun des mortels et, pourtant, il s'y passait de drôles de choses. Ici, en plein centre de Paris, à l'abri des regards indiscrets, des médecins légistes découpaient de la chair humaine pour rechercher les causes d'un décès.

Cela pouvait ébranler, cette brutale intrusion dans l'intimité viscérale d'un homme ou d'une femme, remettre en cause certaines vérités ou certaines croyances. Les plus fragiles tournaient parfois de l'œil. D'autres se refermaient complètement, déterminés à pouvoir tout supporter. La procédure pénale imposait la présence d'un officier de police judiciaire pour effectuer les placements sous scellé de prélèvements d'organes ou de corps étrangers. Cela dépendait de la sensibilité de chacun et aussi de son histoire personnelle, car, forcément, une autopsie pouvait faire rejaillir de vieux traumatismes.

Cela faisait toujours sourire Delestran, un sourire noir et ironique, lorsqu'il entendait les experts du savoir théorique marteler qu'on n'était pas confronté à la mort impunément. En pratique, qu'en savaient-ils ? Ils y mettaient les mains, eux, dans la mort froide, inflexible et puante ? C'était une des raisons de sa colère, une colère contenue, retranchée, qu'il était parvenu à transformer en force vitale. C'était son secret. Il se considérait même comme un privilégié, d'avoir accès à cette réalité crue, heureux de savoir ce qu'il y avait à l'intérieur de cette incroyable mécanique humaine. La mort mettait en évidence le miracle de la vie. Quant à savoir s'il y avait un grand responsable, peu lui importait. Il n'était pas nécessaire de comprendre l'origine de la vie pour en jouir.

Ils étaient entrés dans l'IML par la grande porte et avaient annoncé leur présence au secrétariat, qui relaya l'information au médecin légiste devant opérer. En habitués, ils franchirent une petite porte sur la gauche et rejoignirent un local faisant office de vestiaire en traversant un jardin intérieur orné d'une fontaine. Là, ils revêtirent blouses, surchaussures, charlottes et masques de chirurgien avant d'attendre qu'on leur donne accès à la salle d'autopsie. C'était un moment particulier, chargé d'un silence propice à la concentration, un sas de transition avant de changer de monde. On sentait monter quelque chose, ça vous prenait aux tripes, non sans une certaine appréhension. Cela devait être pareil pour les comédiens derrière le grand rideau rouge avant de monter sur scène ; les sportifs professionnels venant de quitter le vestiaire, alignés dans la pénombre du tunnel, avec, face à eux, le terrain noyé dans la lumière des projecteurs ; ou le taureau condamné à mourir, se devant de livrer son dernier combat sur le sable d'une arène endiablée. C'étaient du moins des images venues à l'esprit de Delestran au fil des années. Il en choisissait une, selon son humeur du moment, pour détourner la gravité de l'instant. Un style...

On libéra le verrou de l'autre côté. La porte s'ouvrit. L'assistant du docteur Renaud les invita à le suivre. Ils pénétrèrent dans la troisième et dernière salle. Elles étaient toutes similaires, épurées et vieillissantes, les murs carrelés de blanc, le sol rugueux, d'un marron très sombre. Au centre trônait la table en inox. Légèrement incurvée, elle luisait sous l'éclairage d'une imposante lampe de chirurgie. Dans son prolongement, à angle droit, résidait un plan de travail avec sa planche à découper en bois griffée d'incisions, un large évier équipé d'une douchette. Au plafond, on observait de larges auréoles jaunies, la peinture craquelait dans les angles.

C'était la cinquième fois que Beaumont pénétrait dans une salle d'autopsie. Elle se souvenait de la première avec une précision photographique, mais aussi de la dernière, trois mois auparavant, parce que l'opération portait sur une femme de son âge. Les deux autres avaient déjà commencé à s'effacer de sa mémoire. Elle n'avait pas encore eu le temps de se familiariser avec ce lieu étrange où on parlait tout bas par peur de déranger. Elle s'étonnait encore de la lampe tue-mouches, fixée au mur, diffusant sa lumière ultraviolette, avec des petits cadavres grillés collés aux néons, et se crispait toujours lorsque le légiste aiguisait ses instruments le long d'un fusil, tel un boucher s'apprêtant à dépecer une carcasse.

Pour Delestran, avec les années, c'était différent. Il y a longtemps qu'il ne les comptait plus. Il avait ses petites habitudes, à commencer par fixer, dès l'entrée, son regard sur la bouche d'évacuation des eaux de lavage. C'était par cette grille au centre de la salle, point de convergence de la déclivité du sol, que tout disparaissait. L'eau claire projetée sur la table en inox s'épaississait en se chargeant de rouge, dessinant vers le trou de longs filets sanguinolents. Après avoir échangé quelques mots avec le légiste, il faisait le tour du cadavre d'un pas lourd, posait ses yeux sur le corps une dernière fois, tentait d'y voir un reste de ce qu'il avait été, parce que, après, ce ne serait plus pareil. Il terminait sa ronde en notant le numéro d'enregistrement sur le bracelet plastique accroché au poignet, celui qui figurerait sur le procès-verbal, puis rejoignait son poste d'observation dans le fond de la pièce, à côté d'une table d'appoint sur laquelle le légiste avait posé ses effets personnels, divers documents dont des polycopiés. Pour occuper son temps, Delestran allait jouer au secrétaire en prenant les notes qu'il lui dicterait. D'une écriture serrée, à l'encre noire, il remplirait progressivement les blancs des schémas, consignerait les observations du praticien avec des mots compliqués qu'il avait appris à orthographier. Peut-être même décrocherait-il le téléphone si ce dernier venait à sonner, puis collerait l'appareil le long de l'oreille de son propriétaire, privé de l'usage de ses mains ensanglantées. Cela pouvait donner lieu à des conversations très différentes : « Oui, maman. Je passerai samedi en début d'après-midi pour t'emmener faire tes courses, ne t'inquiète pas. Tu n'as plus de fromage blanc ? En attendant, tu peux prendre des yaourts », mais aussi : « Allô, oui ? Bonjour, monsieur le procureur. Non, vous ne me dérangez pas. C'est quand, votre marathon ? OK, je vous envoie le certificat médical dans la journée. Oui, j'ai bien compris pour la mention "ne présente pas de contre-indication à la pratique de la course à pied en compétition". » Le tout en extrayant un estomac pour détailler le contenu du bol alimentaire ou en enfonçant une longue seringue dans un cœur définitivement à l'arrêt pour y prélever du sang aux fins d'analyses toxicologiques. Médecin légiste, un drôle de métier, où on devait se sentir bien seul, parfois, quand on retrouvait le monde normal.

Un photographe de l'identité judiciaire fixait sur la mémoire numérique de son appareil chaque étape de l'autopsie au cours de laquelle les organes étaient mis au jour. Des vues générales, rapprochées, détaillées, donneraient lieu à la constitution d'un album annexé à la procédure, une preuve par l'image à la disposition des magistrats. Les policiers ne consultaient jamais ces photographies. Ils en avaient déjà suffisamment vu sur l'instant, avec l'odeur en plus, dont les juges avaient la chance d'être dispensés.

Pendant deux heures, le docteur Renaud fit parler le cadavre avec Victoire Beaumont sur son dos, avide d'explications. Légèrement en retrait, Delestran les regardait faire, s'en amusait presque. Il fallait qu'elle voie, plonge son regard à l'intérieur, au plus proche, qu'elle ne manque rien des faits et gestes du légiste. Pas une seule fois elle n'eut une réaction de répulsion. Elle semblait immunisée, posait des questions commençant toujours par « pourquoi », s'émouvait des réponses telle une écolière enthousiasmée par une découverte.

Delestran notait les remarques du légiste lancées dans sa direction. À deux reprises, il s'était rapproché pour voir de ses propres yeux, avant de rejoindre sa place, sans rien dire. Les deux petites taches sombres découvertes sous les ongles des index et majeur de la main droite étaient effectivement intéressantes. Elles s'apparentaient à du sang et furent prélevées pour analyses et comparaisons. L'hématome au niveau du cortex cérébral était la conséquence d'un choc assez violent, compatible avec une chute de la hauteur d'un homme, ayant brisé la suture lambdoïde à la jointure des os occipital et pariétal. Ce choc avait-il entraîné la mort ? En l'état, le légiste n'était pas en mesure de répondre à la question formulée par Beaumont. On pouvait s'attendre à de sérieuses séquelles, mais de là à savoir si la mort avait été instantanée, il n'en savait rien. La jeune femme paraissait déçue, affichait son mécontentement en fronçant les sourcils. La vérité n'était pas toujours immédiate. Le plus souvent, elle résultait d'une longue déduction qui exigeait d'aller au terme de la dissection. Victoire Beaumont allait en faire l'expérience à son tour, comme Delestran à sa place, des années auparavant. La vérité pouvait surgir d'un autre endroit, à un autre moment, lorsqu'on ne s'y attendait plus.

Le légiste ne fut pas surpris, quelques instants plus tard, de voir Delestran se rapprocher, plus déterminé que les deux autres fois. Les poumons venaient d'être déposés sur la table d'examen après avoir été individuellement pesés. À l'examen visuel, le légiste et Delestran avaient déjà compris. La lampe fut orientée vers l'organe sombre et luisant sur la planche en bois. Après le cœur, le foie, la rate, les reins, l'estomac, le larynx et le cerveau, le légiste s'attaquait aux poumons avec un soin tout particulier.

La paire était dissymétrique. Beaumont en connaissait la raison, mais c'était toujours impressionnant d'y être confronté en se disant que la nature était incroyablement bien faite. Le poumon gauche ne possédait que deux lobes, l'espace libéré par l'absence du troisième était occupé par le cœur. De nombreux signes d'une détresse respiratoire étaient visibles. Comme le fit remarquer le légiste, les poumons étaient gonflés, un œdème s'était formé, signe d'un organe en souffrance. Il invita Beaumont à rapprocher son oreille du poumon. Il le pressa et elle entendit des crépitements consécutifs à l'expulsion de bulles d'air emprisonnées dans les tissus. Par ailleurs, l'organe était gorgé d'eau. La présence de liquide répondait définitivement à sa question précédente. Georges Bernard n'était pas mort sur le coup : il respirait encore lorsqu'il avait été immergé dans l'eau. C'était une certitude. Pour le prouver, on pouvait procéder à des examens cytologiques en comparant la flore du liquide avec celle du bassin des Tuileries ou effectuer une analyse du taux de strontium. Très peu présent dans le sang, le strontium l'était davantage dans l'eau. Lors d'une noyade, l'élément chimique passait dans le sang. Un taux plus élevé serait donc une preuve chiffrée.

La phrase du légiste tomba comme un couperet : « En fait, vous avez un noyé ! »

Delestran et Beaumont attendaient le légiste dans la bibliothèque de l'IML. C'était toujours un petit soulagement que de se retrouver dans cette grande salle ornée de vitrines d'un autre temps, remplies de moulages et bocaux renfermant une collection de toutes les étrangetés humaines que les médecins des morts étaient amenés à rencontrer. Ils retrouveraient bientôt le monde des vivants.

De la poussière en suspension scintillait dans la lumière qui se répandait entre les épais rideaux en velours vert. Pour patienter, les visiteurs faisaient le tour de la pièce en retenant le poids de leurs pas pour soulager la souffrance du vieux parquet en chêne dépoli qui grinçait. Ils laissaient traîner un regard dubitatif sur la collection en s'étonnant de tant de difformités ou s'arrêtaient parfois pour déchiffrer les indications techniques sous une pièce avant de se remettre en mouvement.

Cela ne durait que quelques minutes, le temps pour le légiste de se changer et de venir livrer ses premières conclusions. Médecins et policiers s'asseyaient autour d'une table, échangeaient à voix basse, chacun dans son domaine, puis appelaient le parquet aux fins de compte rendu.

Le légiste avait, certes, relevé un petit frottement au niveau de l'encolure mais aucune lésion traumatique sur la gorge qui puisse s'apparenter à un serrage manuel. La blessure à l'arrière du crâne était sérieuse, l'hématome en résultant avait comprimé une partie du cortex, ce qui aurait pu être fatal, mais l'analyse des poumons avait démontré que ce n'était pas cela qui avait entraîné la mort. Le légiste était formel. Georges Bernard était mort noyé.

Au téléphone, le procureur partageait l'avis du commandant. On pouvait reproduire l'expérience une centaine de fois, jamais un corps basculant en arrière et heurtant un muret d'une quarantaine de centimètres de hauteur au niveau de la tête ne basculerait de l'autre côté pour se retrouver dans l'eau. Quelqu'un avait forcément – il marqua un temps d'arrêt – déplacé le corps en le faisant passer par-dessus le muret. Par l'intermédiaire de Delestran, le magistrat interrogea le légiste : après sa chute, l'homme était-il conscient ou inconscient ? Encore une fois, le légiste fut embarrassé de ne pouvoir répondre d'une façon incontestable. Il y avait de très fortes probabilités pour que Georges Bernard ait été inconscient à la suite d'une telle chute, mais il ne pourrait l'affirmer le jour où la question lui serait posée à la barre. Le légiste avait bien compris les tenants et aboutissants d'une affaire qui regardait désormais la justice. S'agissait-il d'un homicide volontaire ? D'un coup ayant entraîné la mort sans intention de la donner ? D'une non-assistance à personne en danger ? D'une dissimulation de crime ? Peut-être tout à la fois ?

Delestran proposa au magistrat d'envoyer rapidement au laboratoire les prélèvements effectués sous les ongles pour en extraire l'ADN et s'assurer qu'il n'était pas différent de celui du défunt. Un ADN étranger sur un cadavre était toujours très révélateur, à condition bien sûr de pouvoir en identifier la provenance. Le magistrat en convenait, ce ne serait pas une affaire facile à résoudre. Mais, justement, elle n'en serait que plus « savoureuse » si on y parvenait. Convaincu également, Delestran ne se montrait pas défaitiste, bien au contraire. Chercher, il aimait ça. C'était sa vie, d'autant plus qu'il y avait encore de la matière à ronger sur l'os, toujours cette fameuse latéralité à laquelle il tenait tant. Georges Bernard avait un fils, il avait fait des démarches auprès du Centre National pour l'Accès aux Origines Personnelles. Était-il finalement parvenu à le retrouver ? Quel que soit le résultat, Delestran et son équipe se devaient de le rechercher, de le trouver et de lui poser quelques questions.

Pour poursuivre l'enquête, il fallait remplir les blancs de l'histoire par procès-verbaux en espérant que la procédure ne finisse pas dans un sous-sol avec la mention « sans suite », comme un manuscrit non publié échoué au fond d'un tiroir.

Delestran et Beaumont quittèrent l'institut médico-légal peu avant midi avec la sensation étrange de renaître. Sitôt la porte franchie, ils furent éblouis de lumière, l'air brûlait leurs poumons. Comme après chaque autopsie, ils marchaient d'un pas hésitant en regardant tout autour le monde s'agiter. C'était toujours pareil, il fallait un peu de temps avant de reprendre sa place parmi les vivants lorsqu'on avait fréquenté la mort de si près. On se sentait quelqu'un d'autre, en transit entre deux mondes, avec néanmoins la conviction d'être privilégié. On promenait sur les choses un regard neuf, on s'étonnait d'en faire partie. On se sentait au fond un peu plus vivant que les autres en retrouvant la capacité de s'enthousiasmer du moindre rien, une ligne blanche dessinée dans le ciel par un avion, un parfum en suspension dans le sillage d'une femme... Même le vrombissement d'une grosse cylindrée pouvait devenir agréable.

Delestran et Beaumont longèrent la Seine en silence, dans le sens du courant. Notre-Dame puis la maison-mère du 36, le Louvre et ses trésors sur l'autre rive, le musée d'Orsay, le dôme des Invalides étincelant sous le soleil... Paris leur apparaissait soudainement comme un concentré de richesses et de beauté.

7

Bordé d'immeubles de luxe et de somptueux hôtels particuliers, le parc Monceau affichait son élégance. À l'entrée, les grandes grilles en fer forgé rehaussées d'or symbolisaient en quelque sorte la difficulté d'accéder à ce petit monde de privilégiés. Delestran était déjà venu y flâner à deux ou trois reprises pour des affaires de vol avec effraction. Les préjudices étaient proportionnés à la richesse des lieux, les voleurs savaient où ils mettaient les pieds. Rapidement découvert, car toujours dans les zones basses en raison de son poids imposant, le coffre-fort de tel ambassadeur, telle héritière de grande famille ou telle star du show-business était éventré à la disqueuse en l'absence de son propriétaire, puis vidé de son contenu. Les assurances ne couvraient pas toujours ce qu'on dissimulait au fond d'un coffre ; c'était l'envers du décor : on détenait parfois des richesses dont il était difficile d'avouer l'origine.

Une tout autre histoire, cette fois, avait conduit le groupe Delestran dans ce grand jardin d'agrément où on pouvait croiser les statues de Maupassant, Chopin et Musset. Une femme avait disparu en s'y rendant pour faire son footing. Des trois disparitions, c'était la plus récente, tout juste quatre jours.

Ils avaient décidé de faire les choses dans l'ordre en partant de l'agence de la Société générale avenue de Villiers où cette femme, décrite comme ambitieuse et déterminée par ses collègues, exerçait la fonction de directrice des ressources humaines. Sandrine Lacroix était une adepte de la course à pied. Dans son bureau, une rangée de cadres habillait le mur à l'arrière de son poste de travail, montrant des dossards froissés par l'effort et des photos de franchissement de ligne d'arrivée, les bras en « V » : Paris, Londres, Berlin, Rome et bien entendu New York. Son mari avait évoqué une pratique addictive contractée trois ans après la naissance de leur deuxième enfant. Cela l'avait prise comme ça, presque du jour au lendemain. Elle avait franchi les étapes très rapidement, effectuant son premier marathon dix-huit mois à peine après l'achat de sa première paire de chaussures de sport. C'était un besoin vital pour évacuer le stress du travail, justifia-t-il. Il l'accompagnait à sa façon, en venant sur le bord de la route avec les enfants pour l'encourager. Au début du mois de mars, elle s'était blessée alors qu'elle préparait le marathon de Paris. C'était la première fois. Une tendinite au genou l'avait empêchée de participer à ce grand événement qu'elle avait déjà terminé à deux reprises. Pour la famille et pour elle, ce fut une période difficile, au cours de laquelle elle tournait en rond comme un animal en cage. Le vendredi 2 avril, jour de sa disparition, était seulement sa troisième sortie depuis sa reprise. Elle avait prévu de courir autour du parc une cinquantaine de minutes.

C'était toujours la même angoisse pour Delestran de devoir aborder ces gens tous plus ou moins occupés à vivre. Chaque fois, il pensait aux démarcheurs faisant du porte-à-porte, se projetant dans l'inconnu pour gagner leur vie. Ils devaient en voir de toutes les couleurs. Combien de portes refermées sitôt entrouvertes, de regards suspicieux, d'accueils cinglants, de fins de non-recevoir avant d'enfin établir un contact ? Et devoir tout recommencer, inlassablement.

Delestran se faisait violence pour ne pas avoir l'impression de partir à l'abordage, modulait sa voix pour que son intrusion ne soit pas perçue comme une agression. Il commençait par une formule de politesse, puis exhibait rapidement sa carte professionnelle, son sésame pour capter l'attention et être pris au sérieux. La photographie de Sandrine Lacroix présentée, il guettait la réaction. Il savait très bien que plus son interlocuteur réfléchissait, moins il aurait de chance d'obtenir un résultat. La plupart du temps, les gens étaient désolés de ne pas pouvoir aider la police. D'autres s'en voulaient presque, malgré leurs efforts de mémoire. C'était curieux.

Pendant plus de deux heures, le groupe Delestran sollicita une centaine de personnes, peut-être davantage, on ne comptait jamais vraiment. Si personne n'avait remarqué la joggeuse sur les trottoirs entre l'avenue de Villiers et le parc Monceau, une bonne douzaine de témoins se souvenaient de l'avoir vue courir dans les jardins le vendredi précédent. On se souvenait très bien de la couleur rose acidulé de son tee-shirt moulant et de son legging noir, ainsi que des lunettes de soleil qu'elle portait systématiquement. Sandrine Lacroix courait seule. D'après l'ensemble des témoignages, on avait pu établir avec précision qu'elle se trouvait dans le parc entre 12 h 45 et 13 h 20. Par contre, rien sur sa sortie ni sur son chemin du retour.

Le groupe avait questionné les chauffeurs de taxi venus stationner leur véhicule sur les emplacements réservés à l'entrée principale, ainsi que les chauffeurs de bus de plusieurs lignes aux deux arrêts desservant le parc. Personne ne la connaissait, donc personne n'était en mesure de dire si elle était ressortie comme on pouvait s'y attendre ou si un quelconque événement s'était produit.

Cette minutieuse enquête avait eu le mérite d'établir que Sandrine Lacroix était bien venue courir au parc Monceau le vendredi 2 avril. Le jour même, ses collègues puis son mari et enfin les policiers avaient contacté à plusieurs reprises les services des urgences des hôpitaux pour savoir si elle y avait été prise en charge. En vain. Elle avait disparu sans laisser de trace en n'ayant sur elle que sa tenue de sport, sans pièce d'identité, sans argent ou moyen de paiement, ni même de téléphone portable. Ce dénuement rendait encore plus alarmant sa disparition. L'hypothèse d'une rencontre fortuite, peut-être malveillante, semblait être la seule explication. Malgré tout ce que les policiers étaient amenés à découvrir sur la face cachée des êtres humains, on ne pouvait, dans le cas présent, imaginer un acte préparé dans le cadre d'une fuite volontaire.

Il était 15 h 30 quand ils regagnèrent leur service, un peu abattus de rentrer bredouilles, sans le moindre début de piste. Chercher encore et toujours, là où on n'aurait pas idée de chercher : c'était si facile à dire que cela en devenait déconcertant. Et pourtant, ils n'avaient pas d'autre choix. Delestran décida donc de convoquer le mari et les parents de Sandrine Lacroix le lendemain matin pour les entendre à nouveau sur procès-verbal. On avait déjà vérifié leur emploi du temps, les écoutes téléphoniques les écartaient par ailleurs de toute suspicion, mais il fallait insister encore sur le filon familial. Bien qu'il ne soit pas un adepte des grands mots, il leur fallait « provoquer le destin », le bousculer.

Et l'environnement familial était pour l'instant leur seul angle d'attaque. En attendant, pour changer d'horizon et retrouver un peu d'entrain, Delestran proposa à Beaumont d'aller rendre visite au CNAOP. Georges Bernard méritait également qu'on s'intéresse à lui.

Ils garèrent leur véhicule dans la contre-allée de l'avenue Duquesne, bordée de platanes. Delestran ne put s'empêcher d'effleurer l'écorce de ces grands arbres lui rappelant systématiquement ceux de la cour de récréation de son école primaire. Pourquoi ce souvenir était-il aussi prégnant ? L'écorce de cet arbre l'avait toujours fasciné. En vieillissant, il lui semblait se rapprocher de l'explication sans toutefois l'atteindre vraiment. C'était une sensation qu'il souhaitait retrouver, comme pour se rassurer de ne pas l'avoir oubliée. L'aspect peau de serpent aux écailles arrondies formant un puzzle végétal de taches blanches et marron ; l'alternance au toucher entre la sécheresse du tissu mort, gris-vert, et la douceur d'une nouvelle peau couleur crème ; le parfum âcre et envoûtant... Il se remémorait aussi ce péché d'enfant consistant à accélérer la mue de l'arbre en retirant délicatement entre ses doigts des petits morceaux d'écorce, faisant apparaître une blancheur précoce, fraîche et humide, encore fragile, qui jaunissait en quelques minutes à l'air libre. Il y avait tout cela dans son sourire énigmatique, que Beaumont ne parvenait pas à déchiffrer, lorsqu'ils s'approchèrent du porche au-dessus duquel figurait le numéro 7.

Le bâtiment s'élevait sur cinq étages derrière une jolie façade en pierres de taille dans la pure tradition haussmannienne. À l'entrée, l'interphone ne comportait aucun nom, seulement des initiales et des acronymes parmi lesquels le CNAOP, situé au quatrième. Delestran appuya sur le bouton. Sans qu'il eût besoin de s'identifier, le système électronique grésilla et la porte se libéra. Il n'y avait pas de loge, seulement quelques boîtes aux lettres dans le hall et une grande porte vitrée non verrouillée pour accéder à l'escalier et à l'ascenseur. Pour des policiers, il était toujours curieux de pouvoir entrer aussi facilement dans un bâtiment.

Sur la porte de droite du quatrième, l'inscription « Centre National pour l'Accès aux Origines Personnelles » était ciselée sur une plaque en métal argentée sous laquelle figurait la mention « sonnez et entrez ». Delestran sonna, Beaumont le précéda. Ils se retrouvèrent dans un petit hall avec des affiches accrochées aux murs blancs, deux fauteuils au tissu sombre, une table basse comportant des revues comme on en retrouve dans les salles d'attente médicales. Une femme apparut dans l'encadrement de la porte en vis-à-vis de l'entrée. Derrière elle, on devinait des bureaux de chaque côté d'un couloir, et dans le fond, une salle de réunion où deux autres femmes étaient attablées. Malgré le sourire affable de la femme, âgée d'une trentaine d'années, Delestran éprouva un sentiment étrange. Quelque chose d'imperceptible dans l'atmosphère ; peut-être sa différence d'âge avec Beaumont qui pouvait laisser supposer un lien parental, ou encore le fait d'être, a priori, le seul homme, il se sentit d'un seul coup embarrassé. Pourtant habitué par sa profession à fréquenter des lieux interdits, inaccessibles ou réservés, il avait l'impression de ne pas être à sa place.

– Bonjour, madame. Nous sommes de la police judiciaire et nous souhaiterions obtenir quelques informations.

L'évocation de la police judiciaire jeta une ombre d'inquiétude sur le visage de la jeune femme.

– Si je peux vous être utile… C'est à quel sujet ?

Delestran hésita un instant. Son interlocutrice le remarqua et leur proposa de la suivre dans un bureau. Depuis la salle de réunion, une femme d'une certaine prestance tourna son regard dans leur direction alors qu'ils traversaient le couloir.

– C'est la police, madame. Ils veulent des informations. Je les reçois et je vous tiens au courant.

Puis elle murmura aux deux policiers :

– Je suis l'adjointe de madame Delavaux, la présidente.

Au passage, Delestran inclina légèrement la tête en direction de la présidente. Elle n'eut aucune réaction, simplement un regard appuyé, un regard auquel les policiers finissaient par s'habituer et où on pouvait lire à la fois de la méfiance, du respect et de la gravité. La présidente maintint ce regard jusqu'à ce qu'ils disparaissent dans le bureau.

Delestran se lança. Ils enquêtaient sur la mort d'un homme. Il prit soin de ne pas le nommer. Jusqu'à présent, rien ne permettait d'affirmer qu'il s'agissait d'un crime, mais ils se devaient de faire des vérifications. Il y a trois ans, cet homme avait appris l'existence d'un fils, il y avait tout lieu de penser qu'il avait effectué des recherches pour le retrouver, car les policiers avaient découvert le numéro de téléphone du CNAOP griffonné sur un morceau de papier conservé dans l'étui à cigarettes qu'il portait sur lui. Le sourire des premiers instants s'effaça sur le visage de la secrétaire. Delestran en vint rapidement au motif de leur visite. Il était également à la recherche de ce fils, avait bien l'intention d'obtenir son nom. Le visage de la secrétaire s'assombrit.

– J'ai bien compris l'objet de votre venue, mais il me faut en référer à la présidente, car votre demande pose un certain nombre de difficultés. Je vous prie de bien vouloir patienter. Je vais voir madame Delavaux et je reviens vers vous rapidement.

La secrétaire quitta le bureau. Delestran marqua son étonnement en fronçant les sourcils en direction de Beaumont, qui semblait avoir compris.

– Ils vont nous opposer le secret professionnel, lui souffla-t-elle à mi-voix.

Une grimace douloureuse s'afficha sur le visage du commandant.

– C'est toujours pareil ! Pourquoi c'est toujours compliqué lorsqu'on cherche à comprendre ? Faut toujours qu'on nous mette des bâtons dans les roues !

– Attends, commandeur. Ne t'alarme pas si vite : un secret, ça se lève.

– Oui, oui, bien sûr... Mais tu connais le milieu médical, ça va prendre un temps fou.

– Là, on n'est pas dans le médical, mais dans les affaires sociales.

– C'est pareil !

Beaumont avait envie de sourire devant la mauvaise foi de son chef. On aurait dit un petit enfant frustré, trépignant sur sa chaise. Elle avait appris à le connaître.

– Tu entends ? Ça parle à côté. Attends de voir...

Effectivement, à travers la cloison, on entendait des voix sans comprendre ce qu'elles exprimaient. De temps en temps, on percevait des mots : « j'entends bien », « police », « soit », « oui, mais », « dans les formes », « certainement pas » et une dernière phrase : « je vais aller les voir », ponctuée par un mouvement de chaise.

Delestran avait réussi à cacher son irritation lorsque la présidente pénétra dans le bureau. Les deux policiers se levèrent pour la saluer. Une poignée de main sèche et un sourire de complaisance ne laissèrent rien présumer de bon pour la suite. D'ailleurs, personne n'osa se rasseoir. La discussion aurait lieu debout. Madame Delavaux se présenta rapidement en insistant sur sa fonction et sa mission. Était-ce une façon courtoise de les recevoir ou de se donner de l'importance ? Delestran l'observait. Elle portait des escarpins foncés, un collant couleur chair, une jupe seyante en laine à gros carreaux blancs et noirs et un chemisier resserré à l'encolure surmontée d'un collier de perles. Étaient-ce des vraies ? Delestran eut l'impression d'avoir affaire à une femme du monde, parée d'un maquillage soigné lui donnant de l'assurance. Quel âge pouvait-elle avoir ? Difficile à dire : autour de la cinquantaine ? La légère rondeur de son ventre, ses mains à la peau desséchée, parsemées de petites taches brunes, donnaient quelques indications, tout comme le brillant de ses bagues, dont l'une, sertie d'une pierre translucide, attirait le regard.

– Ma collaboratrice m'a fait part du motif de votre visite. En l'état, il va m'être difficile de répondre favorablement à votre demande. Nous avons un point en commun avec vous : nous sommes soumis au secret professionnel prévu par des textes.

– Oui, le 226-13 du Code pénal, crut bon d'ajouter Beaumont, voyant son chef aux prises avec un agacement contenu.

– Tout à fait, mais pas uniquement. Il y a aussi le L 411-3 du Code de l'action sociale. Croyez bien qu'il ne s'agit pas, tout comme vous, d'un droit que nous revendiquerions, mais d'une obligation qui nous est faite de ne pas rendre publiques certaines informations sur nos activités ou les personnes s'y rattachant.

– Nous l'entendons bien ainsi, madame, mais vous êtes bien placée pour savoir que tout secret peut être levé. Il existe pour ce faire des procédures également prévues par les textes, plus ou moins contraignantes. Les femmes qui ont accouché « sous X », par exemple, peuvent décider de lever le secret de leur identité en vous contactant.

– Je dois vous dire une chose, mademoiselle… Votre grade ?

– Lieutenant. Et mon collègue est le commandant Delestran.

– Très bien, lieutenant. Permettez-moi de vous dire, et peut-être qu'un jour vous comprendrez mieux la nuance – vous n'avez pas d'enfant, n'est-ce pas ? –, qu'on n'accouche pas « sous X », mais qu'une femme fait le choix d'accoucher dans l'anonymat. En confiant par la suite son enfant à l'adoption, et non en l'abandonnant comme on l'entend si souvent, elle lui offre la chance de se construire dans de meilleures conditions. Les mots sont importants, ils sont lourds de sens et peuvent avoir des conséquences dramatiques.

– Vous avez raison. Je n'ai pas encore d'enfant et je souhaiterais ne jamais avoir recours à ce choix. Mais concrètement, pour ce qui nous intéresse, nous avons un homme, un père, à la recherche de son fils. Celui-ci vous a contactés. Pouvez-vous nous dire si vous lui avez communiqué l'identité de son fils ?

– Pour le savoir, il faudrait d'une part que vous me donniez le nom du père, d'autre part que je fasse des recherches pour savoir si la mère a levé le secret de son identité en communiquant également l'identité supposée du père et qu'enfin, et surtout, l'enfant ait effectué une demande de communication auprès de notre organisme. Car révéler son identité est une chose, mais c'est l'enfant qui a le pouvoir de décision sur l'opportunité de cette recherche. Nous autorisons la recherche des origines, pas celle de la descendance. Vous comprenez ?

– Oui, il me semble avoir compris. Mais, concrètement, vous pouvez nous le dire ?

– Oui, je pourrais. Par contre, je ne pourrai pas vous communiquer les informations nominatives.

– Et avec une réquisition judiciaire ? lança Delestran froidement.

– C'est effectivement le seul moyen. Cela nous arrive rarement en matière judiciaire, davantage en matière civile. Je vous avoue ne jamais avoir été confrontée à ce cas, mais c'est la seule voie légale. Je tiens à vous préciser toutefois qu'une réquisition ne vaut pas obligation pour le professionnel de répondre favorablement. Cette autorisation de lever le secret professionnel laisse la possibilité au professionnel de partager, révéler, ou pas, en pesant le bénéfice et le coût pour la personne concernée.

– Et dans le cas d'un crime ?

La présidente eut un sursaut accompagné d'un léger mouvement de recul.

– Ma collaboratrice ne m'a pas fait part du fait que vous enquêtiez sur un crime, j'avais cru comprendre que...

– Malgré vos réticences, que je peux comprendre, madame, je vais être très franc avec vous.

Delestran fixa ses grands yeux dans les siens, prit un ton grave.

– Pour l'instant, rien ne prouve qu'il s'agisse d'un crime. Il peut très bien s'agir d'un accident, mais... Il y a toujours ce « mais », avec des petits détails, un contexte, des probabilités et surtout des impossibilités. Notre travail, c'est de réduire à néant les probabilités pour en faire des certitudes et, pour ce faire, j'ai besoin de connaître l'identité de ce fils. Maintenant, si cela peut vous rassurer, partager un secret avec une personne également soumise au secret, c'est lui assurer néanmoins une continuité de confidentialité.

– Sauf si vous êtes amenés à devoir le révéler dans le cadre de votre enquête.

– Dans ce cas, nous aurons le même cas de conscience que vous, nous aurons à mesurer le bénéfice ou le coût, comme vous dites, pour la personne concernée. En fait, nous sommes sur la même ligne de conduite.

– Oui et non. C'est que...

La présidente hésita, puis renonça.

– Bon, eh bien, vous n'avez qu'à adresser votre réquisition judiciaire à l'Inspection générale des affaires sociales. Vous pensez bien que la décision finale ne m'appartient pas. Et quelque part, c'est aussi bien ainsi. Je n'aurai pas à endosser le poids de cette responsabilité.

– Je comprends. Cela ne doit pas être simple tous les jours pour vous non plus. Dans votre domaine, il doit y avoir de belles histoires et de terribles désillusions.

Delestran ne s'amusait pas à l'amadouer, il était sincère. Un terme lui revint en mémoire, mais il s'empêcha de le formuler : « Raccommodeur de destinée » ; ces mots venaient de son auteur préféré, Simenon. Il jeta un regard à Beaumont pour lui signifier que le moment était peut-être venu d'obtenir du concret.

– Madame Delavaux, j'ai besoin d'un précieux renseignement avant d'engager les démarches procédurales. Je vais vous donner l'identité de cet homme et j'aimerais savoir si, dans vos dossiers, vous avez celle de son fils. Si tel est le cas, j'aimerais aussi savoir si vous les avez mis en relation, conformément à l'objectif de l'organisme que vous dirigez. Pour l'instant, je ne vous en demande pas davantage. Il me semble que vous pouvez le faire sans vous mettre en porte-à-faux avec vos obligations, non ?

La directrice eut un regard vague. Une légère oscillation de la tête indiquait son hésitation, alors qu'au fond d'elle-même sa décision était prise.

– Donnez-moi son nom, je vais voir ce que je peux faire.

Beaumont arracha une page de son carnet, inscrivit « Georges Bernard, né le 17/05/1942 » et tendit la feuille à la directrice.

– Je vous demande de patienter. Ça peut prendre un peu de temps.

– Prenez le temps qu'il faudra. Encore une fois, pour que vous soyez certaine de nos intentions, je ne vous demande pas une réponse nominative ; juste affirmative ou négative.

Delestran s'écroula de tout son poids sur le fauteuil au départ de la directrice.

– Qu'est-ce qu'il ne faut pas faire !

Le temps s'écoulait au goutte-à-goutte dans la petite salle, mais les deux policiers avaient la certitude que leur attente ne serait pas vaine. Ils se sentaient cependant un peu abandonnés, dans un silence pesant qu'ils rompaient par quelques mots échangés à voix basse pour se rassurer. « J'appellerai le parquet à notre retour. » « Je me charge de la réquise. » « À qui je l'adresse ? » « Je ne sais pas, je verrai avec le proc. » Et puis, après un silence plus long que les autres : « On devrait toujours avoir un livre sur soi. » Beaumont acquiesça.

Ils étaient à l'affût du moindre bruit, cherchant à deviner ce qui se passait au-delà des cloisons, le bruit de l'ascenseur, une porte mal fermée, un craquement de parquet. Dehors, une puissante moto approcha puis disparut. Finalement, quand on se donnait la peine de tendre l'oreille, il était bien rare d'entendre le silence.

Pour s'occuper, Beaumont triturait son téléphone, revisitant sa galerie de photographies ou des vieux échanges de messages. Delestran jeta son dévolu sur sa montre en accompagnant du regard la course de la trotteuse. C'était sa façon de retrouver la vraie mesure du temps. Après avoir suivi la grande aiguille pendant trois tours complets pour s'ajuster, il se testait, comptait jusqu'à trente en fermant les yeux, puis les ouvrait pour vérifier. Comme on pouvait s'y attendre, cela ne marchait pas du premier coup. Il lui fallut renouveler plusieurs fois l'expérience pour parvenir enfin à être en phase avec le temps.

La trotteuse avait dû faire une vingtaine de tours lorsqu'un bruit de pas se rapprocha. La directrice apparut avec une sorte de soulagement dans le regard. Elle allait enfin pouvoir se débarrasser de ses visiteurs :

– J'ai une bonne nouvelle pour vous. Georges Bernard a effectivement pris contact avec nous pour retrouver son fils et ce dernier a également fait des démarches auprès de notre service pour connaître ses origines. Donc nous avons pu les mettre en relation. Cela n'a pas été simple de faire le lien en l'absence de la mère, mais, par divers recoupements, nous y sommes parvenus. Voilà tout ce que je peux vous dire.

Delestran et Beaumont échangèrent un regard, comme si la réponse ne leur suffisait pas. La directrice le comprit, mais évacua toute possibilité.

– Je suis désolée, je ne peux pas vous en dire davantage. Pour le reste, il faudra que vous effectuiez la demande de façon officielle.

Delestran se frotta la mâchoire en cherchant un moyen d'en apprendre davantage. La directrice ne broncha pas, décidée à ne pas céder.

– Nous vous remercions d'avoir pris sur votre temps pour effectuer cette recherche. C'est une information importante, voire capitale, pour notre enquête et nous ne manquerons pas de vous faire parvenir dans les plus brefs délais une réquisition pour que nous soit communiqué l'ensemble du dossier que vous possédez.

Beaumont avait adopté une voix solennelle, volontairement apaisante, mais déterminée.

– Il n'empêche que, sans nous donner d'information nominative, que nous obtiendrons de toute façon, à plus au moins long terme, vous pourriez nous indiquer quand la rencontre a eu lieu. Ça s'est passé ici ?

La directrice se méfiait, peut-être plus d'elle-même que de la question, qui ne la mettait finalement pas en danger.

– Non.

– Donc, vous vous en souvenez. J'imagine que cela a dû se produire récemment.

Delestran n'en revenait pas, sa collègue l'impressionnait. Elle avait une telle assurance que les choses paraissaient simples.

– Tout dépend de ce que vous appelez récemment. Dans la plupart des cas, effectivement, nous proposons aux personnes concernées de les recevoir dans nos locaux pour cette première rencontre, car vous imaginez bien à quel point ce moment peut être bouleversant. Les réactions sont parfois surprenantes, cela nécessite un accompagnement et du soutien.

– Oui, j'imagine. C'est un peu comme lorsque nous devons annoncer de mauvaises nouvelles. Donc Georges Bernard et son fils ne se sont pas retrouvés ici. Vous savez où la rencontre a eu lieu ?

– Ah, ça, je n'en sais rien. Vous pouvez me croire.

– Lequel des deux a refusé de rencontrer l'autre ici, dans vos locaux ? Le père ?

– Non, c'est le fils.

– Le fils ?

– Oui. Ça pouvait se comprendre, car, lui, c'est sa mère qu'il recherchait.

– Effectivement.

Beaumont avait raison de ne pas contredire la directrice, c'était la meilleure façon d'en apprendre encore un peu plus. Delestran la laissait à la manœuvre, admiratif.

– Alors comment ont-ils fait pour se retrouver ?

– Le plus simplement du monde, ils se sont donné rendez-vous. Nous avons simplement servi d'intermédiaire et nous avons clôturé le dossier. Pour nous, c'était terminé. Notre travail s'arrête là, la suite ne nous regarde plus.

– Donc, si je vous suis bien, le fils a donné rendez-vous à son père ?

– Oui, il nous a remis une lettre en nous demandant de la transmettre à son père. À l'intérieur figuraient le lieu, le jour et l'horaire du rendez-vous. C'est ce qu'il nous a précisé en nous donnant l'enveloppe.

– Et cette remise, c'était quand ?

– Vous m'en demandez beaucoup.

– Je sais, madame. Mais, croyez-moi, c'est important. Et puis, vous le savez, puisque vous venez de consulter le dossier, je suppose que tout est écrit.

– Il y a à peu près un mois, début mars. La date exacte, je ne peux vous la communiquer.

– Pas de problème, madame. Je comprends.

Il y eut un silence. Delestran en profita pour prendre le relais de sa collègue.

– Vous devez en voir, des sacrées histoires, quand même !

– Tout comme vous, je pense.

– Oui. Et là, nous avons une histoire en commun. D'habitude, je suppose que vous êtes sollicitée par des enfants et des mères, rarement par des pères. Car c'est bien le père qui s'est signalé auprès de vous en premier, n'est-ce pas ?

– Oui, vous avez raison.

– Il y a combien de temps ?

– Ça date. Peu après notre création, il y a plus de deux ans. Cela nous a surpris d'ailleurs, on n'avait pas beaucoup d'expérience, on ne s'attendait pas à une levée du secret de l'identité par l'intermédiaire d'un père.

– Et le fils ? Quand est-ce qu'il a effectué sa démarche ?

– Plus récemment. Au mois de février de cette année.

– Pourquoi avoir attendu si longtemps ?

– Attendez, ce n'est pas simple. Il a fallu que l'on recroise les informations, car nous n'avions pas l'identité de la mère, simplement une date et un lieu de naissance. Nous avons un certain nombre de dossiers, cela prend du temps.

– Ce n'est pas ce que je voulais dire, je me suis mal exprimé. Cela concernait le fils. Pourquoi d'après vous a-t-il attendu si longtemps ?

– C'est compliqué. Les gens éprouvent le besoin de savoir ; et on peut les comprendre, car c'est douloureux de ne pas connaître ses parents, croyez-moi, et puis effectuer la démarche, c'est paradoxalement le plus difficile à faire. Cela signifie qu'on est prêt à affronter une vérité pour laquelle on n'est jamais vraiment préparé, une vérité loin de ce qu'on s'était imaginé pendant toutes ces années, parce qu'il y a un tel vide qu'on essaie quand même de le remplir, d'une façon ou d'une autre. Cette démarche remet en question toute une longue construction nécessaire pour atténuer un sentiment de honte, voire de culpabilité. Une autre vérité s'impose alors à vous et elle peut être également effrayante. Il faut avoir beaucoup de courage pour aller jusqu'au bout. De toute façon, lorsqu'on a été adopté, on en reste marqué à vie. La cicatrice peut se refermer, mais jamais elle ne disparaît.

L'intonation avait changé. Elle n'était plus sur la défensive. On aurait cru qu'elle parlait pour elle.

– Et puis, il y a peut-être une raison plus simple encore. Le CNAOP n'a été créé qu'en 2002 par madame Ségolène Royal lorsqu'elle était ministre des Affaires sociales. Peu de gens connaissent notre existence malgré la communication que nous effectuons autour de l'association. Il faudrait lui...

La sonnerie du téléphone de Delestran coupa la directrice. Il mit la main à la poche, comme un enfant pris en faute, décrocha.

On entendit une voix d'homme que Beaumont reconnut, celle du patron.

« Delestran, j'ai une bonne nouvelle : on a peut-être notre homme... »

Delestran sortit de la pièce pour prendre la communication en s'excusant auprès de la directrice pour ce désagrément.

Il revint quelques instants plus tard, l'air préoccupé, interrompant les deux femmes visiblement en grande conversation :

– Je suis désolé, il faut qu'on parte rapidement. Je tiens à vous remercier, madame,
pour votre coopération, qui nous a été précieuse. Je vous laisse une carte avec mes
coordonnées. N'hésitez pas si vous avez
besoin de quoi que ce soit. Vous recevrez
prochainement une demande de notre part
pour ce que vous savez. Malheureusement,
une autre affaire nous appelle : une tentative
d'enlèvement, précisa-t-il en s'adressant à sa
collègue.

8

Après quarante-huit heures de garde à vue, s'il était clairement établi que Patrice Lecoin avait tenté d'enlever une jeune femme en la faisant monter de force dans sa voiture, rien ne le rattachait pour autant aux trois autres disparitions. En cette veille de week-end, on venait de mettre la procédure en page, l'homme s'apprêtait à quitter les locaux de la 1re DPJ pour rejoindre une autre cellule, au dépôt de Paris. Le lendemain matin, il serait présenté au magistrat, qui ne manquerait pas, vu les faits et ses antécédents judiciaires, d'obtenir son placement en détention provisoire. Face à cette affaire, les psychiatres s'étaient réveillés. Patrice Lecoin était soudain devenu dangereux, alors qu'un an auparavant on l'avait lâché dans la nature, sans même une obligation de soins, après sept années de réclusion pour une série de cinq viols. Ainsi s'appliquait la loi pénale. Lorsqu'une nouvelle disposition était favorable au condamné, « plus douce », elle était d'application immédiate. Lorsqu'elle lui était défavorable, « plus dure », elle ne pouvait s'appliquer pour des faits commis antérieurement. Votée cinq ans plus tôt, l'obligation de soins à la suite de ce type de crime ne pouvait donc s'appliquer à Patrice Lecoin lorsqu'il était sorti de prison. Tout le monde savait qu'il allait recommencer, y compris les matons, qui, entre eux, avaient même lancé des paris sur le temps qu'il faudrait avant de le revoir derrière les barreaux. Comment expliquer cela à sa future victime ?

Avec le jeu des remises de peine – terme odieux pour une victime, qui ne pouvait jamais bénéficier de ce genre de dispositif –, les douze années initiales s'étaient réduites pratiquement de moitié. Quelqu'un s'était-il posé la question de savoir si la souffrance de ces cinq victimes s'était également réduite de moitié ? C'était toujours la même histoire : entre la peine encourue, la peine prononcée et la peine finalement effectuée, il y avait parfois de grands écarts. Seules les victimes, rapidement oubliées, souffraient toujours.

Rassemblés autour d'une bière dans le bureau de Delestran, des policiers refaisaient le monde. Ils s'exaspéraient, maugréaient, fulminaient de se retrouver si souvent désarmés devant les victimes, sans trouver quoi dire pour apaiser leurs souffrances. Le Bien et le Mal, l'injustice, tous ces grands mots... Ils se sentaient parfois perdus, isolés et incompris. Tout y passait, ressentiment, aigreur, parfois dégoût. En parler entre eux était un mal nécessaire, une façon aussi,

inconsciemment, de réaffirmer leur engagement. Alors, les flics se rattrapaient à ce
qu'ils pouvaient, leurs victimes, avec cette
étrange appropriation par le langage qui
pourrait donner lieu à bien des interpréta-
tions. Delestran les regardait avec des yeux
remplis d'admiration. Dans ces moments-là,
il repensait souvent à Sisyphe. Il les trouvait
beaux.

La fureur retomba aussi vite qu'elle était
montée. Tout le monde était d'accord sur
l'essentiel : on avait évité un nouveau drame.
Que se serait-il passé si un chauffeur-livreur
n'était pas intervenu ? Il était en train de
décharger une palette quai de la Charente,
le long du canal Saint-Denis, lorsque son
attention avait été attirée par la Clio noire
conduite par Patrice Lecoin s'arrêtant à une
cinquantaine de mètres devant une femme à
l'angle du boulevard Macdonald. Une femme
fragile et isolée, faisant le pied de grue
avec son sac contre la hanche en attendant
le client. C'était un endroit connu pour la
prostitution, même en pleine journée. On s'y
était habitué. En quelque sorte, elle faisait
partie du décor. Tout en manipulant son
transpalette, le livreur avait observé la scène,
non pas d'un mauvais œil, mais par simple
curiosité, pour voir la tête du client. La jeune
femme s'était approchée, avait ouvert la portière. Le conducteur s'était penché en avant

dans sa direction tout en tenant fermement le volant. Ils avaient échangé quelques mots. On devinait la nature de leur conversation. Cela avait anormalement duré, laissant supposer un différend. Sur la nature de la prestation ? La tarification ? La femme s'était écartée, l'homme s'était penché davantage en ouvrant largement la portière. Que lui avait-il dit à ce moment précis qui l'avait incitée à revenir vers lui ? Une nouvelle discussion s'était engagée. Une négociation ? Le livreur était curieux de savoir si un accord allait être trouvé. Mais d'un seul coup, dans un accès de violence inouïe, il avait vu le corps de la jeune femme littéralement aspiré dans l'habitacle du véhicule. « Aspiré » était le mot qu'il avait utilisé au cours de son audition et qui figurait sur le procès-verbal. Elle s'était débattue, avait tenté de s'extraire, de faire lâcher prise à l'homme qui lui portait des coups de sa main libre. Il était loin, les sièges du véhicule masquaient les corps emmêlés, mais les jambes de la jeune femme dépassaient à l'horizontale à l'extérieur et il voyait des mouvements de bras par-dessus le dossier tout en percevant des cris d'effroi. Lâchant son transpalette, il s'était mis à courir dans leur direction, avait vu à mi-chemin un nuage de fumée blanchâtre apparaître, du gaz lacrymogène. Le conducteur s'employait à refermer la portière passager tout en maintenant son emprise sur la femme

qui hurlait. Arrivé à la hauteur du conducteur, le témoin vit la femme recroquevillée
sur le plancher, le buste plaqué sur le siège,
une arme de poing sur la nuque, tandis que
l'homme s'apprêtait à démarrer. Le témoin
n'avait pas réfléchi. Il avait ouvert la portière.
L'agresseur s'était mis à brailler des choses
incompréhensibles, s'en prenant à la jeune
femme en la traitant de salope, et demandant qu'on le laisse tranquille. Sans même
se rendre compte que l'arme était factice,
le témoin l'avait extrait du véhicule et plaqué au sol. L'homme n'avait pratiquement
pas opposé de résistance, et s'était subitement mis à geindre en disant qu'il n'avait
rien fait, que c'était elle qui l'avait gazé. Le
livreur l'avait maintenu ainsi fermement en
attendant l'arrivée des policiers alertés par
un passant.

Lors de son audition, Sonia Elaoued avait
confirmé la version du livreur et s'était vite
remise de l'agression dont elle avait été victime. Il faut dire que cette toxicomane âgée
de trente-deux ans en avait vu d'autres. Vivant
dans des squats, elle se prostituait pour se
payer ses doses de crack, avait connu tous
les services d'urgence des hôpitaux parisiens.
La violence des hommes, elle la subissait
depuis son enfance et de façon quotidienne,
de la part de ses clients comme de ses compagnons de galère. Marquée physiquement, à

la fois par son addiction et les coups accumulés, elle avait su, cependant, conserver cette forme de dignité que l'on retrouve si souvent chez les gens de la rue, à la fois résignés et aguerris. Avec ce qui leur restait d'amour propre, ils revendiquaient, pour la plupart, une vie choisie et non subie. On ne les contredisait jamais.

En femme de la rue, Sonia ne faisait pas dans la galanterie de celles que l'on rencontre juchées sur de hauts tabourets dans des établissements spécialisés aux lumières tamisées. Son corps, c'était sa monnaie d'échange pour se payer sa dose quotidienne. Elle n'était donc pas trop regardante sur la clientèle. Elle prenait ce qui venait. Souvent, sous l'effet du manque, elle descendait très loin dans les bas-fonds de la perversité humaine. Elle fermait les yeux, subissait, puis repartait avec son argent gagné honnêtement. Une dose de crack achetée rapidement et tout était oublié. Jusqu'au lendemain. Que s'était-il donc passé avec Patrice Lecoin pour qu'elle se retrouve avec une arme, même factice, sur la nuque ? Ce n'était pas sa tentative de faire baisser le prix, cela arrivait souvent. Non, ce qui l'avait alertée au départ, c'était son regard fixe, comme on en voit chez les fous. Sa voix étrangement fluette ne l'avait pas rassurée, mais elle s'était quand même approchée. L'homme ne l'avait pas regardée comme une femme, ça, elle y était habituée, mais pas non plus comme une prostituée : plutôt comme un objet de revanche. Son regard était terrifiant. Elle était devenue méfiante. Il s'en était aperçu, sa voix s'était modifiée. Il avait haussé le ton en lui disant qu'il allait payer. Elle avait voulu voir l'argent, s'était donc approchée à nouveau tout en levant discrètement sa main à la hauteur de son sac. C'est là qu'il l'avait saisie et tirée dans le véhicule avec une violence animale. Elle avait reçu un flot d'insultes accompagné de coups dont elle essayait de se protéger tout en tentant de récupérer sa bombe lacrymogène. La tête collée contre la sienne, elle avait senti son souffle rauque lorsqu'il lui avait ordonné de faire désormais ce qu'il lui dirait si elle voulait rester en vie. Elle l'avait vu sortir l'arme de la boîte à gants, était parvenue à extraire la lacrymo de son sac et avait appuyé sur la détente le plus longtemps possible sans pouvoir diriger le jet de gaz dans une quelconque direction. Elle avait reçu un coup de crosse sur la tête, qui lui avait fait lâcher prise, avait hurlé, puis s'était recroquevillée sur elle-même sans pouvoir respirer en raison du gaz. Sonia avait fermé les yeux, s'attendant au coup fatal mais finalement son agresseur avait décidé de l'emmener ailleurs pour satisfaire sa pulsion. La suite, les policiers la connaissaient.

À l'issue de son audition, il avait fallu la convaincre de se faire examiner par un médecin. Elle ne le souhaitait pas, mais c'était indispensable pour la procédure. Elle était une victime : un certificat médical descriptif de ses blessures – une plaie saignante à l'arrière de son crâne – devait être établi. Elle émit un petit rire lorsque Delestran évoqua l'ITT qui serait indiquée sur le certificat. À quoi bon lui servirait le nombre de jours alloués à son incapacité temporaire de travail ? Même si un médecin la jugeait temporairement inapte physiquement à exercer une activité, il lui fallait sa dose. Elle retournerait donc le plus tôt possible sur le trottoir, sur le lieu même de son agression.

Sans demander l'autorisation à son groupe, Delestran prit un billet de cinquante euros dans l'enveloppe des gratifications qu'ils recevaient parfois de la direction en récompense de la résolution de belles affaires. Il le donna à Sonia avant qu'elle monte dans le véhicule de police qui devait la transporter à l'unité médico-judiciaire. C'était une façon de lui dire : « Tu ne seras pas obligée d'y retourner tout de suite. » Comme il s'y attendait, elle refusa, mais il insista. Ce n'était pas son argent, lui dit-il simplement. On prendrait un apéro en moins lors du prochain repas de cohésion. À part les membres du groupe, personne n'en saurait rien et ce serait très bien ainsi.

Patrice Lecoin avait fait de la résistance pendant les premières vingt-quatre heures de sa garde à vue. Il s'était présenté en victime de l'acharnement policier. Quoi qu'il arrive, disait-il, son passé lui reviendrait toujours au visage, faisant de lui le coupable idéal. Mais, cette fois-ci, il n'avait rien fait. En habitués, les hommes de Delestran l'avaient laissé déblatérer. Tant que Lecoin n'aurait pas vidé son sac de récriminations, il resterait sourd à toute question. Il avait donc déroulé péniblement sa bobine de lamentations. La société le tiendrait toujours responsable de ses fautes passées. Même ses voisins dans sa cité de l'Essonne lui faisaient payer le fait d'être en liberté. Des excréments sur sa porte, des inscriptions sur sa boîte aux lettres, les pneus de sa voiture régulièrement crevés ou ses rétroviseurs arrachés... Pire encore, il y avait ces regards remplis de haine qui l'obligeaient à baisser la tête, à longer les murs. Pourtant, il avait payé. Il avait passé sept années dans une cellule de neuf mètres carrés, traînant sa réputation de « pointeur », la peur au ventre, lors des promenades, au cours desquelles ses codétenus risquaient de lui faire la peau à tout instant. Des gestes salaces ou univoques lui étaient adressés, tantôt avec un sourire rempli de perversité, tantôt avec la froideur des fous capables du pire. Et une fois dehors, cela continuait... Il était pénible pour les policiers de devoir entendre cette longue litanie entrecoupée de soupirs, de gémissements et de sanglots étouffés. Non pas parce que cela n'avait rien à voir avec l'affaire en cours, mais parce que Patrice Lecoin était sans doute sincère : tout était vraisemblable. Pour l'amener à ce qui les intéressait véritablement, il avait encore fallu satisfaire le besoin de Lecoin de remonter très loin dans son enfance, lui permettre d'évoquer la maltraitance que lui infligeait son beau-père, et entendre les détails des punitions corporelles brutales et sadiques qu'il avait subies. Cela pouvait-il expliquer l'homme qu'il était devenu ? Lorsqu'il fondit en larmes, on sut enfin que ce passage obligé était terminé. Après une brève respiration, on allait pouvoir aborder ce qui venait de se dérouler.

Dans son malheur, Patrice Lecoin avait néanmoins rencontré une âme charitable. Le directeur d'un supermarché avait accepté de l'employer comme magasinier à sa sortie de prison. Ce travail lui plaisait, il était à l'abri des regards dans la réserve du magasin tout en retrouvant la dignité que procure une activité salariée. Il lui permettait surtout de gagner sa vie honnêtement et de subvenir à ses besoins. Et des besoins, l'homme qui avait passé sept années sous les verrous à devoir attendre la nuit pour se soulager silencieusement, presque honteusement, en avait comme tout un chacun. Après une journée de dur labeur, Patrice Lecoin avait décidé de s'offrir une petite récompense. Certains passent chez le fleuriste ou chez le caviste, d'autres vont au cinéma ou faire du shopping sans y avoir pensé le matin même. N'avait-il pas le droit, lui aussi, d'être satisfait de sa journée en dérogeant à la petite tyrannie du quotidien ? Il n'était pas le seul à aller « aux putes » en sortant du travail, on voyait même des hommes en costume-cravate. Patrice Lecoin n'avait pas besoin d'argumenter pour justifier son choix.

Il avait donc pris la direction de Paris avec la ferme intention de s'offrir du bon temps. Pour que cela dure un peu, il ne fallait pas être trop regardant. Il savait que, sur les boulevards extérieurs du nord-est parisien, il en aurait pour son argent. À sa sortie de prison, il avait été au plus pressé, sur un parking pour routiers dans la forêt de Fontainebleau. Cette fois-ci, il voulait plus que dix minutes de plaisir vite expédié en lisière de forêt. Il voulait prendre son temps – une chambre et un lit – comme tout le monde. Sur place, il avait tourné quelques minutes, avait repéré deux ou trois filles pouvant faire l'affaire et s'était adressé à Sonia, parce qu'elle avait une poitrine généreuse malgré sa taille fine. La fille avait l'air de savoir y faire, surtout lorsqu'elle s'était penchée vers lui dans l'habitacle du véhicule, lui offrant une vue

envoûtante sur ses seins bombés et resser-
rés. Il la voulait, anticipait déjà l'instant où
il libérerait cette poitrine voluptueuse de son
armature noire. Une fois le tarif convenu,
elle lui avait dit de rejoindre un bâtiment
désaffecté à proximité. Il avait refusé, s'était
étonné qu'elle ne dispose pas d'une chambre
de confort et lui avait proposé d'en prendre
une dans un hôtel. La fille avait accepté à
condition qu'il paie. C'était en dehors de son
budget, mais il était prêt à faire un effort.
Il travaillait dur, pouvait se permettre pour
une fois cette petite folie à condition que la
prestation dure un peu plus qu'à l'accoutumée. La fille était d'accord, mais elle avait
réclamé plus d'argent. Il avait voulu la faire
monter dans sa voiture pour tenter de négocier. Puisqu'il payait la chambre, il fallait
qu'elle baisse son prix. Elle avait refusé. Il
avait essayé de la faire changer d'avis, faisant
un effort supplémentaire de son côté. La fille
n'en démordait pas : ce serait cent cinquante
euros plus la chambre. C'était beaucoup trop
d'un seul coup, trois fois plus que la somme
initialement prévue. Il était au SMIC, cela
représentait trois jours de travail pour une
heure de plaisir. Elle pouvait faire un effort,
quand même. Il répétait souvent ce mot :
« effort ». L'effort devait être partagé. Cette
façon de dénoncer une forme d'injustice
pouvait-elle expliquer la suite ? Car sa version différait largement de celle de la victime

et du témoin. Le ton était monté, elle avait voulu quitter le véhicule, il l'avait attrapée par le bras pour la retenir. Elle s'était débattue, tentant de lui porter des coups. Il s'était défendu et elle avait fini par lui asperger le visage de gaz lacrymogène. Ensuite, il n'avait rien compris. Un homme était intervenu en le sortant de son véhicule, puis il s'était retrouvé plaqué au sol, incapable de respirer. Les policiers étaient arrivés, on lui avait passé les menottes alors qu'il n'avait rien fait. Il avait juste voulu se défendre. C'était une injustice, une de plus.

Bien entendu, en s'en tenant aux faits rapportés par les trois auditions, il était évident que Patrice Lecoin avait menti. Mais avait-il réellement tenté d'enlever Sonia Elaoued ? On lui avait posé la question au sujet de l'arme, sa réponse fut évasive. C'était un jouet, il l'utilisait pour se défendre, pour impressionner. Dans son quartier, en raison de sa réputation, il se faisait régulièrement agresser. Il l'avait brandie par réflexe, pensant impressionner la prostituée. Il l'avait peut-être frappée à l'arrière du crâne avec la crosse dans un mouvement de défense. Il ne s'en souvenait pas. Elle le tapait, il n'arrivait pas à respirer, ses yeux le piquaient douloureusement, il ne voyait rien. Dans la confusion, c'était possible.

On l'avait réentendu un peu plus tard en confrontant sa version avec les autres auditions, notamment celle du témoin. Il ne se souvenait pas très bien, peut-être qu'effectivement la prostituée n'était jamais montée dans sa voiture, mais qu'elle avait négocié depuis l'extérieur. Il n'avait pas eu l'intention de la faire monter de force. Quelle avait été son intention ? Il n'en savait rien. Juste la calmer et aller à l'hôtel avec elle comme convenu. Malgré ses antécédents et son profil psychologique, les policiers avaient toutes les raisons de le croire : la peine encourue pour une tentative d'enlèvement pouvait atteindre vingt années de réclusion et, forcément, les juges prendraient en compte ses antécédents. Il allait perdre son travail, retourner en prison ; l'idée lui était insupportable. Patrice Lecoin s'était mis à pleurer, s'en était pris à la terre entière. Pourquoi lui en voulait-on à ce point ? Il n'aurait pas dû naître. Puisque sa vie était un enfer, il fallait en finir, rejoindre un semblant de paradis. Il n'avait pas prononcé le mot « suicide », mais ses allusions étaient sans équivoque. Même si les policiers étaient rompus à ce genre d'exercice, tous avaient ressenti un malaise. Pour ne plus avoir à supporter cet odieux chantage au suicide, ils s'en étaient libérés en remettant Patrice Lecoin en cellule, prétextant avoir la procédure à mettre en page. L'affaire en tant que telle n'avait pas suscité la ferveur du groupe Delestran. En revanche, il avait effectué de nombreuses vérifications eu égard aux trois autres disparitions, ce qui avait motivé la prolongation de sa garde à vue.

Selon l'acte de procédure, une minutieuse perquisition avait été menée au domicile de Patrice Lecoin. À sa demande, les policiers avaient évité de « l'afficher dans la cité ». Ils avaient garé la voiture juste devant le hall de son immeuble sans couper le moteur, il était descendu du véhicule sans menottes, encadré de Delestran et de Beaumont, qu'il avait conduits au troisième étage. Deux autres membres du groupe les avaient rejoints après avoir stationné la voiture à l'écart. À sa sortie de prison, on lui avait remis les clés de l'appartement qu'il occupait avec sa mère. Quinze mois avant sa sortie, elle était décédée. Une injustice supplémentaire. Le juge lui avait refusé une autorisation spéciale de sortie pour se rendre aux funérailles. Progressivement, il remboursait les loyers impayés. Il avait laissé la chambre de sa mère intacte, raison pour laquelle il avait demandé aux policiers de ne pas tout retourner dans cette pièce.

La chambre de Lecoin, quant à elle, ressemblait à celle d'un adolescent livré à lui-même. Au pied du lit, parmi un fouillis de vêtements jonchant le sol, des restes de pizza sur lesquels il avait écrasé des mégots de cigarettes pourrissaient dans une assiette en carton. Traînaient également des paquets de chips vides, des bouteilles de soda entamées. Les murs étaient recouverts d'affiches de groupes musicaux désormais oubliés, d'équipes de football méconnues, d'actrices de cinéma à leurs tendres débuts. Tout appartenait au passé, à la décennie précédente, y compris le mobilier sommaire qui avait mal vieilli. C'était étrange de se retrouver subitement dans ce décor et pourtant, il fallait fouiller sans trop savoir ce qu'on cherchait. Face au lit, sur un bureau, trônait un poste de télévision relié à un magnétoscope et des piles de cassettes vidéo aux jaquettes évocatrices. Des taches caractéristiques maculaient les draps grisâtres. Sous le lit, une quantité imposante de livres pornographiques. Les policiers le savaient mieux que quiconque, l'intime n'était pas toujours très propre.

Comme ils s'y attendaient, la perquisition n'avait rien donné. Il avait néanmoins fallu l'effectuer, par acquit de conscience.

Pendant ce temps, une autre partie du groupe avait rendu visite au directeur du supermarché employant Patrice Lecoin, dans la commune de Brunoy. Il s'agissait – là encore – d'une vérification pour confirmer ce que l'exploitation de son téléphone portable semblait indiquer. Lors des trois disparitions, Patrice Lecoin se trouvait bien sur son lieu de travail. On avait déjà vu, par le passé, des portables activer des cellules implantées à plus d'une centaine de kilomètres de l'utilisateur, qui, précautionneusement, avait pris soin de ne pas emporter l'appareil sur le lieu de son méfait. Connaissant le passé de son employé, le directeur ne s'était pas montré surpris par la visite des policiers. Pendant ses trois premiers mois, il n'avait pas eu à se plaindre de Lecoin. Bien au contraire, il donnait toute satisfaction dans sa quête de réhabilitation. Il avait fait sa connaissance en tant que visiteur de prison, puis avait décidé de lui donner la chance que la vie avait refusé de lui octroyer jusqu'à présent. Il n'avait pas posé de questions, s'était contenté de répondre à celles qui lui étaient posées avec un timbre de voix grave et un air faussement détaché. Lors de cette entrevue, Stanislas Riaud avait été fasciné par la prestance de cet homme au regard impavide. On aurait dit qu'il ne se faisait plus guère d'illusions, ce qui ne l'empêchait pas d'agir. Était-ce en raison de ses cheveux blancs, courts et coiffés en brosse, qu'il avait pensé à Gabin puis à Delon ?

Au bout du compte, en ce vendredi soir dans le bureau de Delestran, les policiers n'avaient qu'une seule certitude : Patrice Lecoin n'avait rien à voir avec les disparitions des trois femmes. Et concernant la tentative d'enlèvement de Sonia Elaoued, c'était désormais à la justice de trancher. Peu emballés par cette affaire, ils l'avaient néanmoins traitée avec le sérieux habituel. Ne demeuraient que l'impression d'un terrible gâchis et un goût d'inachevé. Ils n'avançaient pas malgré leurs efforts. L'affaire s'enlisait dangereusement, on sentait une pointe de découragement. Même la bière était chaude. Les policiers hésitaient à se séparer, comme s'ils avaient mauvaise conscience. Delestran ruminait dans son coin, puis prit la décision qui s'imposait. Il les renvoya tous chez eux. Il fallait savoir lâcher prise, même s'il ne se l'accordait pas à lui-même. Mais que pouvait-il faire d'autre à l'égard du groupe ?

Quelques instants plus tard, le bureau s'était vidé. Delestran rangeait ses affaires lorsqu'un homme fit irruption. Surpris, le commandant eut un léger mouvement de recul avant de le reconnaître.

– Monsieur Piveteau ? Mais que faites-vous là ?

– Ce que je fais là, commandant ? Je fais ce que vous devriez faire, je cherche ma femme !

L'homme avait les yeux mauvais.

– Mais… je ne comprends pas. Qui vous a fait entrer ?

– Une de vos collègues, qui, elle au moins, s'intéresse à la disparition de ma femme.

Delestran fronça les sourcils. Si on l'avait convoqué, il en aurait été le premier informé. De quelle collègue parlait-il ? D'un mouvement brusque du menton, il indiqua la poubelle remplie de cadavres en verre.

– Bravo ! Et pendant ce temps-là, ma femme... Moi qui pensais que ce genre de choses, c'était uniquement dans les films. C'est du propre ! Je ne sais pas si vous vous rendez compte ?

L'homme le défiait, les yeux rougis de haine. Les muscles de ses joues se dessinaient lorsqu'il serrait les mâchoires. Le ton monta, se fit injurieux et menaçant :

– Mais qu'est-ce que vous branlez ? Vous attendez quoi pour la retrouver ? Ça ne va pas se passer comme ça ! Avec mon avocat, on va aller voir la presse et je vais leur raconter ce que j'ai trouvé en rentrant dans votre bureau. Vous allez voir ! Moi qui pensais avoir affaire à des professionnels... Des poivrots ! Ah, elle est belle, la police française ! Après ça, il ne faut pas vous étonner !

– Nous étonner de quoi ? reprit calmement Delestran.

– Mais qu'on ne vous aime pas, tout simplement ! Oui, qu'on ne vous aime pas !

Des larmes apparurent au coin de ses yeux. Delestran sentit qu'il allait enfin pouvoir reprendre la main, lui donner quelques explications, sans toutefois pouvoir justifier ces bouteilles de bière dans la poubelle.

– Écoutez-moi, monsieur Piveteau. Je suis désolé mais ce n'est pas ce que vous pensez. Si vous voulez bien vous asseoir...

Delestran se leva, contourna son bureau pour rapprocher une chaise et entrouvrit la fenêtre pour aérer. Il récupéra dans l'armoire une épaisse pochette cartonnée comportant plusieurs centaines de feuillets. Deux autres tout aussi volumineuses occupaient le reste de l'étagère. Il revint s'asseoir, la posa devant lui, bien en évidence, comme s'il voulait apporter une preuve. Sur la couverture de couleur jaune, on avait inscrit au feutre noir en haut à gauche un numéro de procédure, au centre en plus gros, « Céline Piveteau », et un peu plus bas, « disparition le 15 mars 2005 ». Quelqu'un avait ajouté au crayon Bic le mot « inquiétante » sous la mention du bas. Des trois, c'était la plus ancienne. Trois semaines déjà qu'on était sans nouvelles de cette mère de deux jeunes enfants, ancienne professeure de français en lycée. Quatre ans après la naissance de son cadet, elle avait démissionné de l'Éducation nationale pour s'occuper pleinement de ses enfants. Parallèlement, elle corrigeait des manuscrits, des lettres de motivation, des contrats, parfois des thèses, mais ses revenus principaux étaient assurés par un contrat avec un éditeur de romans de gare. Sous pseudonyme, elle écrivait quatre fois par an un ouvrage répondant à un cahier des charges bien spécifique. Selon les précédentes déclarations de son mari, ce n'était pas de la grande littérature, mais son épouse pouvait, malgré les contraintes imposées par l'éditeur, laisser libre cours à sa créativité avant, un jour, de publier l'ouvrage qui sommeillait en elle depuis toujours. Rapidement, elle s'était tissé un réseau et tirait de son activité des revenus dépassant ceux de son premier métier. Le 15 mars, comme chaque jour de la semaine, madame Piveteau avait déposé ses deux enfants à l'école élémentaire de la rue de Vaugirard, à proximité de leur domicile, puis devait rejoindre leur appartement dans lequel une chambre avait été aménagée en bureau. Que s'était-il passé lors de cette journée ? Avait-elle fait des courses avant de rentrer de l'école ? Était-elle ressortie un peu plus tard ? Avait-elle reçu une visite ? D'après les constatations effectuées au domicile, il semblait qu'elle ne se soit jamais mise au travail ce jour-là. En fin d'après-midi, monsieur Piveteau avait été contacté par la directrice de l'école : son épouse n'avait pas récupéré les enfants. Il avait immédiatement cherché à la joindre sur son portable, puis sur le téléphone fixe. Sans résultat. Il avait quitté précipitamment son travail, était passé à l'école et avait trouvé l'appartement vide. Après avoir contacté les voisins, les proches et des amis de sa femme, il s'était rendu au commissariat en début de soirée pour signaler les faits.

Ces informations figuraient sur le procès-verbal en en-tête de la procédure dont Delestran venait d'ouvrir la pochette. En dessous, des dizaines de procès-verbaux et leurs annexes relataient le travail effectué par les policiers. Tel un enfant pris en faute, Delestran se sentit obligé de se justifier en détaillant l'ensemble des recherches menées. Il n'était pas coutumier de ce genre de pratique, la réservant exclusivement aux magistrats ou aux jurés d'assises. Sa colère n'en serait que plus grande lorsqu'il irait demander des comptes à son tour.

Philippe Piveteau retrouva son calme au fur et à mesure des explications. Il ouvrit même de grands yeux lorsque Delestran se releva pour lui montrer les dossiers relatifs aux deux autres enquêtes sur des cas similaires.

– Vous pensez qu'on va la retrouver ? demanda-t-il d'une voix presque fluette.

La question était délicate, y répondre, impossible, même si, dans la plupart des cas, on finissait toujours par retrouver les gens. Mais dans quel état ?

– Écoutez, monsieur Piveteau, malgré la gravité de la situation, et ce n'est pas dans mon habitude, j'ai envie d'être optimiste. Nous avons trois disparitions qui se ressemblent, trois femmes pratiquement du même âge, trois mères de famille, trois familles évoluant dans un certain milieu, je veux dire, socialement établies, avec un environnement stable. Et pour l'instant, même si nous n'avons aucune piste, nous n'avons rien qui nous laisse présumer le pire. Vous savez, lorsqu'il y a un drame, la première découverte que nous faisons, c'est souvent un corps. Cela fait plus de trois semaines en ce qui concerne votre épouse, donc, pour une fois, j'ai envie de dire que le temps joue en notre faveur. Vous comprenez ce que je veux dire ?

– Et pour les deux autres, ça remonte à quand ?

– Elles sont plus récentes. L'une date d'une dizaine de jours et l'autre de cinq jours.

– Et c'est pareil ? Aucune explication ?

– Non, aucune. Donc nous continuons à enquêter, croyez-moi, même s'il nous arrive de boire une bière en fin de journée...

– Je vous remercie. Je m'excuse pour tout à l'heure. Je me suis emporté, je n'aurais pas dû. Mais, vous savez, c'est compliqué pour moi. Je suis sans nouvelles de ma femme et, en plus, je dois gérer les enfants, et c'est terrible de ne pas pouvoir répondre à leurs questions sur leur maman. Ils font des cauchemars, s'imaginent le pire, et moi je dois tenter, malgré mon angoisse, de les rassurer en leur racontant parfois des histoires. C'est horrible, je n'y arrive plus !

– Je ne suis pas à votre place, mais j'imagine que ce doit être particulièrement difficile pour vous, surtout avec vos deux enfants, effectivement. Quel âge ont-ils, déjà ?

– Huit et six ans. Vous imaginez ? Et d'ailleurs, je tiens à vous remercier pour le soutien.

Delestran fronça les sourcils.

– Oui, merci pour votre aide. Je viens de rencontrer madame Ribot, votre collègue. Merci de lui avoir transmis mes coordonnées. Elle m'a contacté et elle va pouvoir me soulager de certaines tâches. Son écoute m'a fait du bien. Elle m'a trouvé une aide à domicile pour s'occuper des enfants, les emmener à l'école et les récupérer à la sortie. Et puis, ils vont être reçus par un pédopsychiatre à Trousseau qui va les suivre, parce que moi, je ne peux plus, je ne sais plus quoi leur dire. Lui, au moins, il va pouvoir les rassurer sans leur mentir. C'est une aide précieuse.

Delestran écoutait sans entendre. C'était donc elle ! Pourquoi n'y avait-il pas pensé plus tôt ? La psychologue ! Pour qui se prenait-elle ? Elle convoquait des gens, des témoins, sans rien dire, puis, après les avoir reçus, les laissait errer dans les locaux. Delestran fulminait. Ça ne se passerait pas comme ça. Sa collègue ? Il avait bloqué sur ce mot. Jamais il ne serait collègue avec un psy ! En plus, à cause d'elle, lui et son groupe étaient passés pour des branques, des buveurs. Il avait dû prendre sur lui, se justifier. Il lui ferait payer cette honte injustifiée dès que Philippe Piveteau serait sorti des locaux. Il allait la recadrer, lui apprendre les règles de la PJ : on ne s'immisce pas dans le dossier des autres, surtout quand on arrive dans un nouveau service. Elle allait surtout comprendre qu'elle ne pourrait jamais se prévaloir d'être leur collègue. Delestran bouillait sur place.

Philippe Piveteau remarqua l'éloignement soudain du commandant.

– Monsieur Delestran ? Ça va ?

– Oui, tout va bien.

Delestran se leva, une façon d'indiquer à son interlocuteur que la conversation était terminée.

– Si vous avez du nouveau, vous m'appelez ?

– Bien entendu, monsieur Piveteau. Venez, je vous raccompagne.

– Merci de m'avoir reçu.

– De rien.

« Je n'ai pas eu le choix », songea Delestran.

Delestran quitta le poste de garde dès qu'il vit Philippe Piveteau disparaître par-delà la barrière. Il traversa la cour rapidement, monta les marches à grandes enjambées, déterminé à avoir une explication avec la psychologue. La porte du bureau était verrouillée. Il frappa du poing mais sans résultat. Il n'y avait personne. Il jeta un coup d'œil à sa montre, qui affichait 19 heures, et eut un sourire sardonique.

Une affiche était collée sur la porte : Madame Claire Ribot, psychologue, bureau d'aide aux victimes. Suivaient deux numéros de téléphone : un fixe et un portable. Delestran composa le premier numéro et entendit la sonnerie dans le vide de l'autre côté de la porte. Il composa l'autre numéro et tomba directement sur la messagerie. La voix enjouée de Claire Ribot indiquait les heures d'ouverture et de fermeture de son service, puis invitait à laisser un message avec ses coordonnées en cas d'urgence. Delestran hésita après le bip, laissa s'écouler un long blanc en retenant sa respiration, puis se résigna à raccrocher pour respirer. « Collègue, pouffa-t-il face à la porte. Tu parles d'une collègue... Fonctionnaire, oui ! »

9

Delestran avait été ronchon tout le samedi matin. Sa femme ne s'en était pas inquiétée, elle connaissait bien cette part d'animalité en lui qui ressurgissait quand son orgueil d'homme était blessé. Il ne se cachait pas, bien au contraire. Il fallait que ça se voie, qu'elle en soit témoin. Il jouait parfaitement son rôle, affichant ostensiblement son agacement, son irritation. Il ne savait pas où mettre son corps, ni à quoi occuper ses mains. Incapable de tenir en place, il fuyait dès qu'elle s'approchait. Car elle aussi, après toutes ces années de vie commune et de complicité, connaissait sa partition. Elle le provoquait, obtenait l'effet recherché, le renforcement de son ridicule. Elle ne lui en avait pas demandé la raison. L'explication viendrait plus tard. Elle savait qu'il était inutile de vouloir le soulager.

En début d'après-midi, elle lui indiqua qu'elle partait au cinéma, qu'ensuite elle irait faire les magasins et qu'elle n'avait rien prévu pour le repas du soir.

Pendant toute l'après-midi, il tenta de s'occuper l'esprit, ouvrant une revue, la reposant, en reprenant une autre, comme dans la salle d'attente d'un médecin. Puis il alluma la télévision, fit défiler les chaînes, dans un sens, dans l'autre... Intérieurement, il ressassait son sentiment d'humiliation et sa colère contre Claire Ribot. Pourquoi était-il comme ça ? Pourquoi n'était-il pas capable de faire comme tout le monde, de passer à autre chose ? Il s'allongea sur le canapé, alourdi par une forme de culpabilité, une culpabilité étrange, toujours latente, venant de loin, depuis l'enfance. Toujours la même histoire qui n'en finissait pas. Ce n'était pas de la noire mélancolie, ni même une fatigue molle, mais plutôt une colère blanche avec une pointe de résignation. C'était pour cette raison qu'il n'aimait pas les psychologues, parce qu'ils savaient ce qu'il ne comprenait pas de lui-même, ou, plus exactement, ce qu'il fuyait. Il ferma les yeux avec l'envie de pleurer, mais ses yeux restèrent secs.

Il finit par rejoindre la salle de bains pour se raser, et se coupa au niveau de cette fossette énigmatique, située entre le nez et la lèvre supérieure. Il s'agissait, paraît-il, d'une marque de la fusion entre les différentes parties du visage au cours du développement du fœtus. Dans le miroir, Delestran observa le sang s'échapper de l'incision, coulée de lave rouge contournant la commissure des lèvres. Il repensa à cette formule d'un légiste : « Un corps qui saigne est un corps qui vit. »

Retrouvant un semblant de calme, il réfléchit. Plutôt que de débarquer en furie dès le lundi matin dans le bureau de la psychologue pour lui exprimer sans retenue sa colère, il tenterait de lui expliquer, posément, que dans un service de police, il y avait des règles qui, bien qu'elles ne soient pas écrites, devaient être respectées.

Il repensa également à ses enquêtes. Curieusement, ce ne fut pas le visage de Georges Bernard qui lui vint à l'esprit, mais ceux des trois maris. Il les avait tous reçus, un par un, les avait écoutés en s'immisçant dans leur vie, avait tenté, tout comme eux, de comprendre ce qui avait pu se passer. Pas le moindre fil à tirer. Pourquoi avait-il l'impression de se heurter à un mur ? Ou plus exactement à trois murs similaires et très proches, puisque les familles habitaient dans un espace géographique restreint, un triangle dont la base coupait la Seine et la pointe opposée était orientée vers l'ouest. Un triangle, apparemment quelconque. Qui pourtant lui donna une idée, complètement farfelue. Connaissait-il encore ses leçons de géométrie ? Et avait-il le matériel nécessaire ? Dans un tiroir de la commode de l'entrée, il récupéra un plan de Paris qu'il déplia sur la table du séjour. Dans son secrétaire, il trouva une règle métallique et un crayon de bois, mais il lui manquait une équerre et un compas. Il tenait à faire les choses correctement. Sans réfléchir, il descendit au Monoprix. En traversant la place des Fêtes, il était presque guilleret.

Avec application, Delestran commença par relier les trois adresses entre elles. Matérialisé, ce triangle couvrait un espace plus important que ce qu'il avait imaginé. Combien de personnes vivaient à l'intérieur de ce triangle en plein cœur de Paris ?

La deuxième phase nécessitait plus de soin. Les droites remarquables de ce triangle devaient se recouper en des points singuliers qui lui permettraient par la suite de tracer des cercles particuliers. Delestran redoubla de concentration.

Les trois droites obtenues concouraient en un point qu'il matérialisa par la lettre « G », le centre de gravité du triangle. En positionnant la pointe de son compas sur ce point, il dessina un cercle tangent aux trois côtés, inscrit dans le triangle.

Dans un deuxième temps, il traça les trois médiatrices reliant chaque sommet au milieu du côté opposé. Là encore, ces trois droites s'entrecoupaient en un point, cette fois-ci matérialisé par la lettre « Ω ». À partir de ce point, il donna naissance à un deuxième cercle, passant par les trois sommets.

Un premier cercle dans le triangle, un deuxième cercle englobant le triangle, il ne lui restait plus qu'à tracer les trois médianes, qui concourraient en un point situé cette fois-ci à l'extérieur du triangle, matérialisé par la lettre « H ».

Comme par magie, les points « G », « Ω » et « H » étaient alignés. Il le savait, c'était la règle quelle que soit la forme du triangle. Pourquoi ces points étaient-ils alignés ? Y avait-il une raison, une logique mathématique pouvant tout expliquer, comme dans une enquête ?

Cet alignement inexpliqué mais prévisible, recherché et obtenu, lui procura une petite satisfaction. Il n'avait rien oublié. Fier du résultat, il délaissa son crayon de bois, s'empara d'un stylo rouge pour tracer cette fameuse droite comme s'il s'agissait de la touche finale d'un tableau. Son œuvre accomplie, il resta bloqué sur ce trait coupant un troisième cercle déjà inscrit sur le plan, le périphérique, aux portes Dauphine et d'Italie. En regardant d'un peu plus près, il s'aperçut que la ligne rouge passait sur le Trocadéro et le cimetière Montparnasse, mais, encore une fois, cela ne voulait rien dire. Cette ligne droite portait un nom, mais cette fois-ci sa mémoire lui jouait des tours. Peu importait, cela lui reviendrait peut-être plus tard.

Delestran scrutait les formes géométriques apparues par l'entrecroisement de lignes et de cercles. Ses trois disparues vivaient dans ce puzzle. Y étaient-elles toujours ? Étaient-elles sorties du cadre ou en avaient-elles été rayées ? Elles s'étaient forcément croisées à un moment donné. S'étaient-elles rencontrées ? Rien ne le laissait supposer d'après l'enquête et pourtant il y avait bien une probabilité. Une autre idée germa dans l'esprit de Delestran. Et s'il réunissait les trois maris ? Mais pour leur dire quoi ? Provoquer quelque chose ? Delestran, les yeux rivés sur le plan, se sentait perdu.

Il eut envie de remplir le vide en coloriant de façon aléatoire quelques pièces à l'encre noire lorsqu'il entendit sa femme rentrer. Il en fut presque soulagé. Elle avait un sac en papier à la main, dont le volume indiquait l'achat d'un vêtement. Par le rectangle de la porte du séjour grand ouverte, il la regarda ôter son manteau. Elle se retourna en lui adressant un sourire, puis s'approcha après s'être délestée de son sac sur un fauteuil. Le regard de son mari avait changé, Emma Delestran comprit qu'il était parvenu à se débarrasser de ses démons et était redevenu fréquentable. Elle posa un baiser sur son front, une main délicatement posée sur son épaule. Il ferma les yeux un court instant pour apprécier, puis les rouvrit en esquissant un sourire.

– Ça y est, c'est fini ?

Elle lui parlait comme à un petit enfant. Il hoqueta en avalant sa respiration, le regard baissé, pris en faute, puis releva la tête en lui souriant plus largement. Cela faisait partie du jeu, bien entendu.

– Ça va mieux ?

– Oui.

– Mais, dis-moi, pendant mon absence, je vois que tu t'es amusé. Tu m'as fait un joli dessin. Je l'aurais préféré sur une feuille blanche avec des couleurs chatoyantes, mais c'est vrai que mon mari est policier... Les couleurs, il a oublié.

Delestran la regardait avec gourmandise. Elle le jouait formidablement bien, son rôle. Elle jeta un coup d'œil vers la table.

– Alors qu'est-ce que c'est ? Un jeu de piste ? Une construction spatio-temporelle pour résoudre une enquête ?

Julien Delestran écarta une chaise pour l'inviter à s'asseoir avant de se livrer à des explications très précises en reprenant ses instruments pour refaire à vide les différentes étapes qui l'avaient conduit à obtenir ce résultat. En qualité de maîtresse d'école, madame Delestran écouta attentivement l'exposé de son élève. À la fin de la démonstration, son visage exprimait l'admiration.

– Beau travail ! J'apprécie la précision et la qualité du résultat. Et tu penses pouvoir en tirer quelque chose pour ton enquête ?

– Non, ça m'a pris comme ça. Pour m'occuper et penser à autre chose. Non seulement je n'attendais rien, mais je suis encore plus embrouillé qu'avant.

– Attends, j'ai la solution...

Emma Delestran retira son collier, une chaîne en or avec une perle de culture montée en pendentif. Elle transforma son bijou en pendule et prit un air énigmatique en faisant osciller la perle au-dessus du plan.

– Je vois, je vois... Je vois trois femmes, mères de famille, heureuses en amour et bien établies, vivant dans Paris, commença-t-elle en reprenant ce que Delestran venait de lui dire. Je vois des ombres, je vois... des nuages gris.

Delestran regardait sa femme, amusé. Où allait-elle chercher tout cela ? Une vraie comédienne, espiègle à souhait. Elle rayonnait et le pendule en mouvement aurait pu transmettre une sensation de vertige.

– Je vois, je vois... – et avec une voix profonde et grave –... une tache sombre, chacune en ce qui la concerne.

Delestran se laissa prendre au jeu, perdant un peu de son hilarité.

– Je vois... je vois une fin heureuse ! Mais pour le savoir, mon mari va m'inviter au restaurant, n'est-ce pas ?

Delestran pouffa, faussement offusqué.

– C'est pas drôle. En plus, tu le savais déjà, que cela allait se finir au restaurant.

– Oui, mais avoue que tu y as cru.

– J'y ai cru sans y croire. Mais ton idée de voyante, c'était pas mal et finalement pas si loin de la réalité. Chaque fois qu'on a des disparitions médiatisées, ils nous contactent pour proposer leurs services, certains par opportunisme et d'autres de bonne foi.

– Et qu'est-ce que vous faites ?

– On les écoute, mais sans plus. L'irrationnel et l'enquête policière ne font pas bon ménage, surtout en procédure. On a déjà récupéré une psychologue ces derniers temps, si en plus il faut qu'on s'attache les services d'une voyante, tu imagines, l'audition transformée en consultation avec boule de cristal, marc de café ou cartes de tarot... Ce serait folklo !

– Ça pourrait être drôle !

– Oui, effectivement. Mais vu la matière... Et pourtant, je vais te faire un aveu. Quand j'étais jeune inspecteur, des anciens m'ont raconté que ça se faisait autrefois. Lorsqu'ils étaient bloqués au cours d'une enquête, sans aucune piste, l'un d'eux allait parfois discrètement consulter une voyante. Et il est arrivé, très rarement, mais c'est arrivé, qu'une enquête soit résolue de cette façon. Non pas directement, bien entendu, mais indirectement, en les obligeant à aller là où ils n'avaient pas cherché, et par un étrange effet de rebond, ils trouvaient le début d'une piste.

– Donc, tu es en train de me dire que tu vas aller voir une voyante pour ton enquête ?

– Non, certainement pas.

Puis il changea de sujet.

– Russe ou italien ?

Elle avait envie de lui dire russe ce soir et italien demain, mais en femme raisonnable, et pour éviter de lui laisser le dernier mot en se faisant imposer son choix, elle rétorqua :

– Japonais.

10

Delestran avait rejoint son service d'un pas ferme et déterminé, une vingtaine de minutes avant l'arrivée de son groupe. La cafetière coulait tandis qu'il lisait les gros titres du journal. Mais ce petit rituel n'y faisait rien : ce n'était pas un jour comme les autres. Un petit ressort s'était cassé dans la douce tyrannie de l'habitude : la psychologue. Il prit la direction du bureau de Claire Ribot. Il fallait qu'il lui dise et surtout qu'elle comprenne. Il voulait se débarrasser de ce malaise lancinant pour pouvoir enfin passer à autre chose. Fort heureusement pour elle, la colère et son envie de vengeance s'étaient atténuées dans une construction géométrique.

La porte du bureau était fermée. Il frappa, attendit quelques instants sans obtenir de réponse, vérifia en enclenchant la poignée et dut se résigner : la psychologue n'était pas encore arrivée. Que fallait-il faire ? Le pied de grue ou revenir un peu plus tard ? Pour en finir, il décida d'attendre, prit place sur un des fauteuils installé dans un renfoncement du couloir. Il affronta le silence et les tours d'aiguille de sa montre qu'il ne cessait de consulter. Le bâtiment bruissait. Delestran devinait des sourires et des poignées de main à travers les cloisons, imaginait les premières discussions de la semaine, la mise en route avant de passer aux choses sérieuses. Il finit par se sentir ridicule d'être là à attendre. Il s'était donné un quart d'heure et, au bout de vingt minutes, il renonça.

De retour dans son bureau, ce fut un choc. Victoire servait un café à Claire Ribot. Les deux femmes étaient-elles arrivées ensemble ? Delestran remarqua un bouquet de fleurs posé sur sa table. Confuse, Claire Ribot lui expliqua qu'elle avait simplement posé les fleurs le temps de boire le café proposé par Victoire, et qu'elle les reprendrait ensuite, car elles étaient destinées à son propre bureau. Sentant le trouble du commandant, elle ajouta, un peu maladroitement, que, s'il le souhaitait, il pouvait cependant les garder pour égayer le sien. Elles provenaient de son jardin, elle pourrait en cueillir d'autres. Delestran refusa l'offre tout en écartant le bouquet.

– Quand vous aurez terminé votre café, j'aurai deux choses à vous dire, madame Ribot...

Il avait les yeux presque aussi noirs que la robe de la psychologue.

– Pas de problème, commandant. C'est à quel sujet ? Vos disparitions ?

– Oui.

C'était un oui curieux, surtout en raison de l'intonation, un oui sur la forme, mais un non sur le fond. Claire Ribot n'avait pas perçu la menace, mais elle comprit que c'était sérieux.

– Du nouveau ?

– Non.

Cette fois-ci, c'était clair.

Les deux femmes continuèrent à parler de tout et de rien, feignant l'indifférence, mais avec plus de retenue dans la voix. Cela dura un peu, puis Claire Ribot vida complètement sa tasse et interrogea Victoire des yeux pour savoir ce qu'elle devait en faire.

– Mets-la dans la panière : le dernier à se servir lave les tasses des autres.

– Astucieux pour motiver les retardataires.

– C'est une règle du chef. Et gare à celui qui ne respecte pas la règle quand le chef découvre la panière pleine à l'abandon !

– Pourquoi ? Il mord, le commandant ?

C'était dit avec une pointe de provocation. Claire Ribot n'avait cependant pas pour intention de braquer Delestran.

– Non, il ne mord pas. Il n'aboie pas non plus, mais il gronde. Hein, commandant ?

– Oui, je gronde parce que, voyez-vous, madame Ribot, ici, il y a des règles, comme dans toute collectivité ; des règles qui doivent être respectées pour éviter les débordements et parfois des petits drames.

Si Delestran maniait les sous-entendus, c'était parce qu'il avait décidé d'avoir une explication en tête-à-tête avec la psychologue et que ce n'était pas encore le moment ni l'endroit. Il avait cependant jeté un froid qui mit fin à la conversation entre les deux femmes. Il enfonça le clou :

– Je vous laisse vous installer dans votre bureau et je viens vous rejoindre pour vous expliquer deux ou trois petites choses.

Claire Ribot reprit son bouquet de fleurs en prenant soin de ne pas montrer son embarras.

Sitôt disparue dans le couloir, Victoire, l'air grave, interrogea Delestran.

– Qu'est-ce qui se passe ? Tu as un truc à lui reprocher ? Tu m'expliques ?

– Oui, un truc, comme tu dis, que je n'ai pas aimé. Comme vous dites, vous les jeunes, un truc qui « s'fait pas ».

Delestran lui expliqua les raisons de sa colère. Victoire comprit le malaise ressenti par son chef. Il avait effectivement dû se retrouver dans une situation sacrément embarrassante. Elle n'aurait pas aimé être à sa place.

– Vas-y doucement quand même.

– T'inquiète. C'est comme ça que vous dites, les jeunes ? « T'inquiète » ?

Victoire lui adressa un sourire rassuré.

Delestran se replongea dans la lecture de son journal. Combien de temps allait-il attendre avant de se relever ?

Il laissa passer cinq minutes et prit la direction du bureau de Claire Ribot.

La porte était ouverte, mais il frappa quand même. Le bouquet de fleurs avait trouvé sa place dans un vase en cristal, sur un meuble d'appoint, derrière la psychologue assise à son poste de travail, dissimulée par son écran de PC. Le visage apparut sur le côté du cadre. Ayant reconnu Delestran, elle l'invita à entrer d'une petite voix inquiète alors qu'il attendait devant la porte. Elle se leva, vint à sa rencontre, lui tendit la main, comme s'ils ne s'étaient pas vus précédemment. Surpris, Delestran s'en saisit par réflexe.

– On ne s'est pas serré la main tout à l'heure, alors voilà. Bonjour, commandant. Je vous écoute. Peut-être voulez-vous vous asseoir ?

C'était une drôle d'entrée en matière. Delestran refusa la proposition, préférant rester debout. Avait-il trop attendu ? Il ressentit subitement de la gêne. Cela provenait peut-être du regard qu'elle lui adressait. Un regard froid, transperçant, lui donnant l'impression de se faire fouiller de l'intérieur. Déstabilisé, il ne savait plus par où commencer et c'est d'un seul coup qu'il déversa un flot ininterrompu de paroles exprimant à la fois des reproches et des tentatives maladroites de les atténuer.

En femme sensible et intelligente, Claire Ribot comprit qu'elle avait affaire à un tourmenté et certainement pas à un homme malintentionné, malgré l'humiliation qu'il avait subie. Effectivement, il ne mordait pas, et ses reproches s'étaient progressivement réduits à de simples recommandations. Son attitude trahissait inconsciemment une recherche de concorde. Cet homme ne pouvait pas être méchant. Il n'était pas question pour autant de minimiser l'incident. Grâce à son expérience professionnelle, Claire Ribot savait ce que ces petites humiliations pouvaient engendrer à la longue. Son regard s'apaisa.

– Commandant, je suis profondément désolée. J'ai raccompagné monsieur Piveteau jusqu'à l'ascenseur et je ne pensais pas que, sitôt descendu, il remonterait pour venir vous voir et vous demander des comptes. Je comprends la gêne et l'embarras que vous avez dû subir. Cela ne se reproduira pas. Désormais, je raccompagnerai mes patients jusqu'à la barrière du poste de garde. Je vous prie de bien vouloir m'excuser. Si j'avais su, vous pensez bien que je n'aurais pas agi ainsi. Je souhaite que cela n'ait aucune incidence sur votre enquête et, croyez-moi, je ferai en sorte, lors de mes prochains entretiens avec monsieur Piveteau, de revenir sur ce fâcheux incident dont je me sens responsable, de façon qu'il n'ait aucun doute sur votre engagement à retrouver son épouse au plus vite.

Que pouvait-il répondre ? Delestran, touché par la sincérité de la psychologue, ne lui en voulait plus. Il relança la conversation, un peu pour meubler le silence.

– Je ne savais pas que vous aviez reçu monsieur Piveteau, jusqu'à ce qu'il débarque dans mon bureau.

– Dois-je vous informer de tous mes rendez-vous ?

– Non, bien entendu. Vous faites ce que vous avez à faire dans votre domaine, en toute liberté et indépendance.

– Je vous remercie.

– Mais une petite question me taraude.

– Allez-y, je vous écoute.

– Et si, au cours de vos entretiens, vous appreniez quelque chose d'utile à l'enquête. Vous viendriez me le dire ?

– Je vais être très franche avec vous. Je suis soumise au secret professionnel. Je suis comme vous : je respecte les règles.

Delestran se crispa à l'évocation de ce terme. Il y en avait encore beaucoup à se prévaloir du secret professionnel ? Si tous ces gens soumis au secret professionnel pouvaient parler, on en saurait beaucoup plus. Le secret professionnel lui apparaissait, parfois, comme une solution de facilité, pour fermer les yeux.

– Et si, au cours d'un de vos entretiens-confessions, vous appreniez l'existence d'un crime ? Le secret professionnel s'imposerait-il malgré tout ?

– Non, bien entendu. Il ne faut pas voir le secret professionnel comme une chape de plomb. Il y a des solutions, mais parfois, cela pose des problèmes de conscience et d'éthique.

– Alors comment faites-vous ?

– J'applique la règle, tout bonnement.

– Et que dit-elle ?

– Vous ne voulez pas vous asseoir, commandant ? Ça risque de prendre un peu de temps si vous souhaitez comprendre la complexité de la situation dans laquelle je me trouve.

Delestran prit place. Claire Ribot réfléchissait à la façon dont elle pouvait présenter ses explications. Son regard alternait entre Delestran, immobile, et le vide de son bureau.

– Tout d'abord, il vous faut savoir que ma profession de psychologue, contrairement à ce que tout le monde pense, n'est pas soumise au secret professionnel. Vous connaissez mieux le Code pénal que moi, et vous avez sûrement connaissance de l'article 226-13 qui, contrairement aux médecins, nous en dispense. Mais j'exerce dans le cadre d'une mission de service public, la fameuse mission temporaire, donc je récupère de ce fait l'obligation du secret professionnel.

Delestran luttait contre son impatience. Claire Ribot, devinant cet agacement retenu, enchaîna.

– Bon, ça, c'était le préambule. Maintenant, venons-en à l'essentiel. En cas de connaissance d'un crime, c'est assez simple, le Code pénal m'impose de lever le secret. La question ne se pose même pas. Le problème vient lorsqu'il y a personne en péril. On s'intéresse cette fois-ci à l'article 223-6.

Le front de Delestran se dérida légèrement. Sa curiosité était désormais piquée. Elle connaissait son sujet.

– Un péril grave, donc vital, imminent et constant. On peut partir du principe que, dans le cadre de vos disparitions, les trois conditions sont réunies. La loi m'impose d'obtenir l'autorisation pour partager ou révéler le secret en pesant le bénéfice et le coût pour la personne. Et là, je suis bloquée.

– Comment ça, vous êtes bloquée ? demanda Delestran en avançant légèrement son buste tout en fronçant les sourcils.

– Eh bien, oui, commandant. La personne qui pourrait me donner l'autorisation n'est pas en mesure de le faire puisqu'elle a disparu.

Delestran remua la tête, puis se passa la main sur le front. On entendit le bruit du frottement de peau.

– Donc, résumons. Si j'ai bien compris, monsieur Piveteau vous a fait part d'un secret qui concerne sa femme et vous ne pouvez pas me le révéler puisqu'elle a disparu. C'est ça ?

Claire Ribot ferma les yeux en guise d'acquiescement.

– Et vous pensez que ce secret peut avoir un lien avec sa disparition ?

Elle ferma à nouveau les yeux.

– Bon, et vous croyez que je vais me satisfaire de cette situation ?

La voix de Delestran se faisait menaçante. Claire Ribot gardait une sorte de raideur.

– Je vous préviens, je ne sortirai pas de ce bureau tant qu'on n'aura pas trouvé une solution pour sortir de ce... de cette... comment dire, de cet imbroglio. Il doit bien y avoir un moyen de s'arranger avec la règle.

Ce n'était pas de la peur qu'il lisait désormais dans les yeux de la psychologue, mais plutôt de la méfiance, celle d'un petit animal ayant senti un danger sans l'avoir identifié. Elle avait adopté une posture défensive en reculant. Pendant un long moment, chacun réfléchit en silence en évitant de croiser le regard de l'autre. Puis le couperet tomba.

– Madame Ribot, voilà ce que vous allez faire. Vous allez contacter monsieur Piveteau dès que je serai sorti de votre bureau. Quand on est psychologue, on sait trouver les mots pour convaincre. Donc vous allez le convaincre de venir me voir, le plus tôt possible, pour me faire part de ce que vous ne pouvez me révéler. Il faut que je sache, moi aussi.

– Ce matin ?

– Oui, le plus tôt possible.

– Pas facile. Et s'il n'est pas disponible ?

– Vous ferez en sorte qu'il le soit. Quand on est dans la tête des gens, on peut leur faire faire ce que l'on veut.

– Parce que vous croyez que ça marche comme ça ?

– Je ne le souhaite pas, mais je vous demande de le faire.

– Bon, très bien. Je vais essayer, mais je ne vous garantis rien.

– Je compte sur vous. Je sais que vous y parviendrez. Vous m'appellerez pour me dire ? Très jolies, vos fleurs. Vous voyez, j'ai fini par vous adopter.

C'était dit avec une sincérité si spontanée que Claire Ribot en fut touchée même si elle n'avait pas l'habitude qu'on lui force la main. Elle chercha les coordonnées de Philippe Piveteau et décrocha son téléphone.

Dans le long couloir qui le ramenait à son bureau, Delestran se sentit soulagé. Il avait l'impression qu'il s'était passé quelque chose de nouveau ; peut-être un déclic. On ne leur avait pas tout dit. On leur cachait quelque chose qui peut-être laisserait entrevoir, enfin, un nouvel horizon. Peu importait la teneur exacte de ce secret, son existence suffisait à remettre son équipe en mouvement. Du reste, il n'avait aucune idée de ce que cela pouvait être. Il le saurait bien assez tôt. La réaction sans équivoque de la psychologue avait suffi à le convaincre des possibles répercussions sur l'enquête.

C'est avec une légèreté retrouvée qu'il se servit une tasse de café. On lui avait laissé un fond de liquide noir dans la cafetière, certainement pour ne pas avoir à faire la vaisselle. Beaumont vint aux nouvelles, curieuse de savoir comment s'était déroulée la mise au point. Son inquiétude fut vite levée par le regard enjoué que lui adressa son chef. Il lui relata succinctement l'entrevue, insistant davantage sur – il avait encore du mal à prononcer le mot et l'employait un peu par défaut – ce secret dont il faudrait avoir connaissance d'une façon ou d'une autre.

– D'après toi, une histoire d'adultère ?

– Bien entendu, c'est la première chose à laquelle on pense. Mais je n'ai pas envie de m'encombrer l'esprit d'hypothèses. On sera fixés rapidement. J'attends l'appel de Claire Ribot et surtout la venue de Philippe Piveteau dans mon bureau avec, cette fois-ci, autre chose que des bières.

– Tiens, ce n'est plus la psychologue, c'est Claire Ribot désormais...

– Pourquoi tu dis ça ?

– Comme ça...

– On s'est parlé, voilà tout. Et je pense qu'elle peut nous être utile.

– Simplement utile ?

– Non, ce n'est pas tout à fait ce que je voulais dire. Je te vois arriver avec ta solidarité féminine. Mais, tu as raison, il faut que je fasse attention aux mots que j'emploie. Disons que j'ai réfléchi et que j'ai peut-être modifié... mes préjugés concernant sa présence dans notre service. Ça te va ? Tu es contente ?

Victoire acquiesça puis quitta le bureau en le laissant seul avec son aveu. Ce n'était pas le genre de son chef.

Delestran ne se sentait pas la force d'attendre l'appel de Claire Ribot. Il fallait profiter de cet élan. Il consulta sa montre. Le cadran indiquait 9 h 30. Il hésita un court instant, puis décrocha le combiné, déterminé, et composa le numéro de la ligne directe de madame Delermann, la vice-procureure. Elle s'apprêtait à partir en réunion pour évoquer les dossiers du week-end avec son équipe de magistrats. Ils se connaissaient bien tous les deux, n'avaient pas besoin de s'embarrasser de phrases inutiles pour en venir aux faits. Si Delestran l'appelait de bonne heure en ce lundi matin, c'était qu'il avait une bonne raison.

– Je vous écoute, Delestran.

– C'est au sujet de la levée du secret professionnel auprès du CNAOP, le Centre National pour l'Accès aux Origines Personnelles.

– Oui, j'ai bien reçu le rapport de votre collègue, le lieutenant Beaumont, en fin de semaine dernière. Elle m'avait d'ailleurs appelée au préalable. J'ai immédiatement transmis la demande motivée auprès de l'autorité du ministère de la Santé. C'est dans les tuyaux, commandant. Mais vous le savez comme moi, la notion d'urgence est relative suivant les ministères.

– C'est pour cela que je vous appelle, madame. Est-ce que vous pouvez leur mettre la pression ?

– Du nouveau, Delestran ?

– Non, madame. Si tel était le cas, vous en auriez été la première informée.

– Alors pourquoi cette demande, subitement ?

– C'est difficile à expliquer. Je sais que votre temps est précieux, mais voilà. Nous travaillons également sur une autre enquête, trois disparitions inquiétantes, dont la plus ancienne date de mi-mars. On est en CR. C'est le juge Rolland qui est en charge de l'instruction.

– Oui, je me souviens, vous m'en aviez touché deux mots. Toujours englué ?

– Eh bien, figurez-vous, comment dire, qu'on est en passe de lever un secret de famille concernant une des disparues qui pourrait nous déséngluer, comme vous dites.

– En passe ?

– Oui, c'est un peu compliqué, j'en conviens. Figurez-vous que, depuis peu, nous avons une psychologue affectée au service. Elle est en charge d'accompagner les victimes et leurs proches. C'est nouveau. Et lors d'une consultation ou un entretien, je ne sais pas trop comment on dit, elle a reçu une confidence d'un mari, quelque chose qu'il avait omis de nous dire dans notre enquête. Bien entendu, la psychologue est liée par le secret professionnel, mais nous avons trouvé une solution. L'idée serait qu'elle parvienne à convaincre le mari de nous faire part de ce secret. Si tout se passe bien, je l'attends dans mon bureau d'un moment à l'autre.

– Très bien, Delestran. Et quel rapport avec notre affaire ?

– Aucun, madame, si ce n'est le secret professionnel qu'on nous a opposé également, mais, cette fois-ci, un peu plus fermement. Des affaires distinctes avec, au milieu, des secrets professionnels en passe d'être levés. Vous nous connaissez bien, nous, les flics...

– Vous ne seriez pas devenu subitement superstitieux, Delestran ?

– Certains de mes collègues le sont, mais, moi, je ne crois pas à ces trucs-là. Par contre, plus vite le secret sera levé, plus vite on pourra se remettre au travail sur l'affaire de Georges Bernard, car, là aussi, on est un peu bloqués.

– OK, j'ai compris. Dès que je sors de réunion, je passe un coup de fil pour accélérer la demande. J'y mettrai les formes, vous me connaissez, pour ne pas les braquer. Ce sera fait, commandant.

– Je ne vous remercie pas, madame Delermann.

– Moi non plus, commandant.

Et ils raccrochèrent d'un même mouvement, confortés dans leur complicité professionnelle toujours intacte. C'était Delestran qui avait usé le premier de cette antiphrase : « Je ne vous remercie pas. » Et il l'avait assortie d'une autre phrase pour éviter qu'elle ne s'y méprenne : « On remercie les gens qu'on ne veut plus revoir, donc je ne vous remercie pas. » Madame Delermann avait trouvé ça drôle. Entre eux, c'était devenu une petite habitude qui changeait du quotidien.

Delestran avait lui aussi une réunion en ce lundi matin, comme dans tous les services de police, pour évoquer les affaires du week-end et celles à venir. Il monta au quatrième rejoindre les autres chefs de groupe réunis dans la salle de réunion. Tanguy Guéhut, qui l'avait vu passer devant sa porte grand ouverte, fit rapidement son apparition dans la salle, semblant lui avoir emboîté le pas. Le patron commença par faire un tour de table en saluant chacun de ses hommes avant de rejoindre sa place habituelle pour ce qui était communément appelé la « messe du lundi matin ».

11

Une grosse averse était tombée sur Paris. Une giboulée rebelle, à la traîne, recouvrant les bâtiments assombris d'un film humide. Victoire Beaumont attendait le retour de son chef avec une bonne nouvelle. Le crépitement de l'eau l'avait attirée vers la fenêtre de son bureau. Les yeux dans le vague, elle observait le paysage déformé par les gouttes de pluie dégoulinant le long de la vitre. Elle ne se rendit pas compte tout de suite que les gros nuages chargés de noir s'étaient enfuis.

– Victoire ?

Elle sursauta.

– Tu viens ?

Elle voulut lui dire ce qu'elle avait appris pendant son absence, mais il avait déjà disparu de l'encadrement de la porte pour rejoindre le bureau d'à côté. Redescendu de la « messe », Delestran réunissait son groupe pour leur faire la synthèse. C'était l'occasion de partager des informations d'ordre général et celles qui les concernaient plus particulièrement : des instructions hiérarchiques, de nouvelles directives judiciaires, des stages à pourvoir, des documents administratifs à transmettre et tout ce qui était lié au fonctionnement d'un service de police judiciaire, jusqu'aux tâches bassement matérielles, un véhicule à récupérer ou à emmener au garage, une « expression de besoin », selon la formule nouvellement consacrée en lieu et place de « commande de matériel ». Ce changement de vocabulaire inquiétait les flics. Il y en avait d'autres, des petits signes, qui, mis bout à bout, signifiaient un changement dans la façon de faire, s'inspirant des méthodes du privé. La PJ se mettait progressivement à l'ère du management. Pour cette vieille fille rebelle, plus adepte du bon sens, ce mot paraissait vulgaire, voire dangereux dans son processus d'uniformisation. Malgré leur résistance, les flics n'auraient pas le choix. Il leur faudrait faire avec, tout en essayant de préserver ce qui faisait leur force et qu'ils sentaient s'effilocher avec ces nouvelles méthodes : le sens de l'humain.

Delestran n'avait pas grand-chose à dire. Il fallait profiter de cette semaine pour tenter d'avancer sur les dossiers, car, la semaine suivante, son groupe serait de permanence, de « ramassage », comme ils disaient. Ils seraient soumis aux aléas des saisines pouvant tomber à n'importe quel moment.

Victoire profita d'un petit instant de flottement pour faire son annonce. Elle savait que c'était important, mais n'avait pas voulu interrompre Delestran.

– Commandant, j'ai une bonne nouvelle.

Elle s'adressait à Delestran sans perdre le contact visuel avec les autres membres du groupe qui l'entouraient.

– Je viens d'avoir Claire Ribot. Le mari de Céline Piveteau doit venir d'un instant à l'autre au service. Claire va l'accueillir, puis il est convenu qu'il vienne te voir. Claire m'a dit que tu étais au courant. Apparemment, il a des choses à te dire.

On vit une sorte de soulagement chez Delestran, une petite délivrance dans ses yeux. Il donna quelques explications à ses effectifs.

– Une histoire de cul ? lança à brûle-pourpoint Mateoni, toujours prompt à appeler les choses par leur nom.

– Je n'en sais rien, c'est la première chose à laquelle on pense. Mais là, tu vois, Michel, il me semble que ce doit être plus subtil, si je puis m'exprimer ainsi.

– La psy t'a parlé d'un secret de famille, c'est ça ?

– Oui. En tout cas, c'est ce qu'elle m'a laissé entendre, Stan.

– Dans ce cas, effectivement, l'adultère, c'est peu probable. L'adultère, c'est trop banal pour que cela en devienne un secret.

– Je suis d'accord. Un enfant illégitime ?

– Pourquoi pas ? Ou un enfant caché ?

– Quelqu'un qu'on a laissé crever ? Ça arrive souvent, ça aussi, les suicidés qu'on accompagne plus ou moins volontairement...

– On peut aussi imaginer que le secret vienne de plus loin.

Chacun y allait de sa petite supposition.

– C'est vrai, elle a raison, Anna. Les secrets de famille, ça traverse les générations.

– Oui et ça finit par s'effilocher... mais c'est coriace quand même, ce genre de truc.

– Sans compter les dommages collatéraux pour ceux qui ne sont pas directement impactés !

Delestran sonna la fin de la récréation.

– Bon, écoutez : on ne va pas faire de plans sur la comète. De toute façon, on sera fixés rapidement. Et si cela se trouve, cela ne nous sera d'aucune utilité. Mais... je ne sais pas comment dire, je sens quelque chose...

Henrich, qui n'avait rien dit jusqu'à présent, se rappela au bon souvenir de l'équipe.

– Si le chef sent quelque chose, moi, je sens que ça va bouger. Une odeur d'amande amère, commandant ?

– Pas à tous les coups, Stefan. Bon, voilà ce que je vous propose : avec Victoire, on va recevoir le mari de Céline Piveteau et on verra ce qu'il a à nous apprendre. Ça ne va pas être simple, on risque d'être dans l'émotionnel. Vous autres, vous êtes libres : pause méridienne, comme on dit aujourd'hui. On se retrouve en début d'après-midi.

Victoire s'installa aussitôt sur le PC de son chef pour préparer l'incipit du futur procès-verbal, où il ne lui resterait qu'à ajouter l'heure du début :

---*Nous, BEAUMONT Victoire, lieutenant de police en fonction à Paris*---

---*Officier de police judiciaire en résidence à Paris*---

---*Nous trouvant au service*---

---*Assisté du commandant de police Julien Delestran, du service*---

---*Vu l'exécution de la commission rogatoire délivrée en date du 03/04/2005 par monsieur ROLLAND Rémi, juge d'instruction près le tribunal de grande instance de Paris, relative à une information suivie contre inconnu pour des faits de disparition inquiétante*---

---*Vu les articles 151 à 155 du Code de procédure pénale*---

---*Vu l'article 74-1 de ce même code*---

---*Avons été contactés par monsieur Philippe PIVETEAU, né le 06/06/1962 à Forbach, demeurant au 18 rue Falguière à Paris 15*e*, époux de la nommée PIVETEAU Céline, lequel nous a fait savoir qu'il souhaitait nous communiquer de nouveaux éléments sur son épouse*---

---*Le recevons au service à jour et heure figurant en tête du présent et lui exhibons la commission rogatoire dont nous sommes porteurs*---

---*Prestation de serment établie, le sus-nommé dépose comme suit en qualité de témoin :*---

Delestran tournait en rond dans son bureau, tel un acteur dans sa loge, s'apprêtant à monter sur scène. Il n'arrêtait pas de consulter sa montre et, afin de s'occuper, il partit chercher de l'eau pour la cafetière. Le récipient s'était progressivement rempli lorsque le téléphone retentit. Claire Ribot annonçait son arrivée. Delestran se leva du siège sur lequel il avait fini par se poser.

Une tasse de café fut proposée à Philippe Piveteau. Il l'accepta bien volontiers. Le début de la conversation se déroula debout malgré le fauteuil vide qui l'attendait devant Victoire, les mains à portée de clavier. Claire Ribot prétexta avoir deux coups de téléphone importants à passer pour s'éclipser très rapidement. C'était une façon de laisser les policiers seuls avec l'intéressé. Mais c'était également un message adressé à Delestran. Il comprit ses intentions et l'en remercia de vive voix. Victoire fut heureuse de constater qu'une certaine complicité s'était installée entre son chef et la psychologue.

Philippe Piveteau prit place sur le fauteuil qui lui était destiné. Il posa devant lui sa tasse, dont il avait vidé le contenu rapidement. Delestran passa dans son dos, vint s'asseoir sur l'angle du bureau, obligeant Victoire à se décaler légèrement. Cet homme était visiblement effrayé par ce qu'il avait à dire. Il fallait le rassurer.

– Monsieur Piveteau, j'imagine combien il doit être difficile pour vous de venir jusqu'à nous. Je tiens à vous préciser que Claire Ribot ne nous a rien dit, selon les règles d'éthique régissant sa profession. Cependant, il semble que vous ayez à nous faire part d'éléments pouvant avoir une incidence sur notre enquête. Pour l'instant, je ne sais pas de quoi il retourne, mais je tiens à saluer le courage de votre démarche. Croyez bien, monsieur, que tout ce qui nous préoccupe, moi et mes effectifs, c'est de retrouver votre femme au plus vite. Si ce que vous avez à nous dire n'a aucune incidence sur l'enquête, vous pouvez être certain que cela restera entre nous, car, nous aussi, nous sommes soumis au secret professionnel ; et je mets un point d'honneur à ce que cela soit respecté à la lettre.

Victoire écoutait son chef en admirant la façon dont il avait amorcé la conversation. Les mots étaient importants, et s'il avait usé du mot « secret », ce n'était pas anodin.

– Donc, ce que je vous propose, c'est de vous écouter. Ensuite, avec ma collègue, on jugera de la pertinence de retranscrire ou pas vos propos sur procès-verbal. Je vous précise également que la procédure est elle aussi couverte par le secret.

Philippe Piveteau avait écouté en acquiesçant d'un imperceptible petit mouvement de tête à la fin de chaque phrase. Il avait encore du mal à soutenir le regard des deux enquêteurs.

– Maintenant, c'est à vous, monsieur Piveteau, de nous expliquer la raison de votre venue dans notre bureau.

Alors que Victoire positionnait ses mains sur le clavier en effleurant les touches, Philippe Piveteau inclina brutalement la tête vers le sol en fermant les yeux. Les deux enquêteurs savaient qu'il ne fallait rien faire et surtout ne rien dire, juste attendre.

Philippe Piveteau releva la tête. Ses yeux rougis et légèrement humides se posèrent successivement sur Delestran et Beaumont. Ils se fermèrent à nouveau, puis, après une longue et douloureuse inspiration, Philippe Piveteau prit enfin la parole.

– Je pensais avoir vécu le pire moment de ma vie, il y a quelques années, et je me rends compte aujourd'hui que le pire, c'est maintenant. C'est terrible ce qu'il m'arrive.

Philippe Piveteau inspirait profondément entre chaque phrase. Victoire appuyait sur les touches du clavier, lettre par lettre, avec une infinie précaution.

– Vous voyez, ce qui est terrible, c'est qu'avec mon épouse nous nous sommes fait une promesse, la promesse de garder quelque chose pour nous, de ne rien dire à personne, parce que c'est quelque chose de très douloureux qui ne regarde que nous. Et aujourd'hui, je dois trahir celle dont je suis sans nouvelles depuis bientôt trois semaines.

Il ne retenait plus ses larmes. Il s'était arrêté pour renifler, était aux prises avec une dernière hésitation, semblant vouloir repousser le moment, alors que sa décision était prise depuis longtemps.

– Bon, voilà. Il y a trois ans, ma femme a mis au monde une petite fille dont je n'étais pas le père. Mon épouse a failli, un moment de faiblesse, et elle est tombée enceinte.

Tout était figé dans le bureau : les mains de Victoire, le regard de Delestran.

– Le problème, c'est que mon épouse ne s'est pas rendu compte tout de suite qu'elle était enceinte. Cela paraît fou, pourtant, c'est la réalité. Elle a fait ce que les médecins appellent un déni de grossesse, et moi-même je ne me suis rendu compte de rien. Je vous assure que c'est vrai. On ne voyait rien. Si vous saviez comme j'ai honte.

Philippe Piveteau avait besoin de reprendre son souffle. Delestran lui passa un mouchoir.

– Quand s'en est-elle aperçue ?

– De ce qu'elle m'a dit, seulement au quatrième mois. Depuis la naissance de notre deuxième enfant, pour des raisons hormonales, elle avait changé de pilule et, parfois, elle avait des retards de règles. C'est là qu'elle a consulté son gynécologue ; et le résultat fut sans appel. En plus, d'après ce qu'elle m'a expliqué par la suite, le délai pour avorter était dépassé. Elle s'est sentie prise au piège.

– À quel moment l'avez-vous appris ?

– Un mois plus tard. Je pense que mon épouse a cherché une solution pour avorter dans un autre pays sans que je le sache, mais, n'y parvenant pas, elle a fini par me l'avouer. Car là, effectivement, au cinquième mois, son ventre commençait à s'arrondir. Vous imaginez la situation ?

Victoire ne savait pas quoi dire. Elle se raccrochait à Delestran, dont les sourcils s'étaient légèrement froncés.

– Vous voulez savoir la suite ?

– Pas forcément tout, monsieur Piveteau. J'imagine que la situation a été terrible à vivre pour vous deux, mais, d'après ce que vous nous avez dit, cet enfant est né.

– Oui. Le 12 octobre 2001, c'est tout ce que je sais.

– Comment ça ?

Il fallut du temps à Philippe Piveteau pour répondre, pour supporter de revivre ces instants tragiques.

– En fait, mon épouse a fait le choix d'accoucher « sous X » et je n'ai pas eu mon mot à dire. Pourtant, croyez-moi, j'aime ma femme et j'étais prêt à tout accepter, tout lui pardonner. J'aurais élevé cet enfant comme le mien, mais ma femme n'a rien voulu savoir. Je ne la reconnaissais plus, elle était furieuse. Elle disait qu'elle avait fauté, que c'était à elle de régler le problème, que je n'avais pas à m'en mêler. Pourtant, je peux vous assurer que je me suis montré plus que compréhensif malgré la douleur que j'éprouvais. En fait, elle a tout organisé en secret, à commencer par cacher sa grossesse à tout le monde, y compris à sa famille et à nos deux enfants. Personne ne devait le savoir, selon elle, c'était un dur moment à passer et ensuite tout redeviendrait comme avant. Et elle y est parvenue avec mon aide, car vous imaginez bien qu'on ne cache pas une grossesse à son entourage aussi facilement. On a fait en sorte de ne voir personne pendant quatre mois, les enfants n'y ont vu que du feu et, à peine trois jours après son accouchement, elle reprenait le travail comme avant. Un truc de dingue. Une sorte de parenthèse. Par la suite, rien ne pouvait laisser deviner quoi que ce soit. Même moi, j'ai retrouvé la femme d'avant, enthousiaste, dynamique, aimante. Vous savez ce qu'elle m'a dit quand elle est rentrée de la maternité ? Elle m'a dit froidement : « Ça y est, on est débarrassés. On va pouvoir reprendre la vie comme avant. » Et elle est retournée à son quotidien comme si de rien n'était. C'était effrayant. Mais que vouliez-vous que je fasse ?

Victoire était un peu perdue. Que devait-elle retranscrire sur le procès-verbal ? Elle avait noté que madame Piveteau avait décidé d'accoucher « sous X », mais ensuite plus rien. Delestran jeta un œil sur l'écran et vint à son secours :

– Monsieur Piveteau, il y a des choses dans ce que vous venez de nous dire que nous ne pouvons pas noter sur le procès-verbal. La motivation de votre femme d'accoucher « sous X » et la façon dont vous avez vécu cette période ne regardent pas la police, bien que nous en soyons, croyez-moi, bouleversés. Je suppose que vous ne savez pas ce qu'est devenue cette petite fille ?

– Je l'ignore totalement. Comme j'ignore qui était le père. Du reste, je n'ai jamais voulu le savoir. Comme je vous l'ai dit, j'ai été exclu de tout.

– Vous me confirmez que votre épouse a accouché le 12 octobre 2001 ?

– Oui, ça, je le sais, j'en suis certain. Elle n'a pas voulu que je l'accompagne à la maternité. La seule chose qu'elle ait acceptée, c'est que j'appelle un taxi pour qu'elle s'y rende. Elle est revenue le lendemain matin en me disant que tout s'était bien passé et que c'était donc terminé.

– Une dernière question, monsieur Piveteau. Savez-vous où votre femme a accouché ?

– Oui, à Necker. Je le lui avais demandé au cas où j'aurais en besoin de la joindre en urgence et elle m'avait donné le nom de la maternité en me disant que c'était tout ce que je devais savoir.

– Je vous remercie infiniment, monsieur Piveteau. Ma collègue va imprimer le procès-verbal, vous le relirez. Si vous souhaitez apporter des modifications, nous le ferons et vous n'aurez plus qu'à signer.

Philippe Piveteau fut surpris que ce soit déjà terminé.

– Vous pensez que cela peut expliquer la disparition de ma femme ?

– Franchement, pour l'instant, je n'en sais rien. Tout ce que je peux vous dire, c'est que c'est une piste suffisamment intéressante pour qu'on fasse des vérifications. Et on va s'y employer dès que vous aurez quitté le bureau.

Philippe Piveteau avait séché ses larmes. Il pouvait désormais regarder Delestran droit dans les yeux.

– Je peux vous demander une chose, commandant ?

– Oui, bien sûr.

– Vous me garantissez que cela restera entre nous ?

C'était difficile pour Delestran. Il aurait tellement voulu lui donner sa parole. Mais il y avait la procédure... Beaucoup de personnes y auraient accès. Il fallait néanmoins le rassurer :

– Je suis tenu de garder le secret, donc je le ferai.

– Je vous remercie et, s'il vous plaît, retrouvez Céline au plus vite. Parce que moi, malgré toute cette histoire, c'est la femme que j'aime et, sans elle, je suis perdu.

– Nous faisons notre maximum pour la retrouver. Et je tenais à vous dire que la dignité dont vous avez fait preuve lors de ce moment témoigne d'une part de votre chagrin et d'autre part de votre grandeur à l'endurer. Vous lisez et vous signez ?

Le récit d'un homme écrasé par une culpabilité aux multiples visages avait été éprouvant, tant pour Philippe Piveteau que pour les enquêteurs. Comment pouvait-on vivre décemment après cela, retrouver une vie normale en tentant de dissimuler aux yeux de tous ce sinistre fardeau ? L'homme ainsi mis à nu faisait souvent mal à voir pour les enquêteurs. Ils n'avaient d'autre choix que de se raccrocher à leur enquête pour éviter d'être rongés par le poison de la pitié. Concentrée sur sa tâche, Victoire était parvenue à sortir deux pages d'audition, une synthèse respectant à la fois le fond et la forme. Elle avait su réutiliser les mots de Philippe Piveteau avec une surprenante fluidité qui n'affectait pas la gravité des propos.

Delestran paraissait préoccupé. Tel le joueur d'échecs anticipant les coups, quelque chose l'avait piqué. Il n'était pas homme à croire aux coïncidences. Au fur et à mesure de l'audition, il n'avait pu s'empêcher de revoir « son » cadavre. Georges Bernard, à la recherche d'un fils, venait se télescoper avec les Piveteau et cet accouchement « sous X ». Fallait-il y voir un signe du destin ? Malgré le flou, il avait acquis une conviction dont il savait qu'il devrait se méfier. Il n'y avait rien de plus dangereux que de devoir habiller une vérité intuitive. Pour ne pas polluer son enquête, il fit le choix de se taire, bien que cette idée étrange ne puisse disparaître de son esprit.

Philippe Piveteau apposa sa signature sur les deux feuillets du procès-verbal sans avoir d'observation à formuler. On aurait dit que, chez cet homme, la fatalité l'avait définitivement emporté. Delestran contacta Claire Ribot afin qu'elle prenne la suite. Il commençait à comprendre la réelle utilité de la psychologue au sein de son service, s'en voulait en repensant à certaines histoires du passé où des personnes avaient dû se retrouver abandonnées en quittant son bureau si brutalement.

Une nouvelle tasse de café combla l'attente en silence. Claire Ribot débarqua rapidement. Elle affichait un visage volontairement positif. Delestran pensa que c'était une façon de préparer au mieux la suite de son entretien. Il y avait une autre raison. Elle lui en fit part après avoir demandé à Beaumont d'accompagner Philippe Piveteau jusqu'à son bureau. De cette façon, elle put se retrouver seule avec le commandant.

Claire Ribot venait de contacter Xavier Lacroix. Elle était parvenue à le convaincre de venir au plus vite. Delestran ouvrit des yeux ronds. Pour les mêmes raisons ? Elle acquiesça sans rien dire. « Sous X », une nouvelle fois ! Avant de partir, elle précisa qu'elle avait également contacté François Bellefond. Il refusait de venir, ce qui ne voulait rien dire, si ce n'est qu'il n'était pas réceptif. Il s'agissait peut-être d'une posture défensive. On ne pouvait rien en déduire, mais tout de même…

– Je vous remercie, Claire.

– De rien, commandant.

Elle fut surprise qu'il l'appelle par son prénom, mais n'osa pas lui demander le sien.

Delestran et Beaumont avaient déjeuné tardivement dans une brasserie à côté de la 1re DPJ de façon à pouvoir regagner rapidement leur service si Xavier Lacroix venait à se présenter. Ils avaient fait en sorte de ne pas parler travail pour faire une vraie coupure. Ils s'appréciaient de plus en plus sans avoir besoin de se le dire. C'était étrange : deux ans qu'ils travaillaient ensemble et on aurait dit qu'ils formaient déjà un vieux couple. Lequel admirait le plus l'autre ? D'où sortaient-ils, tous les deux ?

Beaumont avait été conquise par l'homme aux larges épaules qui contenait une colère venant de très loin. Il se dégageait de lui une force à la fois sauvage et bienveillante. Il l'avait prise sous sa grosse patte d'ours, peut-être comme la fille qu'il n'avait pas eu la chance d'avoir. Elle l'avait appris récemment. Lorsqu'elle lui avait posé la question, il avait eu la pudeur de répondre par la négative avec un léger sourire, pour compenser une profonde tristesse apprivoisée avec le temps. Pourquoi cette réponse l'avait-elle bouleversée à ce point ? Il y avait dans son attitude une dignité qu'elle n'avait rencontrée chez personne d'autre.

Beaumont avait répondu oui sans même réfléchir lorsqu'il lui avait proposé de venir dîner un soir à la maison une fois cette affaire terminée. Jamais au cours de sa carrière, un collègue n'était venu dîner chez lui. Sa femme le lui avait beaucoup reproché au début : sa maison n'était pas un sanctuaire. Puis elle s'était habituée. Victoire avait apprécié la façon avec laquelle il l'avait titillée en ajoutant, comme un père qui cherche à obtenir des informations, qu'elle pouvait venir, bien entendu, avec son amoureux. Elle savait qu'il guettait sa réaction. Elle lui avait adressé un large sourire pour le rassurer, puis, pour entretenir le mystère, lui avait répondu qu'il ne serait certainement pas disponible.

Sur le chemin du retour, la vision de Philippe Piveteau montant dans son véhicule et s'effondrant sur son volant, les deux mains accrochées au disque de caoutchouc, les ramena à leur enquête.

Cette fois-ci, Delestran s'était mis au clavier et Beaumont menait la discussion. Xavier Lacroix, la cinquantaine, cheveux grisonnants, le teint hâlé et le corps athlétique mis en valeur par son costume de marque italienne, avait pris place devant le bureau. Il avait refusé tout verre d'eau ou tasse de café, et paraissait pressé d'en finir. Ce grand patron de société avait fait le choix de ne pas faire dans l'émotion, assumant pleinement la décision qui avait été la leur, trois ans auparavant, lorsque sa femme s'était retrouvée enceinte pour la troisième fois à bientôt quarante-deux ans. Malgré le tranchant de ses déclarations et sa froideur apparente, on devinait que la situation avait été dramatique. Étaient-ils parvenus à gérer complètement la crise sans qu'elle laisse de traces ? On pouvait en douter, mais cela ne regardait pas les enquêteurs. Xavier Lacroix affirmait que tout ceci appartenait au passé. Était-ce bien nécessaire de déterrer cette histoire ? En quoi était-elle liée à la disparition de son épouse ?

Sous le regard de Delestran, Victoire avait repris la main. Pour une fois, les circonstances et motivations ne l'intéressaient pas. Il n'était pas question pour les policiers de rajouter de la douleur, simplement d'obtenir une date et un lieu. Malgré tout, Xavier Lacroix crut bon de devoir se justifier. Il y avait de l'agacement dans sa voix.

– Voyez-vous, avec mon épouse, nous avons des convictions religieuses. Nous sommes foncièrement opposés à l'avortement et en totale adéquation avec le message de notre Saint-Père. Mais mon épouse ne voulait pas de cet enfant. Avec mon entourage familial, nous avons dû nous employer à lui faire entendre raison pour qu'elle lui permette de vivre. Cela n'a pas été facile. Ma femme mettait sa vie volontairement en danger, vous comprenez… Il a fallu la protéger. Il fallait sauver la femme et l'enfant. C'est une décision en conscience et concertée, la seule possible au regard de nos convictions. Enfin, nous avons décidé d'un accouchement « sous X », ce qui permettait de remettre cet enfant dans les mains de notre Seigneur, sachant qu'il en prendrait le plus grand soin. Vous comprenez ?

Ils ne comprenaient pas.

Delestran était à la peine. Victoire voyait son regard noir plongé sur son clavier ; les muscles de ses mâchoires ondulaient sur ses joues. Il devait avoir envie de se lever, de le gifler, mais il se retenait en retranscrivant fidèlement les propos tenus sur le procès-verbal.

– Je vous remercie de ces précisions, monsieur Lacroix. J'ai cependant quelques questions à vous poser.

Le ton était ferme.

– Qui a suivi la grossesse de votre épouse ?

– Son gynécologue habituel.

– Où a-t-elle accouché ?

– À la maternité de l'hôpital Necker.

À l'évocation de ce nom, les deux enquêteurs se regardèrent un court instant. Ce n'était pas une coïncidence, ils en avaient la certitude.

– Pourquoi avoir choisi cette maternité ?

– Je n'en sais rien, il faudrait le demander à mon épouse. Il me semble que c'était le plus pratique, proche de notre domicile. Et puis Necker, c'est une grosse maternité.

Delestran fronça les sourcils. Il ne comprenait pas ce que voulait dire Xavier Lacroix. Victoire s'en aperçut, hésita. Était-ce important ? Elle relança.

– Une grosse maternité, que voulez-vous dire par là ?

– Eh bien, qu'il y a beaucoup de naissances, donc, statistiquement, plus de naissances « sous X ». C'est plus discret. Enfin, vous comprenez...

Décidément, il fallait toujours que les flics comprennent l'incompréhensible.

– Dernière question : quelle est la date de l'accouchement de votre épouse ?

– La veille de l'Ascension.

Cette fois-ci, c'était au tour de Victoire d'avoir du mal à masquer son agacement :

– Vous n'auriez pas une date plus précise ?

– Je n'ai pas retenu la date précise, je suis désolé. Je sais juste que c'était la veille de l'Ascension.

– Et l'année, vous vous en souvenez au moins ?

– 2002.

– Vous êtes sûr de vous ?

– Oui, ça va faire trois ans.

– Donc l'année 2002. 2002 après...

« Après » résonnait dans la bouche de Victoire, laissant supposer qu'une suite allait venir. Elle se rétracta. « Après Jésus-Christ », c'était inutile, pas sûr que Xavier Lacroix comprenne que cela aurait été une façon de se moquer de lui. Elle était comme Delestran, de ce côté-là. Jésus n'était pas son héros préféré.

Victoire se connecta à Internet sur l'autre PC du bureau pour faire une recherche. Très rapidement, elle obtint sa réponse.

– En 2002, l'Ascension, c'était le 9 mai. Donc si votre femme a accouché la veille, c'était le 8 mai. Ça vous parle, la victoire des Alliés sur l'Allemagne nazie, monsieur Lacroix ? L'armistice, une vraie résurrection. Au moins, elle, on est sûr qu'elle a existé !

Delestran pouffa, les yeux remplis d'admiration. Enfin ! Elle avait osé. Il en était soulagé, se reconnaissait dans cette colère

282

qu'on libère en faisant fi de ses obligations de réserve. Parce qu'à un moment ça suffit ! Quand on était policier, on se devait de tout entendre, mais on n'était pas obligé de tout supporter. De temps en temps, il fallait lâcher prise, savoir s'exprimer pour s'affirmer. Il se sentit fier comme si elle était sa fille. Il lui fallut un peu de temps pour reprendre contact avec son clavier pour inscrire cette fameuse date sur le procès-verbal.

Tel un boxeur sonné, Xavier Lacroix réagit à contretemps :

– Bien sûr que je connais l'armistice de 1945. Qu'est-ce que vous croyez ? Dans ma famille, on a versé du sang pour que vous, jeune fille, vous puissiez vivre librement. Vous sous-entendiez quoi, par là, mademoiselle ?

Victoire le fixait droit dans les yeux avec l'envie de le mordre. Delestran vint éteindre l'incendie.

– Elle sous-entendait qu'il était plus facile de se repérer en désignant une date correspondant au jour de l'armistice, fixe chaque année, qu'en évoquant la veille de l'Ascension, qui fluctue selon les années.

– Oui, mais la logique, quand vous êtes dans ce genre de situation, elle aussi, est fluctuante. Donc je vous demande un peu de respect. N'oubliez pas que ma femme a disparu et que vous devriez plutôt vous employer à la retrouver. D'ailleurs, je ne vois pas en quoi cette histoire a à voir avec sa disparition.

– Nous avons de fortes raisons de penser que, justement, il y a un lien. Laissez-nous un peu de temps. Nous vous tiendrons rapidement au courant. J'imprime votre déposition et je vous demande de la lire avant de la signer. Nous en avons terminé.

– Je compte sur vous, commandant.

– Vous pouvez.

Si l'audition était terminée, il n'en était pas de même pour Victoire. Elle attendit que Xavier Lacroix ait signé le procès-verbal et, alors qu'il s'apprêtait à quitter le bureau, elle le reprit au vol :

– Excusez-moi, monsieur Lacroix. J'ai une dernière question.

– Je vous écoute.

Delestran montra un visage inquiet.

– C'était une fille ou un garçon ?

– Comment ça ?

– L'enfant que votre femme a mis au monde, fille ou garçon ?

– Il me semble que c'était une fille.

– Il vous semble ?

– Oui, il me semble, car, voyez-vous, de notre côté, avec mon épouse, nous n'avons jamais reparlé de cette histoire. J'ai seulement entendu ma belle-mère le dire à mon beau-père au retour de la maternité. Il voulait savoir, lui aussi.

– Et vous avez...

– Quoi encore ?

– Vous avez deux enfants, n'est-ce pas ?

– Oui, deux garçons.

– C'est... dommage, lâcha Victoire en le fusillant du regard avant qu'il sorte du bureau.

Quand il fut hors de portée, elle répéta la phrase en remplaçant le mot « dommage » par « monstrueux » avec une envie de pleurer.

Victoire avait voulu entrer dans la police pour retrouver quelqu'un et y vivre des émotions fortes en donnant du sens à sa vie. Elle y était. Elle ne s'était pas trompée. Et ce n'était que le début... Cela lui rappela la première phrase d'un livre qu'elle avait relu plusieurs fois. Un livre « monstrueux » qui vous illumine par sa noirceur. Et si le métier de policier, c'était aussi la possibilité d'emprunter un tronçon d'un *Voyage au bout de la nuit* de la vie des hommes ?

Lorsque Delestran revint, elle jeta un œil à sa montre. Le cadran indiquait 17 heures passées. Il paraissait pressé et avait certainement une idée derrière la tête. Xavier Lacroix n'avait pas souhaité s'entretenir avec la psychologue, affirmant ne pas avoir besoin d'aide. Il donnait l'impression d'un homme voulant s'échapper le plus rapidement possible. Delestran l'avait donc raccompagné à la porte du service, mais, au retour, il était passé voir Claire Ribot. Il avait besoin d'un éclairage.

La psychologue avait pu lui donner quelques précisions intéressantes. Le profil des femmes accouchant « sous X » était très varié, qu'il s'agisse de leurs origines sociale et familiale mais aussi de leur situation financière. Si les femmes célibataires, en situation précaire, étaient les plus nombreuses, avec souvent des traumatismes, harcèlement moral et violences sexuelles pendant l'enfance, violences conjugales par la suite et des viols, il y avait également des femmes incapables de se projeter en tant que mère. Plus surprenant, des femmes dont les compagnons se sentaient incapables d'assurer le rôle de père et faisaient pression sur les futures mères. Dans la plupart des cas, c'était l'avortement qui était favorisé, mais, lorsque le délai légal était dépassé, l'accouchement « sous X » devenait la dernière solution. La plupart du temps, cette situation concernait des enfants conçus dans des relations intrafamiliales et incestueuses, mais il ne fallait pas oublier les conjoints défaillants, violents, délinquants, alcooliques, toxicomanes, qui faisaient craindre le pire à la future mère. De manière générale, ces femmes vivaient dans une grande détresse psychologique qui expliquait des découvertes de grossesse tardives. Sentir l'enfant bouger en elles rajoutait de la culpabilité. Si elles manifestaient le choix d'accoucher sans péridurale, il fallait voir dans cette décision de s'infliger encore plus de souffrance une façon d'expier. Par la suite, elles quittaient rapidement l'hôpital sans suivi, en prenant de gros risques pour leur propre santé. Il fallait voir également dans ce choix, le plus souvent imposé, la possibilité de laisser une chance à l'enfant.

En se mettant à leur place, Delestran et Beaumont pouvaient comprendre ces femmes qui donnaient vie dans l'anonymat. Mais qu'en était-il de leurs trois disparues, aux situations tellement plus confortables ? Qu'est-ce qui pouvait justifier leur décision ? Delestran avait posé la question à Claire Ribot. Si, pour Céline Piveteau, la pression familiale, et surtout culturelle, pouvait être un début de justification, pour Sandrine Lacroix, il fallait peut-être voir dans ce futur enfant un obstacle à la construction d'un avenir professionnel déjà mis entre parenthèses pour les deux premiers.

Il restait une troisième inconnue, Éléonore Bellefond, à qui on ne connaissait pour l'instant aucun secret de famille du même genre. Cependant, par beaucoup d'aspects, ces femmes se ressemblaient. Deux, et pourquoi pas trois ? Trois accouchements « sous X », qui plus est dans la même maternité ?

Delestran s'était effondré dans son fauteuil, se prenant la tête à deux mains. Beaumont le regardait se torturer l'esprit.

– Qu'est-ce que tu comptes faire, commandeur ?

Il leva les yeux vers elle, hésitant.

– J'ai envie de tenter un gros coup de bluff. Faut que j'en aie le cœur net. Tant pis !

Il ouvrit le dossier sur la disparition d'Éléonore Bellefond tout en composant le numéro de son mari.

– Bonjour, François Bellefond ? Ici le commandant Delestran de la police judiciaire. Je me permets de vous appeler, car l'enquête sur la disparition de votre épouse a pris une tournure, comment dire... surprenante. Nous avons avancé, nous tenons une piste et j'ai besoin que vous me donniez une information capitale.

Victoire entendit à l'autre bout une voix grave acquiesçant par quelques mots. S'ensuivit un silence lourd. Victoire comprit, donna un bref coup de tête en direction de son chef signifiant : « Allez, vas-y ! »

– Voilà, monsieur Bellefond, nous savons que votre épouse a accouché « sous X » à l'hôpital Necker. Il faut absolument que vous me donniez la date de cet accouchement, c'est très important. Vous m'entendez, monsieur Bellefond ?

Son interlocuteur l'avait entendu, mais devait être assommé par la brutalité soudaine de la question.

– Vous m'entendez, monsieur Bellefond ? Il me faut cette date. C'est très important. Je ne peux pas encore tout vous expliquer. Mais il me la faut absolument et il n'y a que vous qui puissiez me la donner.

Il n'y avait plus personne à l'autre bout du fil. Delestran répétait sa demande sur un ton péremptoire de façon à ce que l'autre ne puisse se soustraire à l'emprise. Il maintenait la conversation, jouant une sorte de va-tout. L'absence de réaction signifiait-elle qu'il avait vu juste ? Certainement, mais il lui fallait sa réponse. Victoire entendit la voix grésiller à nouveau à l'autre bout sans comprendre ce qu'elle disait. Delestran coupa court :

– Arrêtez ! Monsieur Bellefond. Je le sais, c'est tout ! Je ne vous demande pas comment ni pourquoi. Je veux juste savoir quand. Alors, vous me la donnez, cette date ?

À nouveau un long silence. La tension était à son comble. Delestran usa de la menace.

– Je vous préviens. Si vous ne me donnez pas cette date, je viens vous chercher et je vous mets en garde à vue pour obstacle à l'enquête. Alors, je vous écoute : dépêchez-vous ! Faites un effort de mémoire ! Vous m'entendez ?

Il criait à travers le combiné et soudain sa main se mit à chercher un stylo. Victoire lui tendit le sien. C'était gagné !

La main de Delestran dessina huit chiffres espacés de deux tirets à la va-vite sur la pochette de la procédure : 21-04-2003.

12

Ce n'était pas parce qu'il y avait un fil à tirer qu'il fallait se précipiter. Delestran aimait prendre son temps et garder la maîtrise. Faire trop rapidement les choses conduisait toujours à se faire éjecter d'un instant à l'autre. Il veillait à garder le contrôle, dans la vie comme dans ses enquêtes. Cela demandait une certaine expérience, du recul, de la rigueur et de l'anticipation. Agir préventivement lui permettait, lorsque les circonstances l'imposaient, de se hâter avec un minimum de risques. Ce qui aurait pu passer pour un coup de poker, la veille, ne l'était pas. Il aurait parfaitement assumé un résultat inverse, si son interlocuteur s'était braqué par exemple, ou muré dans le silence. Par la suite, d'autres se seraient précipités dans la foulée à l'hôpital Necker. Delestran, lui, avait préféré attendre. Cette visite demandait un minimum de préparation. Par ailleurs, il était plus intéressant de la différer au lendemain pour bénéficier d'une pleine journée d'action. Il avait surtout voulu informer son patron et le juge d'instruction pour en discuter avec eux. Faisait-il prendre un risque à ces trois femmes en se « permettant » d'attendre un peu ? Leur vie en serait-elle davantage menacée ? Une semaine déjà que Sandrine Lacroix avait disparu, quatre semaines pour Éléonore Bellefond et plus d'un mois pour Céline Piveteau. Étaient-elles toujours en vie ?

Cela faisait beaucoup d'incertitudes malgré ce point commun désormais établi entre ces trois femmes. Il allait falloir agir avec discrétion à l'hôpital Necker. Éviter les fuites, toujours préjudiciables au bon déroulé de l'enquête. L'essentiel était de trouver dès le départ le bon interlocuteur. Le juge Rolland avait la solution. Il connaissait le directeur adjoint, avait eu affaire avec lui dans un ancien dossier, quelques années auparavant. « Un dossier sensible », avait-il simplement précisé. Après un coup de fil du juge, le directeur adjoint de Necker, monsieur Bruet, accepta de recevoir le commandant à 9 heures le lendemain.

Delestran n'avait pas très bien dormi, ce qui ne l'avait pas empêché d'arriver de bonne heure au service. Une grosse partie de la nuit, des images avaient tourbillonné dans son esprit. S'il était parvenu à réunir celles des trois femmes et à les mettre d'un côté, il restait toujours, de l'autre, isolée, celle du cadavre de Georges Bernard. Il s'était tourné et retourné dans son lit. Il avait également repensé à sa construction géométrique du week-end, dont il avait jeté le résultat à la poubelle. Il en gardait un souvenir relativement précis, mais pas suffisamment pour savoir où se situait l'hôpital Necker dans le graphisme. Dans un cercle ? Sur une droite particulière ? Cela avait-il de l'importance ? Il avait voulu y voir plus clair et tout s'était embrouillé.

Au réveil, sa femme lui avait souri avec ce regard réprobateur qu'il connaissait si bien. Il avait ronflé.

Il n'était pas nécessaire de se déplacer en nombre. Seule Victoire l'accompagnerait, ce qui permettait au reste du groupe d'arriver plus tard, selon le bon vouloir de chacun. C'était la règle à la PJ, on pouvait choisir son heure de début de journée, mais jamais celle de fin, laquelle était imposée par les événements ou les avancées d'une enquête. En attendant qu'elle arrive, il rédigea un document, l'imprima, puis le rangea dans sa sacoche.

Victoire entra peu après avec un gros sachet rempli de viennoiseries. Avait-elle quelque chose à fêter ? Delestran consulta l'éphéméride. En ce mardi 11 avril, on fêtait la Saint-Stanislas. Était-ce la vraie raison ?

– C'est pour Stan ?

Victoire marqua son incompréhension d'un froncement de sourcils.

– Je viens de regarder : aujourd'hui, c'est la Saint-Stanislas, alors je pensais que...

– Ah non, pas du tout ! Je n'étais même pas au courant.

– Alors, c'est parce que c'est ton anniversaire ?

– Pas davantage.

– Bon, je ne cherche pas à savoir. Au fait, c'est quand ton anniversaire ?

– C'était la semaine dernière, le 4.

Delestran se sentit honteux, son visage se colora de rouge.

– Et tu n'as rien dit ?

– Non, pourquoi ?

– Ben, quand même, on aurait pu fêter ça et boire une coupette.

– Tu sais, je ne suis pas trop attachée à ces choses-là. Les anniversaires, c'est un passage obligé, c'est pour tout le monde pareil. Je t'avoue, ce n'est pas le jour que je préfère dans l'année.

– Tu es donc une fille d'avril.

– Eh oui...

– Une fille conçue en juillet ?

– Exactement, dans une chambre bleue, sur les bords de Loire, d'après ce qu'on m'a dit.

Elle prononça ces mots avec un brin de nostalgie.

– Et toi, commandeur, ton anniversaire, c'est quand ?

– Le mois prochain, le 17 mai. Mes parents, eux, étaient des aoûtiens. Il paraît que le feu d'artifice du 15 août était magnifique vu de la plage.

— C'est drôle.

— Qu'est-ce qui est drôle ?

— Delestran, conçu sur l'estran.

— Tu imagines beaucoup de choses. Qui te dit que la mer était basse ?

Victoire laissa échapper un rire franc.

— Oui, tu as raison. Mais c'est vrai, cette histoire ?

— Et la tienne, elle est vraie ?

— C'est ce qu'on m'a dit en tout cas.

— Figure-toi que moi aussi. Et j'en suis très heureux. C'est important, tu ne trouves pas, de savoir dans quelles circonstances on a été créés.

— Oui, cela laisse présumer beaucoup de choses...

Victoire lui tendit le sachet de viennoiseries. Un large sourire se dessina sur les lèvres de Delestran. Elle lui avait pris sa préférée : un pain aux raisins farci d'une épaisse crème pâtissière. Il croqua à pleines dents, les yeux remplis de gourmandise.

— Pour ton anniversaire, je ne dis rien aux autres, mais il faudra qu'on fête cela, d'une manière détournée.

— Lorsqu'on aura résolu cette affaire, par exemple, ce serait super.

— Pourquoi pas ?

— On part quand ?

— Dans dix minutes, ça te va ?

– OK, commandeur, l'homme de l'estran.

– Tu me cherches ?

Delestran appréciait tout particulièrement ces petits instants de bonne humeur malgré le poids des enquêtes. Ils lui donnaient un élan supplémentaire. En quittant le parking de la 1re DPJ, il avait l'impression de partir à l'aventure.

Victoire gara leur voiture sur un emplacement de livraison de la rue de Sèvres tandis que Delestran abaissait le pare-soleil police pour éviter l'enlèvement. Puis ils se dirigèrent vers l'entrée principale de l'hôpital. Vu de l'extérieur, le site leur paraissait immense. Des gens s'y perdaient à coup sûr. Des tenues blanches et vertes circulaient entre des bâtiments de plusieurs étages, des ambulances patientaient dans les angles, devant l'accueil de chaque service. À l'entrée, un ballet incessant de piétons, de taxis, de véhicules d'urgence formait comme un cordon. Necker était un cocon de vie séparé du reste du monde par une barrière invisible, un monde protégé de la capitale foisonnante.

Devant le poste de sécurité, Delestran leva la tête. La façade indiquait « URGENCES » en lettres rouges, puis un autre panneau mentionnait le nom de l'établissement avec, en dessous, la précision « enfants malades ». Ces deux mots accolés faisaient mal au cœur.

La décoration à l'accueil ne faisait aucun doute : on était bien dans un établissement pour enfants. Des peluches, dont un ours géant plus grand que Delestran, une piscine à balles, des tapis de jeu avec des jouets en bois... Les deux enquêteurs s'approchèrent d'une hôtesse. Delestran ne prit pas la peine d'exhiber sa carte tricolore. Il annonça simplement son nom en précisant qu'il avait rendez-vous avec le directeur adjoint, monsieur Bruet, à 9 heures. La jeune femme lui demanda de bien vouloir patienter quelques instants. Les deux policiers attendirent debout, légèrement à l'écart.

Un quarantenaire en costume-cravate sortit de l'ascenseur. Un échange fugace d'identités confirma qu'ils avaient bien rendez-vous. Aussitôt, les deux enquêteurs furent invités à suivre cet homme à la poignée de main cordiale en direction de l'ascenseur pour rejoindre son bureau au deuxième étage.

Alexandre Bruet ne semblait pas inquiet de cette visite. Une fois les deux policiers installés, il prit place derrière son bureau en leur offrant un visage disposé à leur rendre service. On sentait quelqu'un de détendu qui ne chercherait pas à dissimuler quoi que ce soit.

Delestran s'était mis d'accord avec Beaumont, il n'était pas question de tout déballer. Trois femmes avaient disparu dans les dernières semaines à Paris. À ce stade de l'enquête, elles avaient pour seul point commun d'avoir accouché à la maternité de l'hôpital Necker. Il s'agissait simplement de faire des vérifications. Comme on pouvait s'y attendre, il n'avait pas mentionné leur identité ; rien non plus sur le fait qu'elles aient toutes les trois choisi l'anonymat. Pour obtenir ce qu'il désirait, Delestran n'avait pas besoin d'en faire état. Il en vint rapidement à l'objet de leur déplacement.

– Monsieur Bruet, je suppose que vous devez conserver les plannings de travail de vos différents services ?

L'homme acquiesça.

– Je suppose également que votre service maternité fonctionne selon un principe de garde ?

– Oui, par tranche de vingt-quatre heures.

– À quelle heure débute la garde ?

– Sept heures.

– Très bien, dans ce cas, je souhaiterais que vous me communiquiez les plannings de travail de votre maternité pour trois dates.

Le visage du directeur adjoint s'assombrit soudain, sans pour autant se refermer. Il prit le temps de réfléchir.

– Je suppose que vous avez une réquisition.

– Bien entendu.

Victoire eut un léger rictus de crispation. Elle n'y avait pas pensé.

Mais Delestran avait anticipé. Il sortit une pochette de sa sacoche, l'ouvrit et montra à Bruet la réquisition judiciaire qu'il avait préparée au service.

– Tenez, la voici.

Avant de la lui transmettre, il remplit les blancs qu'il avait laissés puisqu'il ne connaissait pas les horaires de début et de fin de garde du service maternité pour les dates requises.

Dès la première date, Beaumont lui indiqua discrètement qu'il s'était trompé. Il avait inscrit du 12/10/2001 à 07 h 00 au 13/10/2001/ à 07 h 00. Beaumont lui souffla à l'oreille :

– Et si l'enfant est né le 12/10/2001 à 04 h 00 ?

Elle avait raison. Delestran n'y avait pas pensé. Il rectifia.

Bien qu'il ait déjà eu à répondre à ce type de requête, le directeur adjoint observa longuement le document.

– Donc, vous souhaitez que vous soient communiqués les plannings du service maternité de notre établissement du 11/10/2001 à 07 h 00 au 13/10/2001/ à 07 h 00 et pareil du 07/05/2002 au 09/05/2002 et du 20/04/2003 au 22/04/2003.

– Oui. Ça pose un problème ?

– A priori, non. Même si cela commence à dater. Mais je suppose que tout est archivé, donc je pense qu'on va pouvoir répondre favorablement à votre demande. Il vous les faut pour quand ?

– Le plus rapidement possible.

– C'est-à-dire ?

– Maintenant.

Le directeur adjoint eut un mouvement de recul.

– Maintenant, maintenant... Vous êtes gentils, la police ! Ça va prendre quand même un peu de temps. Faut qu'on descende aux archives et je ne sais pas où sont stockés ces documents. Il faut que je me renseigne auprès du service concerné. Et moi, je n'ai pas que cela à faire. Je vais voir avec la secrétaire du service maternité.

– Si je peux me permettre, monsieur Bruet, j'aimerais, comment dire... que cette recherche de documents s'opère dans la plus grande discrétion. Je veux éviter de mettre d'autres personnes dans la boucle, si vous voyez ce que je veux dire.

– Pourquoi ? Vous soupçonnez quelqu'un de chez nous ?

La réaction du directeur adjoint était légitime. Delestran s'y attendait et il avait préparé sa réponse.

– Je ne soupçonne rien, ni personne. Je cherche, c'est tout. Et je ne voudrais pas que notre demande et surtout notre présence perturbent votre maternité. Vous savez comment sont les gens... Voir la police fouiller, cela devient toujours un sujet d'inquiétude dans les conversations. Votre maternité a besoin de travailler dans le calme et la sérénité. Épargnons-lui ce désagrément.

– Bon, dans ce cas, comment comptez-vous procéder ?

– Je ne sais pas. Vous pourriez simplement, par exemple, contacter la maternité pour savoir où sont entreposés les plannings de travail sans en donner la raison. Vous êtes le directeur adjoint, vous avez besoin de savoir, c'est tout. Ensuite, nous vous accompagnerons pour trouver les documents. Des photocopies nous suffiront. Vous voyez, c'est relativement simple. Une petite intervention, même pas besoin d'anesthésie.

– Vous êtes drôle, vous.

– C'était pour vous détendre, monsieur Bruet. Je vous sens un peu tendu.

– Non. Mais... mais c'est que je n'ai pas que cela à faire.

– Je m'en doute bien et je vous en remercie par avance.

Bruet décrocha son téléphone et composa un numéro.

– Oui, bonjour Catherine. Vous pouvez me mettre en relation avec le secrétariat du service maternité, s'il vous plaît ?

Le directeur adjoint rencontra une petite difficulté lors de la conversation suivante avec le secrétariat de la maternité. Bien aidé par Delestran, qui lui adressait des mouvements de tête tantôt de gauche à droite et tantôt de haut en bas, il trouva cependant la solution pour ne pas trop attirer l'attention. Il avait besoin de vérifier par lui-même, rien d'important. Non, il n'était pas nécessaire de l'accompagner. Oui, il allait venir chercher la clé. Non, ça irait, il n'avait pas besoin d'aide. Il glissa même un petit mensonge : il était question de regrouper les archives de tous les services au même endroit. Il avait besoin d'évaluer le volume que cela représentait. Pour de l'improvisation, c'était très réussi.

Une dizaine de minutes plus tard, ils se retrouvèrent tous les trois au sous-sol de la maternité, dans un petit local simplement éclairé d'un néon.

Avant de fouiller, il fallait comprendre la logique de classement de l'archiviste, découvrir son sens du rangement en déchiffrant les dates inscrites sur des cartons empilés sur trois niveaux d'étagères couvrant l'ensemble des murs. Pour optimiser l'espace, un îlot central avait été formé autour duquel on circulait difficilement. Delestran ne passait que de profil, ce qui fit sourire Beaumont. Resté à l'extérieur, Alexandre Bruet les observait, la tête oscillant de haut en bas, comme un lecteur à la recherche d'un ouvrage dans un rayonnage de bibliothèque. Les archives débutaient par l'année 1990, pour laquelle il n'avait fallu que deux cartons. Plus on avançait dans le temps, plus le nombre de cartons augmentait à tel point que, les quatre dernières années avaient été déclinées en mois, ce qui allait grandement faciliter la recherche des enquêteurs. C'était quand même inquiétant, cette augmentation flagrante de documents à conserver. Le temps semblait prendre de l'épaisseur.

Très rapidement, trois gros cartons furent extraits et déposés à l'entrée du local pour leur examen. Ils ne contenaient que des documents relatifs au fonctionnement et à l'organisation du service. Parmi les pochettes renfermant des évaluations annuelles, des notes de service, des arrêts de travail, des attestations de stage, il y avait les fameux plannings que recherchaient les deux enquêteurs sous forme de feuilles de service sur lesquelles étaient consignés les noms du personnel travaillant, ceux qui étaient en repos, d'astreinte ou en indisponibilité. L'équipe médicale officiant pendant une durée de vingt-quatre heures était constituée d'un gynécologue-obstétricien, d'un anesthésiste, d'un pédiatre-réanimateur, de trois sages-femmes, de six infirmières, de quatre auxiliaires de puériculture et d'une secrétaire médicale qui, elle seule, avait des horaires diurnes.

La fouille provoqua une certaine effervescence. Victoire avait trouvé les deux premiers plannings dans le carton d'octobre 2001, puis s'était lancée dans celui de mai 2002, tandis que Delestran tendait les bras pour décoder les dates, se battant avec une myopie naissante qu'il s'obstinait tant bien que mal à dissimuler, comme s'il s'agissait pour lui d'une humiliation. Il finit par trouver ce qu'il cherchait. On vérifia une dernière fois l'exactitude des dates.

Rapidement, Delestran se tourna vers Beaumont et donna un coup de tête signifiant « Alors ? ». Avec son index, elle désigna successivement trois noms en commun sur les feuilles. Sans rien dire, Delestran acquiesça par un battement de cils. Que fallait-il faire ? Il rassembla les six feuilles et se tourna vers le directeur.

– Il va falloir que nous fassions des photocopies.

– Vous avez trouvé quelque chose d'intéressant ?

– Peut-être.

Delestran marqua un temps d'arrêt pour réfléchir à la façon dont il allait formuler la suite, même s'il la connaissait pour l'avoir souhaitée avant même son arrivée.

– Monsieur Bruet, il va falloir que j'entende trois personnes de votre service.

– Ah bon ? Lesquelles ?

– Madame Clémence Rivot, sage-femme ; madame Christelle Ménager, infirmière, et monsieur Valentin Matthias, le gynécologue.

– Mais pourquoi ?

– J'ai des vérifications à faire et pour cela, il va falloir que je me mette en relation avec eux.

Alexandre Bruet grimaça et expira bruyamment.

– Ça ne va pas être facile.

– Pourtant, il va bien falloir.

– Je comprends, mais moi, je vous dis que ça ne va pas être facile, sauf pour monsieur Matthias.

– Comment ça ?

– Eh bien, madame Ménager se trouve actuellement en Afrique en mission dans une ONG. J'ai signé son détachement il y a six mois et ce sont des missions de deux ans… Quant à madame Rivot, j'ai le regret de vous faire savoir qu'elle nous a quittés en début d'année.

Delestran et Beaumont affichèrent le même visage frappé de stupeur.

– Oui, un dramatique accident de la route alors qu'elle rentrait chez elle après le travail. Elle se serait endormie. Son véhicule a fini contre un arbre sur la route de Fontainebleau. Un véritable drame pour ses collègues.

Alexandre Bruet prit une mine affligée à l'évocation de cette femme qui, après avoir aidé à donner la vie, avait brutalement perdu la sienne en rentrant chez elle.

Sans se consulter, les deux enquêteurs devaient penser à la même chose, des choses qu'ils ne pouvaient pas exprimer en raison des circonstances dramatiques. Et pourtant, des trois noms, il n'en restait plus qu'un : Valentin Matthias.

Delestran se mit en mode torture d'esprit, se martelant inlassablement ce nom, Valentin Matthias, deux prénoms accolés, comme s'ils devaient lui évoquer quelque chose. Pour rompre le silence, Victoire s'adressa à Bruet :

– Je suppose que monsieur Matthias est au courant lorsque les futures mamans font le choix de l'anonymat pour mettre leur enfant au monde ?

– Oui, forcément. C'est un élément important à prendre en compte. Cela peut expliquer beaucoup de choses, notamment une détresse psychologique dont il faut tenir compte durant le travail et compenser parfois médicalement.

– Et vous savez s'il travaille aujourd'hui ?

– Non, il faudrait qu'on remonte dans son service pour demander aux secrétaires. Si vous le souhaitez, je peux passer un coup de fil et vous le dire rapidement.

Victoire se tourna vers Delestran qui semblait toujours aussi agacé, énervé contre lui-même. Il fulminait, en rogne, dut se résoudre, une fois de plus, à tout balayer provisoirement d'un revers de main. À l'écart, Beaumont lui glissa :

– Qu'est-ce qu'on fait, commandeur ? On va le chercher ?

– Oui, il faut qu'on l'entende.

Delestran se frotta lourdement le visage avec ses deux mains, puis, tirant lentement sa peau vers le bas en levant les yeux au ciel, se résolut à donner ses instructions.

– Bon. On garde les documents, on remet les cartons en place et vous, monsieur Bruet, vous nous accompagnez au service maternité. Il faut absolument qu'on voie monsieur Matthias.

Tandis qu'ils remontaient l'escalier, le téléphone de Delestran sonna. Il s'arrêta pour prendre l'appel.

– Allô, madame Delermann, oui, bonjour. Non, vous ne me dérangez pas. Je vous écoute.

Beaumont vit Delestran prendre appui sur la rambarde. Elle ne parvenait pas à percevoir ce qui se disait, mais elle vit Delestran s'effondrer tout doucement, pour se retrouver assis sur les marches, la tête dans les genoux. Elle l'entendit prononcer un « putain », chose qu'elle ne l'avait jamais entendu dire, puis « j'aurais dû m'en douter ». C'était désormais de la tension qui se lisait sur le visage de Delestran, toujours en conversation avec la magistrate.

– Écoutez, madame Delermann : je peux vous rappeler dans cinq minutes ? J'ai du nouveau également de mon côté et je pense que ça y est : on l'a, le lien. Je suis dans un escalier au sous-sol de l'hôpital Necker, je remonte à la surface et je vous rappelle tout de suite.

Delestran raccrocha, posa son portable sur une marche de l'escalier, se prit la tête dans les mains. Victoire était descendue pour revenir à sa hauteur tandis que Bruet patientait sur le palier intermédiaire. Delestran écarta ses mains, regarda Victoire avec des yeux ahuris, donnant l'impression qu'ils allaient sortir de leurs orbites.

Il chuchota pour que ses propos ne puissent être audibles de Bruet.

– Un truc de fou, Victoire. Un truc de ma-la-de. Et pourtant... J'aurais dû m'en douter. J'y étais... Comment se fait-il que je n'y aie pas pensé ! Victoire, tu es rentrée dans la police pour vivre des choses extraordinaires, hors norme, n'est-ce pas ? Eh bien là, crois-moi, tu vas en avoir. On le tient !

13

Delestran ne pouvait pas parler. La présence de Bruet, témoin également de cet appel, le gênait. Victoire aida son chef à se relever. En surface, ils trouveraient le moyen de s'isoler pour discuter discrètement. Bruet attendait sur le palier, mais sentait qu'il était devenu malgré lui un obstacle. Victoire lui adressa un petit signe de la tête pour l'inciter à poursuivre son chemin.

À l'extérieur, la lumière faisait mal aux yeux.

– Il doit bien y avoir une machine à café dans le secteur ? demanda Victoire en s'approchant de Bruet.

– Oui, à l'accueil du service maternité.

– Un café, ça vous dit ?

Elle lui sourit, de cette façon si particulière qu'ont les jeunes femmes sûres d'elles-mêmes, à qui on ne peut rien refuser.

– Euh, oui.

Victoire lui donna quelques pièces de monnaie.

– Vous prenez ce que vous voulez. Pour mon chef, ce sera un double sucré et pour moi un thé. On se retrouve à l'extérieur devant l'accueil. Vous l'avez bien compris :

il faut qu'on discute. Rien de grave, ne vous inquiétez pas. Simplement des trucs de flics.

Bruet partit en direction de l'accueil de la maternité. Pendant ce temps, Delestran avait allumé une cigarette. C'était plutôt bon signe. Victoire avait hâte de savoir.

Il ne la fit pas attendre. Madame Delermann avait reçu la réponse de sa réquisition judiciaire. Elle avait dû être persuasive car, finalement, cela avait été rapide. On connaissait désormais le nom du fils de Georges Bernard. Un homme ayant appris par la même occasion que celle qui lui avait donné la vie, sous couvert de l'anonymat, n'était plus de ce monde. Un homme dont on connaissait déjà l'identité. Victoire avait compris. Tout comme Delestran, il y a quelques instants, elle n'en revenait pas : Valentin Matthias ! Deux prénoms pour une même personne établissant le lien entre les trois disparitions inquiétantes et le corps retrouvé dans le bassin des Tuileries. D'un seul coup, cet homme était devenu une force d'attraction rassemblant autour de lui les pièces d'un puzzle dont les contours prenaient enfin forme. Victoire pensa instantanément à une vidéo qu'elle avait vue récemment sur Internet. Pourquoi associait-elle ces images à cette révélation ? On y voyait un technicien en blouse blanche extraire le venin des crochets luisants d'un serpent, puis, à l'aide d'une pipette, mélanger quelques gouttes

de ce liquide mortifère à un volume consé-
quent de sang contenu dans un récipient.
En quelques secondes, le sang avait coagulé
et, lorsque le technicien avait retourné le
récipient sur la table, le sang formait un
bloc solide. La rapidité de la réaction l'avait
terrorisée. Et c'était cette image qui lui revenait subitement en mémoire, sans qu'elle
sache pourquoi.

Delestran laissa échapper quelques volutes
de fumée en regardant sa collègue, visiblement ébranlée. Un frisson la traversa en lui
glaçant le sang.

– Qu'est-ce qu'on fait, commandeur ?

Il s'attendait à cette question. Que fallait-il
faire ? Si la réponse était évidente, le moyen
d'y parvenir l'était beaucoup moins.

– Je crois qu'on n'a pas le choix. Il faut
retrouver au plus vite ce Valentin Matthias
et je pense qu'on est au bon endroit. Si ça
se trouve, il est juste à côté.

– On le gave* ?

– Oui, obligé.

Bruet sortit de l'accueil de la maternité
avec un plateau chargé de trois gobelets
fumants.

Delestran glissa un dernier mot à Beaumont.

– Je me charge de lui expliquer. Mais, avant,
faut que je rappelle la proc. Tu t'occupes de

---

* Placer quelqu'un en garde à vue dans le jargon
policier.

lui ? Le printemps, les petits oiseaux... enfin, tu vois quoi : tu lui fais la causette.

À l'arrivée de Bruet, Delestran jeta un rapide coup d'œil dans le contenu des gobelets. Il s'empara du plus plein, porta le liquide noir à ses lèvres et avala une gorgée avec un petit rictus de contrariété, il n'était pas sucré. Delestran s'écarta de quelques mètres en direction d'un marronnier en fleur pour téléphoner. Sous l'effet d'une légère brise, quelques pétales comparables à des larmes de lait tombaient du ciel en tremblant. Quand il raccrocha, un petit tas de flocons meurtris s'était formé. Un courant d'air viendrait les disperser un peu plus tard.

Pendant ce temps, Beaumont avait fait sa curieuse pour occuper Bruet. Il avait raté l'ENA à la fin de Sciences Po, mais avait réussi le concours de la pénitentiaire pour devenir directeur de prison, finalement son choix s'était porté sur l'hôpital. Elle était parvenue à le faire sourire en lui disant qu'il avait bien choisi, car on sortait toujours de l'hôpital en meilleure santé qu'en y entrant, ce qui n'était pas forcément le cas de la prison. Ce n'était pas tout à fait exact, on pouvait malheureusement mourir à l'hôpital, mais il avait bien compris ce qu'elle avait voulu dire.

– Et vous, la police, une vocation ? lui avait-il demandé.

Il lui aurait fallu plus de temps pour répondre. On ne pouvait pas parler de vocation. Ce terme lui avait toujours paru suspect. Beaumont résuma en quatre mots :

– Pour faire comme papa.

– Votre père est policier ?

– Oui, il l'était. Mais, désormais, il est à la retraite.

– J'espère que mes enfants ne feront pas comme leur père.

– Pourquoi ?

Lui aussi, il lui aurait fallu du temps pour répondre.

– Entre la théorie et la pratique... les ambitions de l'Amérique, les moyens de l'Afrique : vive le service public... C'est compliqué et, à la longue, usant !

Delestran se rapprocha en affichant volontairement un regard pénétrant.

– Monsieur Bruet, le docteur Matthias, vous savez où on peut le trouver ?

– Le plus simple, c'est d'aller voir dans son service.

– On vous suit.

Bruet ouvrit la marche, suivi des deux policiers, dans les couloirs du service de la maternité de l'hôpital Necker. Delestran se sentait comme un intrus parmi les blouses blanches, qui ne semblaient pas reconnaître le directeur adjoint, un peu perdu lui aussi. À un embranchement, il hésita, leva la tête pour déchiffrer les indications sur les panneaux.

– Ça doit être par là.

Ils le suivirent sans rien dire.

Sur une porte coulissante, plusieurs noms étaient inscrits, dont celui du docteur Valentin Matthias, tout en haut. Bruet activa l'ouverture en faisant usage d'un badge magnétique. Il l'avait fait à tout hasard et parut heureux que cela fonctionne. De l'autre côté, on accédait à un espace plus confidentiel, avec des appareils médicaux sur roulettes imposants de complexité et puis, tout au fond, à travers le hublot central d'une porte, on apercevait par intermittence un corps emmitouflé de vert circuler au milieu de couveuses. On pouvait lire au-dessus de la porte « Réanimation néonatale, unité de soins intensifs ».

Dans le secrétariat, deux femmes s'activaient. L'une était assise à son bureau, visiblement la secrétaire du service, car elle ne portait pas de tenue médicalisée ; l'autre était en blouse blanche, debout, à classer des documents. Bruet s'avança légèrement pour entrer dans la pièce. Delestran resta dehors tandis que Beaumont, en retrait, n'avait d'yeux que pour ce hublot au loin.

– Bonjour, madame. Monsieur Bruet, directeur adjoint. Je souhaiterais rencontrer le docteur Matthias. Savez-vous où il se trouve ?

– Je suis désolée, il a terminé sa garde ce matin, il a quitté l'établissement.

Bruet se retourna vers les policiers. Après un rictus de déception, Delestran réfléchit.

La secrétaire patientait, prête à rendre service, tandis que l'infirmière refermait subitement le classeur qu'elle tenait dans la main
en épiant ces curieux personnages.

– Qu'est-ce qu'on fait ? marmonna Bruet.

– Vous devez avoir ses coordonnées, son
numéro de téléphone, mais surtout son
adresse. Il me les faudrait.

Delestran n'avait pas murmuré, mais il
avait baissé la voix. Malgré ses précautions,
l'infirmière avait entendu la fin de sa phrase.
Elle rangea le classeur à sa place initiale,
s'adressa à la secrétaire :

– C'est bon, Josette, j'ai retrouvé la pres-
cription. Je rappelle madame Lefrançois
pour lui en faire part.

C'était dit comme si elle voulait que tout
le monde en profite. Puis elle quitta la pièce
avec le naturel assuré d'une personne au
travail, obligeant Delestran à s'écarter légèrement pour la laisser passer. Il n'y prêta
pas attention. Beaumont la fixa un instant.
L'infirmière prit la direction de l'unité de
soins intensifs. Au bout du couloir, elle marqua un temps d'arrêt. Devinant qu'elle allait
se retourner, Beaumont détourna son regard
un court instant. Quand elle regarda à nouveau en direction du hublot, la porte d'un
bureau se refermait. Cette fois-ci, elle avait
une bonne raison d'aller faire sa curieuse et
colla son visage contre le cercle de verre.

C'était fascinant. Elle avait l'impression d'avoir atterri sur la Lune et d'observer depuis une capsule un monde ultra-médicalisé où la vie prématurée était entretenue. Des petits êtres étaient surveillés dans des coquilles en plastique entourées d'appareillages sophistiqués. Ils semblaient en apesanteur dans une atmosphère paisible, malgré un dispositif médical impressionnant. Sur les écrans, on pouvait lire le rythme cardiaque, la fréquence respiratoire et d'autres indications chiffrées. Tout semblait normal. Une infirmière manipulait avec délicatesse un nourrisson à la peau orangée, coiffé d'un bonnet en laine, à travers les deux ouvertures de l'incubateur. Il paraissait fragile comme un oisillon tombé du nid. Peut-être le changement d'une sonde gastrique pour subvenir à son alimentation ? On aidait à vivre en reproduisant les conditions idéales d'un ventre maternel quitté prématurément. C'était prodigieux et tellement beau à voir. Victoire sentit son propre rythme cardiaque s'accélérer sous le coup de cette vision. Mais une voix à travers la porte, sur sa droite, la détourna de son moment de contemplation. C'était là qu'avait disparu l'infirmière. Elle se rapprocha, colla son oreille contre la porte. L'infirmière semblait parler dans le vide.

– Non, je ne sais pas... On dirait des flics... Ils te cherchent, c'est tout...

Victoire ouvrit la porte en grand. Surprise par la violence de l'intrusion, l'infirmière blêmit. Les deux femmes se défièrent du regard. On entendit une voix masculine dans le combiné du poste fixe : « Allô, Bénédicte... Bénédicte, tu m'entends, qu'est-ce qui se passe ? » L'infirmière fut prise de tremblement. Sous l'effet de la stupeur, elle raccrocha brutalement. Victoire se précipita sur elle, l'écarta du téléphone en la collant contre le mur.

– À qui téléphoniez-vous ? demanda-t-elle en la fusillant du regard. Hein, à qui ?

L'infirmière la fixait, les yeux dans le vide, comme on le constate parfois chez les fous.

– Je vous préviens. Vous avez intérêt à me dire à qui vous téléphoniez. Sinon, je vous colle en garde à vue. Vous m'entendez ?

Elle lui hurlait dessus, la secouait. L'infirmière ne réagissait pas, absorbait les charges comme un pantin.

Alerté par le brouhaha, Delestran fit irruption dans la pièce.

– Qu'est-ce qui se passe ?

– Elle était en train de téléphoner, mais elle ne veut pas me dire à qui. Moi, je suis sûre que c'était au docteur Matthias.

Elle la défiait à nouveau du regard tout en la saisissant par l'encolure. Sa main libre se referma pour former un poing prêt à frapper.

– Du calme, Victoire, du calme.

– Elle lui disait qu'on le cherchait, qu'on était des flics. Et elle a raccroché, la...

On devina l'insulte que Victoire avait retenue malgré son déchaînement de colère. Delestran écarta le bras de sa collègue, l'obligeant à lâcher prise.

– À qui téléphoniez-vous, madame ?

L'infirmière ne réagissait toujours pas et rien ne laissait supposer qu'elle répondrait aux policiers.

– Comment vous appelez-vous ?

– Bénédicte. J'ai entendu l'homme l'appeler ainsi à l'autre bout du fil avant qu'elle raccroche.

– Alors, madame Bénédicte. À qui téléphoniez-vous ?

Delestran attendit quelques secondes, mais, devant l'absence de réponse, il poursuivit :

– Bon, puisque manifestement vous ne voulez pas me le dire, c'est que ma collègue a raison. Vous avez contacté le docteur Matthias parce que vous avez compris que nous étions à sa recherche. Et si vous l'avez contacté, c'était pour l'avertir. Donc, puisque nous avons des choses à lui demander, nous allons vous garder en attendant de le retrouver.

Delestran faisait ses gros yeux, mais ce n'était pas de la comédie.

– Je vais être très clair avec vous : puisqu'on le soupçonne et que vous l'avez prévenu, cela veut dire que vous êtes complice. Vous comprenez ?

Le regard de l'infirmière était toujours absent.

– Il est 10 h 30. Vous êtes placée sous le régime de la garde à vue pour des faits d'enlèvement et de séquestration. Ma collègue va vous notifier vos droits. Vous êtes partie pour quarante-huit heures.

– Mais ça va pas ou quoi ?

– Tiens, vous avez retrouvé la parole...

– Je ne suis complice de rien du tout, je ne sais même pas de quoi vous parlez. Enlèvement ? Séquestration ? N'importe quoi !

– Faites-moi confiance, on va vous expliquer tout cela. Pendant quarante-huit heures, vous aurez le temps de réfléchir.

– Pfff, si vous croyez que vous me faites peur. Je ne sais pas de quoi vous me parlez, donc même au bout de vos quarante-huit heures je n'aurai rien de plus à vous dire.

– Vous oubliez un détail : vous venez d'appeler quelqu'un, vous ne voulez pas me le dire, et moi, j'ai d'autres moyens de le savoir. Une simple réquisition à un opérateur téléphonique et, en moins d'une heure, j'aurai le résultat. Ensuite, j'aurai quarante-sept heures pour essayer de savoir pourquoi vous n'avez rien voulu me dire. Et faites-moi confiance, quand je cherche, je m'en donne les moyens. S'il faut aller perquisitionner votre domicile avec vous, menottée, je ne vais pas m'en priver. Vous êtes mariée ? J'imagine que oui, vu votre alliance. Vous avez des enfants ?

Delestran vit qu'il avait fait mouche. Elle allait réagir, elle cogitait. Il fallait lui laisser le temps.

– Oui, j'ai contacté le docteur Matthias pour le prévenir que vous le cherchiez. Mais ce n'est pas du tout ce que vous croyez. Votre histoire d'enlèvement, je ne suis au courant de rien. Ça, je vous le jure.

– Alors pourquoi vous l'avez appelé ?

– Mais je n'en sais rien. Je l'ai appelé parce que, lorsque des policiers vous cherchent, c'est forcément important. Je n'ai pas réfléchi. Je me suis dit qu'il devait le savoir, c'est tout. J'ai fait ça comme on prévient un ami, sans pour autant savoir pourquoi.

– Pas de cette façon-là, madame… Madame, comment déjà ?

– Madame Pradel. Bénédicte Pradel. J'ai travaillé pendant cinq ans avec le docteur Matthias. Je vous assure que je n'avais pas de mauvaises intentions.

– Certes, mais vous l'avez fait et vous n'avez rien dit lorsqu'on vous a posé la question.

– Mettez-vous à ma place. Vu la réaction de votre collègue, j'ai compris que j'avais fait une bêtise. Mais, au départ, je n'en savais rien. C'est la vérité.

– La vérité ? La vérité, c'est qu'à ce stade j'ai un gros doute, madame Pradel.

– Vous ne me croyez pas, c'est ça ? Mais puisque je vous dis que je ne suis au courant de rien !

Delestran ne mentait pas. Il avait un doute, accru par toutes les zones d'ombre encore présentes dans son enquête. Il lui fallait prendre une décision, et pour cela, il aurait voulu y voir un peu plus clair.

L'infirmière ne l'aida pas, elle fondit soudain en larmes. Delestran chercha du regard sa collègue pour trouver un peu d'aide. Victoire s'était calmée, mais ne semblait pas en mesure de parler. Il tendit une chaise à l'infirmière, puis, pour gagner du temps, il promena son œil sur les autres témoins de la scène : Bruet qui les avait suivis et, derrière lui, la secrétaire. Quand il eut rapidement fait le tour, il s'adressa à Victoire :

– Bon, tu me la cales en garde à vue.

L'infirmière se dressa sur ses jambes.

– Mais vous ne pouvez pas me faire ça ! Ça va pas, ou quoi ? Vous êtes taré ? Puisque je vous dis que je ne sais rien.

– Vous ne me laissez pas le choix, madame Pradel. J'ai un doute et, pour le lever, j'ai besoin de vous placer en garde à vue.

– Mais demandez-moi ce que vous voulez, je vous répondrai.

– Mais j'y compte bien. Et pour ce faire, j'ai besoin d'un cadre légal. Donc ce sera la garde à vue.

– Vous êtes fou ! Je vous préviens : ça ne va pas se passer comme ça !

– La garde à vue est une source de droits. Vous bénéficierez donc de ces droits pour vous défendre. On verra à la fin, et – se tournant vers Victoire – tu l'emmènes dans le bureau d'à côté pour lui notifier ses droits, j'ai des imprimés dans ma sacoche.

Victoire empoigna l'infirmière pour l'obliger à la suivre. En sortant du bureau, madame Pradel se retourna vers Delestran.

– C'est dégueulasse, ce que vous faites ! Vous n'avez pas le droit.

Beaumont la tira par le bras pour la faire taire.

– Imbécile, lâcha-t-il par dépit en la voyant disparaître. Ce n'était pas son mot à lui, il l'avait emprunté à Simenon. Cette insulte lui permettait de soulager sa colère sans être outrageant.

Il devait réagir rapidement, mais il avait besoin de temps pour peser le pour et le contre. L'instant était crucial. On avait déplacé une pièce sur son échiquier. Il n'avait pas choisi son entrée. La tour avait mangé un pion en libérant la diagonale du fou. Il fallait prévoir les coups suivants. Qu'allait faire le fou ? Prévenu pour prévenu, on pouvait essayer de le raisonner en sacrifiant un nouveau pion, sans conséquence pour la reine. Delestran décrocha le téléphone fixe et appuya sur la touche « bis ». Rapidement, une voix d'homme se fit entendre :

– Allô, Bénédicte ? C'est toi ?

Sans rien dire, Delestran se focalisa sur cette voix affolée.

– Bénédicte ? C'est toi ? Dis-moi, qu'est-ce qui se passe ? Allô ?

Quel âge pouvait-il avoir ? Tout autour, c'était le silence. Pas un bruit. Où pouvait-il être ?

– Tu m'entends ? Allô, Bénédicte ?

Rien d'autre que cette voix agitée. Delestran l'avait au bout du fil, il fallait tenter de le ramener.

– Docteur Matthias ?

– Qui êtes-vous ?

– Docteur Matthias, je me trouve à votre service à l'hôpital et j'aurais besoin de vous voir rapidement.

– Passez-moi madame Pradel, je vous prie.

Delestran nota de l'inquiétude malgré la formule de politesse.

– Elle n'est plus avec moi. Elle est retournée dans son service.

Delestran essayait de gagner du temps en souhaitant un petit événement, un bruit, un signal, une réaction quelconque...

– Mais vous êtes qui ? Je vous préviens : si vous ne me dites pas qui vous êtes, je raccroche.

La menace n'était qu'une posture.

– Vous ne me connaissez pas. Mon nom ne vous dira rien. Par contre, il faut absolument que je vous voie, le plus rapidement possible. Je suis à l'hôpital.

– Et pour quelle raison ?

– Je ne peux pas vous le dire au téléphone.

– Je veux savoir qui vous êtes.

– Je vous ai dit que... cela ne vous serait d'aucune utilité.

– Bon, dans ce cas, je raccroche.

– Attendez ! Docteur Matthias ? Où êtes-vous ?

– Je ne répondrai que si vous me dites qui vous êtes.

Delestran sentait que rien ne se produirait s'il ne tentait pas un coup.

– Nous ne nous connaissons pas, docteur Matthias.

– Vous êtes de la police ?

Delestran garda le silence.

– Ah, je vois : Bénédicte avait raison... Vous êtes donc un flic, c'est ça ? Qu'est-ce que vous me voulez ? Vous pouvez...

Delestran sentit la voix s'éloigner. Il était sur le point de raccrocher.

– Attendez ! Docteur Matthias ? Je suis un ami de Georges Bernard et je voulais...

Il avait raccroché.

Delestran n'avait pas eu ce petit brin de chance avec lui. Rien n'avait filtré. Désormais, les hostilités étaient lancées. Il fallait aller très vite. Il savait ce qu'il avait à faire. Il décrocha son portable pour contacter un de ses collègues au service.

– Olive, c'est Delestran... Dis-moi, je n'ai pas le temps de t'expliquer. Avec Victoire, on a levé le loup, il faut aller très vite. Tu m'entends ? OK. Je vais te donner un numéro de fixe. Tu me fais une fadette sur ce numéro dans le cadre des disparitions inquiétantes, tu soulignes l'urgence et la sauvegarde de la vie humaine. Tu fais ça en direct avec l'opérateur, il aura sa réquise plus tard. Tu lui mets la pression. C'est une question de vie ou de mort, même si... Enfin, tu comprends. Le numéro que je vais te donner a contacté à deux reprises un 06, les deux derniers appels, il y a quelques minutes à peine. Tu m'identifies ce 06 et tu me lances le plus rapidement possible une géolocalisation en temps réel. Pareil, sauvegarde de la vie humaine. Tu te fais aider par Stefan. Moi, pendant ce temps-là, je rentre au service avec Victoire, nous serons là dans vingt minutes. Tu préviens tout le monde. Je veux tout le groupe dans mon bureau quand j'arrive et tu préviens également le taulier. On va sûrement être amenés à bouger. Je vous expliquerai tout cela. Tu as de quoi noter ?

Delestran lut le numéro de téléphone collé sur l'étiquette de l'appareil, s'assura qu'Olivier Lessourd l'avait bien noté en le lui faisant répéter.

– Je compte sur toi. Fais ça bien et le plus rapidement possible. À tout de suite !

Il lui fallait encore obtenir une chose avant de quitter l'hôpital Necker. Delestran retourna au secrétariat, où Beaumont faisait signer à madame Pradel l'imprimé de notification des droits du placement en garde à vue. La secrétaire et le directeur adjoint ne pipaient mot, complètement tétanisés par la situation. Delestran s'adressa à la secrétaire.

– Madame, donnez-moi l'adresse du docteur Matthias et son téléphone. Vous devez avoir ça dans vos papiers.

Rapidement, la secrétaire fouilla dans un répertoire et donna satisfaction à Delestran, qui fit une photocopie de la fiche pour gagner du temps. Puis il se retourna vers Bénédicte Pradel, qui s'était rassise, abasourdie par ce qui venait de lui arriver. Elle avait les yeux rougis de larmes.

– Madame Pradel, vous connaissez le domicile du docteur Matthias ? Il habite seul ?

– Oui, c'est un petit appartement, C'est juste pour le travail. La plupart du temps, il se trouve dans sa maison de campagne à Marboué.

– Marboué ?

– Oui, c'est sur la nationale 10, en Eure-et-Loir, entre Chartres et Châteaudun. Je n'y suis jamais allée, donc je n'en sais pas plus, mais je sais qu'il y passe tout son temps libre.

– Il vit seul ?

– Oui.

– Il a des enfants ?

– Pas à ma connaissance.

– OK, merci.

– Vous savez, je suis désolée, je ne...

– On verra ça plus tard. Allez : vous venez avec nous et, si tout se passe bien, vous finirez par rentrer chez vous. Certainement avant nous, d'ailleurs !

14

Le commissaire Guéhut avait fermé la porte pour être avec ses hommes. Le bureau de Delestran s'était transformé en salle de réunion, où chacun avait trouvé, presque naturellement, une petite place malgré l'exiguïté de la pièce. Sur le rebord d'un radiateur, le recoin d'un bureau, en écartant quelques dossiers sur la tablette d'un meuble, en s'adossant au mur ou contre la fenêtre, ils s'étaient répartis en arc-de-cercle autour du chef de groupe, calme et concentré, à son poste de travail. Il régnait une atmosphère particulière, à la fois dense et sereine. Delestran n'avait rien dit, mais tous sentaient que l'instant était important, que le temps était désormais compté. Plutôt que d'avoir à se répéter, avec le risque de ne pas livrer les mêmes informations à chacun, il avait préféré rassembler tout le monde. Tanguy Guéhut, les yeux brillants et manifestement heureux d'être là, donna le signal :

– On vous écoute, Delestran.

– Pour gagner du temps, et si vous n'y voyez pas d'inconvénient, patron, je vais appeler madame Delermann ; et sur l'autre poste, Victoire fera de même avec le juge

Rolland. On mettra les haut-parleurs, pour qu'ils en profitent également.

– Pas de souci, faites, Delestran.

Cela prit à peine deux minutes pour que tout le monde soit réuni pour écouter les explications du commandant. Il prit une profonde inspiration, puis se lança dans un compte rendu chronologique lui permettant de délivrer l'ensemble des informations obtenues en matinée avec sa collègue. Personne n'osa l'interrompre, conscient de l'importance de ces nouveaux éléments. Les policiers comme les magistrats comprenaient mieux la nécessité de prendre des raccourcis pour faire au plus vite. Delestran poursuivit par ce qu'il avait fait mettre en place : la géolocalisation du portable du docteur Matthias, qui serait active d'un instant à l'autre. Dès que le portable bornerait, ils se rendraient sur les lieux. Il y avait également la garde à vue de madame Pradel. Il se montra très réservé sur une éventuelle implication. Il ne fallait rien attendre de plus que ce qu'il avait déjà obtenu, on l'auditionnerait plus tard.

– Vous avez une adresse sur cette commune de Marboué ? demanda la magistrate.

– Nous avons lancé une réquise EDF, ça devrait tomber rapidement.

– Le plus simple, c'est peut-être d'aller en premier à son appartement. Quelle adresse déjà ?

Delestran chercha le document photocopié parmi les feuilles sur son bureau.

– Rue de la Cerisaie, numéro 44, dans le 4ᵉ arrondissement, une petite rue perpendiculaire donnant sur le port de plaisance derrière Bastille.

Tanguy Guéhut griffonna quelques mots sur un morceau de papier, le passa à Delestran, qui opina à la lecture, puis le transmit à Beaumont. Sur son écran, son adjointe se connecta au fichier national des automobiles et obtint très rapidement la réponse souhaitée : Valentin Matthias avait deux véhicules : une Honda Civic grise immatriculée à Paris et une Peugeot 404 camionnette beige, immatriculée dans l'Eure-et-Loir. Victoire annonça le résultat :

– La Sauvagère, chemin de la Champignonnière, 28 200 Marboué.

Sans attendre, Michel Mateoni entra l'adresse sur le GPS groupe. Il savait qu'il lui reviendrait l'honneur d'ouvrir la voie le plus rapidement possible et, là, il allait pouvoir se faire plaisir. Il en jubilait d'avance.

– Ça y est, je l'ai !

C'était un cri perçant, de l'autre côté de la cloison, poussé par Olivier Lessourd qui surveillait la géolocalisation.

Guéhut ouvrit la porte du bureau, se précipita dans celui d'à côté.

– On est toujours là, madame Delermann et monsieur Rolland, lança Delestran, le patron est parti voir la géolocalisation, ça vient d'arriver. Vous allez savoir comme nous, en direct.

– La dernière cellule activée, il y a huit minutes, était celle de Vitray-en-Beauce, nationale 10, annonça la voix de Guéhut depuis le bureau voisin. Attendez, je vous donne la suivante d'un moment à l'autre.

Tout le monde était suspendu à ses lèvres, prêt à dégainer.

– Bois de Feugères, toujours nationale 10.

Guéhut revint dans le bureau et s'adressa aux magistrats.

– Sur la carto, c'est très clair. Il prend la direction de sa résidence secondaire à Marboué. Je vais le dire, car Delestran n'osera pas : c'est quand même génial, la technologie. Un individu suspect est en train de circuler dans son véhicule sur la nationale 10 avec son téléphone dans la poche, et nous, depuis le PC de notre bureau, on le suit sur une cartographie. On le voit bouger, on pourrait presque voir s'il respecte la limitation de vitesse.

Il disait cela avec de grands yeux espiègles en direction de Delestran, qui n'était pas un adepte des nouvelles technologies, bien qu'il sût ce qu'elles pouvaient lui apporter lors d'une enquête.

Il restait encore une question cruciale : dans quel cadre d'enquête allait-on travailler ? Celui des recherches des causes de la mort de Georges Bernard, donc sous la direction du procureur de la République, ou dans celui des disparitions inquiétantes mené par le juge d'instruction ? La question fut posée par Delestran, bien qu'il eût déjà son idée. C'était évident pour tout le monde. La commission rogatoire offrait certains avantages, tant proceduraux que sur les éléments découverts, le lien entre les trois femmes notamment. Les recherches des causes de la mort du vieil homme n'étant qu'un cadre d'enquête transitoire, on pourrait toujours le faire évoluer en parallèle, selon ce qu'on trouverait chez Valentin Matthias. Les deux magistrats validèrent la décision.

Tanguy Guéhut se chargerait de les tenir informés en temps réel. C'était sa façon à lui de leur dire qu'il serait sur le terrain avec ses hommes. La vice-procureure et le juge assurèrent les policiers de tout leur soutien.

Le groupe Delestran s'équipa. Tanguy Guéhut remonta à son bureau pour chercher son arme et récupérer ses portables. On prendrait trois véhicules. Michel Mateoni, déjà concentré sur sa conduite, ouvrirait la voie avec Anna Bellana et Stanislas Raud. Suivraient Victoire Beaumont et Delestran, puis le taulier et Stefan Henrich fermeraient la marche. Olivier Lessourd resterait au service pour suivre la géolocalisation et transmettre les évolutions. Ils avaient chargé le bélier au cas où, pris les gilets pare-balles, un fusil à pompe. Une certaine frénésie se faisait ressentir, mais aucune nervosité. Les prémices d'une montée d'adrénaline. On aurait dit des enfants partant sur le terrain de jeux sitôt l'école terminée, soulagés de pouvoir enfin laisser libre cours à leur vraie nature.

Delestran était plongé, tête la première, dans le caisson de son bureau à la recherche de son brassard police lorsque Victoire Beaumont vint à sa hauteur pour lui souffler quelques mots :

– Commandeur, Claire Ribot, ça pourrait être bien qu'elle vienne avec nous. Qu'est-ce que tu en penses ?

Interloqué, Delestran se redressa en fronçant les sourcils.

– Pourquoi veux-tu qu'elle vienne avec nous ?

– Ben, on ne sait jamais. Une psy, dans ce genre de situation, c'est toujours utile.

– Pourquoi ? Tu crois qu'on va aller négocier ?

– Non, mais peut-être que… Et puis soyons optimistes, tu sais ce qu'on va y trouver, toi, là-bas ? Les femmes sont peut-être toujours en vie. Une prise en charge des victimes pourrait peut-être s'avérer nécessaire ? Moi, je trouve que ça serait bien ; même pour elle. En tout cas, ça ne mange pas de pain.

Delestran n'avait pas prévu d'emmener la psychologue avec eux, mais il fut convaincu par les arguments de son adjointe.

– Bon, OK. Mais alors tu te dépêches. Je vous attends en bas, j'ai pris les clés de la caisse. Action !

Beaumont déguerpit immédiatement en direction du bureau de la psychologue.

Dans la cour, Delestran stationna son véhicule derrière celui de Mateoni, chaud bouillant, qui avait déjà mis en place et allumé son gyrophare. Il laissa le moteur tourner, sortit pour prendre place à l'avant, côté passager, et ouvrit la boîte à gants pour en extraire le sien qu'il brancha en abaissant le pare-soleil lumineux « police ». Il vit Henrich et le taulier se positionner juste derrière lui, fermant ainsi le convoi. Michel Mateoni sortit de sa voiture.

– On attend quoi ?

– Beaumont et la psy.

– Elle vient avec nous ?

– Ben oui : une idée de Beaumont.

– J'espère qu'elle n'a pas le mal des transports…

– Combien de temps pour être sur place ?

– Le GPS indique deux heures. Je dirais une heure quinze maximum, avança-t-il avec un sourire satisfait. Le plus chiant, ça va être de sortir de Paris, mais, à cette heure-ci, ça devrait être assez fluide. On prend le périph'

jusqu'à la porte d'Orléans, A6B, ensuite autoroute et nationale 10. Après on ne sera plus
emmerdés. On va nettoyer le moteur. Avec le
taulier derrière, on a carte blanche...

– Tu fais gaffe quand même.

– T'inquiète, tu me connais.

– Je te dis ça comme ça. Surtout, tu
regardes de temps à autre derrière toi pour
voir si on suit. Quand on sera sur place, on
s'arrête à l'entrée du village pour faire le
point.

– OK, comme d'hab.

Mateoni se retourna, vit Beaumont et
la psychologue arriver en courant avec un
pare-balles sous le bras.

– Allez, c'est parti.

Beaumont prit place dans le véhicule, régla
son siège et le rétroviseur central tandis que
Claire Ribot montait à l'arrière, légèrement
essoufflée, non pas par l'effort d'une dizaine
de mètres de course à pied, mais par l'excitation de faire partie de l'expédition.

– Bonjour, commandant, lui lança-t-elle
tout en cherchant sa ceinture de sécurité.

– Bonjour, Claire. Bienvenue parmi nous !

Le véhicule du taulier vint à la hauteur de
celui de Delestran. Beaumont abaissa sa vitre.

– Bien vu, Delestran. Bonne idée d'avoir
convié madame Ribot.

Delestran se pencha en avant pour voir
Guéhut à travers l'ouverture de la vitre.

– Ce n'était pas mon idée, patron, répliqua-t-il en désignant Victoire de la tête.

Tanguy Guéhut leva son pouce en direction de Claire Ribot, enfoncée dans son siège, les bras en croix serrés contre son ventre, un peu fébrile. Elle tentait en vain de dissimuler son appréhension, mais ses grands yeux écarquillés, aux pupilles brillantes, trahissaient sa nervosité.

Delestran fit un signe de la main pour donner le signal du départ. Les trois voitures illuminées par intermittence par la lumière bleue se présentèrent en enfilade devant la barrière que le planton souleva précipitamment. Sirènes hurlantes, le convoi décolla tel un projectile expulsé d'une fronde, en empruntant le couloir de bus dans la descente du boulevard Bessières vers la porte de Clichy. C'était assourdissant. Ils ne pouvaient pas se parler. Beaumont s'évertuait à suivre le sillage du véhicule qui les précédait, slalomant entre les voitures, freinant brutalement, puis accélérant à nouveau, déviant sur la voie en sens inverse avec des automobiles se rangeant au dernier moment sous les appels de phares de Mateoni qui filait comme une flèche. Tout le monde retenait son souffle. Les policiers étaient secoués de gauche à droite, tantôt en avant, puis plaqués contre leurs sièges. La ville défilait derrière les vitres comme dans un train. Ils sentaient une chaleur leur monter à la tête et leur rythme cardiaque s'accélérer. Ils n'avaient d'autre choix que de s'en remettre au pilote. L'excitation de Beaumont contrastait avec le calme de Delestran, imperturbable. Claire Ribot était terrorisée. Jamais elle n'aurait pensé se retrouver dans une telle situation. Elle pensa très fort à ses deux enfants.

Après quelques turbulences le long de l'avenue de la Porte-de-Clichy, où des piétons, s'apprêtant à traverser, rejoignaient hâtivement les trottoirs avec des yeux ahuris au passage des véhicules, ils accédèrent au périphérique extérieur. Heureusement, le trafic était fluide.

L'aiguille du compteur oscillait autour des 130 km/h. Les occupants des véhicules commençaient à s'habituer au vacarme ambiant. Claire Ribot reprenait son souffle malgré quelques secousses aux entrées du périphérique, notamment aux portes d'Auteuil et de Saint-Cloud, qu'ils atteignirent très rapidement.

Ce ne fut qu'une fois passé l'embranchement avec l'A6B et la côte de Bièvre qu'ils retrouvèrent un semblant de calme. La circulation s'était éclaircie. Delestran coupa la sirène mais laissa le gyrophare en action. Beaumont se détendit : le plus difficile était passé. Il lui suffisait désormais de se laisser aspirer par Mateoni en maintenant un petit écart de façon à voir l'horizon. Delestran se retourna vers Claire Ribot :

– Ça va ?

Elle opina de la tête.

Beaumont lui adressa un furtif clin d'œil dans le rétroviseur.

– Nous avons de la chance. Il n'y avait pas trop de circulation et Michel est un as. Derrière lui, c'est du confort. La conduite rapide, c'est sa spécialité. Contrairement à ce qu'on croit, ça se travaille. Il fait un stage tous les ans pour se maintenir à niveau. La prise de risque est calculée. C'est un motard en plus, ça aide pour l'anticipation.

– Impressionnant, effectivement.

Désormais sur l'autoroute, le convoi était lancé à vive allure, les véhicules légèrement espacés par sécurité comme sur un *go fast*. Delestran profita de l'accalmie malgré les 180 affichés au compteur pour contacter Lessourd.

– C'est Julien : on sera sur zone dans quinze minutes. Alors, ça donne quoi ?

– Ça ne bouge plus, il s'est posé. La cellule accrochée est la plus proche de son domicile. J'ai sorti un plan. Vous risquez d'être à découvert pour y accéder. Sur la nationale 10, dans le village, juste avant de traverser la rivière, il vous faudra tourner sur la droite. Vous longerez le cours d'eau sur cinq cents mètres et ensuite vous allez vous en écarter en entrant dans un bois. D'après les courbes de niveau, vous allez monter sur un petit kilomètre, puis tourner sur votre gauche pour poursuivre sur cinq cents mètres environ. C'est là que ça risque de se compliquer, à la sortie du bois. Vous verrez les bâtiments d'une champignonnière au loin, là où la route se termine. Sa maison semble être collée en lisière de bois. Elle est accessible par un petit chemin, sur la gauche. C'est là que vous serez à découvert sur deux cents mètres. Faudra voir sur place.

– OK, Olive. Tu me rappelles immédiatement si ça bouge : faudrait pas qu'on se le prenne de face. Et moi, je te contacte juste avant d'intervenir.

Delestran s'empara du micro de la radio de bord :

– À tous. Je viens d'avoir Lessourd. L'objectif est logé chez lui comme on le pressentait. Il m'a donné quelques indications sur la topo, je vous en ferai part lorsqu'on s'arrêtera. On rentre dans le village et, juste avant de traverser la rivière, on tourne sur la droite. On se posera là.

– Suivi, chef.

– Reçu pour Eagle 4.

Après une forêt, une longue courbe descendante rejoignait le village. On devinait au loin une autre voie, perpendiculaire, plus naturelle : une rivière dissimulée derrière des arbres régulièrement espacés. Au centre du village, une église tendait son clocher vers le ciel. Le convoi en approche avait ralenti. Dans la descente, en lisière de forêt, un couple de chevreuils broutait paisiblement les tendres pousses vertes d'un blé fraîchement sorti de terre. Juste avant l'entrée du village, sur la gauche, se trouvait le cimetière et son étendue de tombes figées.

Les policiers se garèrent, comme convenu, après avoir quitté la nationale 10 sur le parking d'une piscine extérieure jouxtant la rivière. On avait vidé l'eau du bassin, dont le bleu turquoise chatoyait sous le soleil printanier. Tandis qu'ils se dégourdissaient les jambes avec, pour certains, une clope au bec, Delestran recontacta Lessourd avant de transmettre toutes les informations à ses collègues. Rien n'avait bougé depuis. L'objectif semblait s'être terré dans son repaire. Ils s'arrêtèrent juste avant de sortir du bois pour avoir une vue d'ensemble sur le site et décider d'une stratégie d'action. Ils s'équipèrent de gilets pare-balles, de radios portatives avec écoute discrète, y compris Claire Ribot, qui se sentait à la fois rassurée d'être serrée dans son nouvel habit et tendue par l'inconnu. Juste avant de remonter dans les véhicules, Anna Bellama arma la culasse du fusil à pompe. La pression était montée d'un cran. Chacun était concentré, avec cette sensation si particulière que tous les flics aiment éprouver : le moment juste avant l'action.

Delestran prit la tête du convoi pour cheminer à travers bois sur une petite route de campagne. Les indications de Lessourd se révélaient exactes. Un panneau indiquait même la direction de la champignonnière. Au sommet d'un raidillon, ils pouvaient entrevoir au loin la lumière à la sortie du bois. Le convoi s'immobilisa à la lisière. Delestran indiqua à ses hommes qu'il allait effectuer les derniers mètres en sous-bois avec Victoire et le taulier pour repérer les lieux. À partir de maintenant, tout le monde était invité à ouvrir l'œil.

Avec leurs chaussures de ville, ils ne ressemblaient en rien à des chercheurs de champignons et pourtant ils avançaient à pas de velours, seul le craquement des branchage sous leurs pas rompait le silence. Ils atteignirent la lisière du bois. Agenouillés et dissimulés derrière un épais buisson de buis, ils observaient maintenant la scène avec, sur la gauche, la Sauvagère au milieu d'un champ entouré de bois. Face à eux, la route se poursuivait en direction de deux grands hangars agricoles équipés de silos et d'une immense meule de foin aussi haute qu'une barre d'HLM de trois étages. Sur la route, à mi-distance, un chemin de terre comparable à un cordon d'une centaine de mètres permettait d'atteindre la Sauvagère. La bâtisse était située dans une petite dépression. Entourés d'imposants cyprès, deux bâtiments de taille inégale en vis-à-vis se devinaient, dont seuls dépassaient les toits ardoisés. La Honda Civic était stationnée le long des cyprès, à côté de l'entrée, qui semblait libre d'accès. Delestran et Victoire se regardèrent. Ils avaient eu certainement la même idée, mais la configuration des lieux et surtout les distances rendaient la chose inenvisageable : on ne pouvait pas scinder le groupe en deux, l'un arrivant de face par le chemin de terre, l'autre progressant en sous-bois jusqu'à rejoindre, après un long détour, l'arrière du bâtiment.

– Comment on procède, commandant ?

– D'après toi, Victoire, tu penses qu'on peut emprunter le chemin de terre jusqu'à la Honda Civic sans être vus ?

Tanguy Guéhut intervint.

– Les cyprès ont l'air bien denses, ils masquent la vue. Sauf s'il nous attend dehors, juste après l'entrée. Là, dans tous les cas, ils nous verra. Le chemin fait un long détour en lisière de bois pour atteindre l'arrière du bâtiment, ça risque de prendre du temps à pied. En plus, à travers champ, la terre a l'air grasse, ça va coller...

– Oui, je me disais la même chose, ajouta Victoire.

– On enquille par le chemin et on débarque devant la rangée de cyprès, et seulement là, on se divise en deux ou trois équipes. Vous validez, Delestran ?

– Oui. Je n'ai pas de meilleure idée.

Revenu sur ses pas, Delestran avait rassemblé son groupe près des voitures. Sur le capot, il avait disposé une feuille A4 sur laquelle il avait dessiné un plan d'après leurs observations :

– Victoire et Mitch, premier véhicule. Stan et Anna, avec moi dans le deuxième. Le patron avec Stefan et Claire dans le troisième. On arrive rapidement, on se pose contre la haie, les deux premiers groupes sur la gauche, le troisième sur la droite. Mitch et Victoire, vous contournez le grand bâtiment par l'arrière, vous trouverez bien un passage entre le bâtiment et la haie. Vous annoncez quand vous êtes en place. Même chose pour le patron et Stan, mais par l'arrière du petit bâtiment. Nous, on prend l'entrée principale. Anna, avec le pompe, s'écartera rapidement, elle nous couvrira, tandis que Stan et moi, on avancera. Anna, tu feras attention, tu risques d'être la plus exposée au niveau de la façade du grand bâtiment. Vous faites gaffe à vos angles morts et, surtout, on progresse ensemble. Le pivot, c'est Anna. C'est elle qui donne le rythme et qui donnera les directives sur les ondes. L'idée, c'est d'avoir toujours une vision à 360° tout en se couvrant réciproquement. N'oubliez pas qu'il est prévenu ! Il nous attend certainement. Le premier qui le voit annonce et c'est lui qui reprendra la main. Des questions ?

– La surface fait combien, à ton avis ?

– 50 sur 30, à peu près.

– Et moi ? demanda la psychologue un peu décontenancée.

– Ah oui, vous, Claire, vous restez dans la voiture. Vous n'en sortirez que si on vous le dit. Pas d'initiative, c'est compris ? Vous suivrez ce qui se passe sur les ondes. Quand ce sera figé, je vous ferai signe. La radio, vous avez vu comment ça marche. On trafique sur la fréquence 36.

– Oui, Victoire me l'a réglée et elle m'a donné des écouteurs. Mais je monte dans quelle voiture ?

– La troisième, dans celle du patron.

– Très bien. Comme ça, j'aurai une vue sur le chemin et la sortie du bois. Si par hasard je vois une bétaillère arriver, je vous le dirai.

Il y eut un moment de stupéfaction. Elle avait dit cela si naturellement que cela sonnait comme une évidence, alors que personne n'avait pensé à couvrir les arrières, surtout pas Delestran.

– Euh… Oui. Bien vu, Claire ! Je n'y avais pas pensé. On compte sur vous pour nous couvrir.

– Allez, brassard « police » pour tout le monde, y compris vous, Claire.

Delestran alluma son poste radio et invita ses collègues à vérifier qu'ils étaient bien sur la même fréquence

– OK, on embarque.

Deux minutes plus tard, ils se mirent en route. Claire Ribot se retrouva seule à l'arrière de son véhicule, son regard oscillant entre le bout du chemin et la sortie du bois. Pourvu qu'aucun véhicule n'apparaisse. Comme il y avait de la buée, elle baissa la vitre. Sa montre indiquait 13 h 15. Si on lui avait dit qu'elle se retrouverait là, perdue en rase campagne, seule avec des policiers en intervention...

Elle sursauta lorsque ses écouteurs vibrèrent

– Victoire et Mitch, en place.

– Reçu.

Elle reconnaissait les voix, dont la dernière était celle de Delestran.

– Pareil pour Eagle 4 et Stef.

– OK. Anna, tu peux y aller. Tu engages. Doucement. Les gars, on prend notre temps.

Il y eut un long silence, puis, d'un seul coup, une voix étouffée se fit entendre, celle de Tanguy Guéhut :

– Je l'ai, assis sur un canapé, de dos, partie centrale du grand bâtiment, au niveau de la baie vitrée.

– Anna, c'est pour toi, tout doucement. Nous, avec Stan, on va longer le bâtiment jusqu'à l'angle de la baie vitrée. Victoire et Mitch, vous faites pareil, de l'autre côté.

– C'est suivi, annonça Victoire.

Claire imaginait Anna Bellama tenant le fusil à pompe tendu devant elle et avançant à pas feutrés. Elle était la seule à ne pas pouvoir parler. Son cœur se mit à cogner. Chaque seconde durait une éternité. Le silence avait une pesanteur qu'elle n'avait jamais éprouvée.

– Putain, je vois une arme juste devant lui, sur la table de séjour, à portée de main. Attention, il peut s'en saisir à tout moment.

Guéhut avait chuchoté tout en prenant la main.

– Vas-y, Anna. Tout doucement, tu vas l'avoir dans ta ligne de mire dans moins de deux mètres. Fais gaffe à ses mains. Moi, je ne les vois pas.

La tension de l'intervention avait fait oublier la hiérarchie au patron. Il ne s'en était pas rendu compte. Il ne les vouvoyait plus, mais ça devait lui plaire.

– Ça ne bouge pas, encore un mètre, Anna. Les mains… Fais gaffe aux mains !

Il y eut un nouveau silence. Et puis ce furent des cris, des hurlements.

– Police, lâche ton arme. Lâche ton arme !

C'était la voix d'Anna de l'autre côté des cyprès.

– Calme-toi, fais pas le con ! Pose ton arme.

La voix s'était faite moins agressive.

– Eagle 4 ? Qu'est-ce qu'il se passe ? demanda Delestran.

Derrière la voix du commandant, à travers la radio, on entendait des bruits sourds, comme des coups de boutoir, et des voix féminines apeurées.

– Putain, le con ! Il a pris l'arme dès qu'il a aperçu Anna. Il est replié sur lui-même, les coudes sur les genoux et le canon enfoncé dans la bouche. Il va...

15

La voix du taulier s'était tue avant qu'il finisse sa phrase. Tout le monde avait compris. Delestran et Stanislas s'étaient rapprochés d'une porte-fenêtre pour pénétrer dans la longère tandis qu'Anna avait légèrement baissé le canon de son fusil à pompe malgré l'imminence d'un geste irréversible. Que pouvait-elle faire ? L'homme semblait figé, le canon de l'arme enfoncé dans la bouche, seul avec lui-même et sa décision ultime. Il lui suffisait d'appuyer très légèrement sur la détente pour que tout s'arrête instantanément. À quoi pensait-il ? Luttait-il encore contre les fantômes et les affres de sa vie ou s'en était-il irrévocablement affranchi face à l'imminence de sa propre mort ?

Pendant ce temps suspendu, on entendait les cris apeurés de femmes signalant leur présence dans le petit bâtiment juste en face. Elles étaient vivantes, derrière une porte métallique cadenassée ! Les policiers étaient pris entre deux émotions, entre une terrible appréhension et le soulagement de cette libération inespérée.

Avant d'appuyer sur la poignée de la porte menant à la cuisine dans le bâtiment

principal, Delestran donna ses instructions
par radio :

– Avec Stan, on va pénétrer à l'intérieur
et essayer d'entrer en contact avec lui. Vous
autres, vous vous occupez des femmes.
Rassurez-les, qu'elles se taisent, et démerdez-
vous pour les faire sortir de là au plus vite.
Claire, ce sera pour toi. Tu prends toutes les
mesures nécessaires. (Il marqua une pause.)
Victoire et Mitch, le plus simple, c'est que
vous reveniez au niveau de l'entrée principale
en passant par l'arrière du bâtiment. Quant
à toi, Anna, laisse tomber le pompe. Couvre-
nous néanmoins avec ton Ruger. Tu nous
indiqueras si ça bouge, on sera à l'aveugle.
J'ai pas l'intention de me montrer. Méfiance
à tous : il peut toujours retourner son arme
contre nous.

Chacun accusa réception. Delestran n'avait
pas pu leur expliquer pourquoi il se voulait
méfiant avec le suicidaire armé. Un souvenir
de début de carrière, une intervention similaire et un collègue qui s'en était sorti avec
un morceau d'intestin en moins.

Delestran lança un regard interrogateur à
Stan, qui acquiesça pour lui faire savoir qu'il
était prêt. La porte s'ouvrit. Par chance, elle
ne grinçait pas. Ils progressèrent dans une
entrée ouverte sur une cuisine, puis dans un
couloir desservant successivement une buan-
derie et une salle de bains. Aucun bruit ne
s'échappait de la maison. Les deux hommes

retenaient leur souffle, se faisaient confiance pour avancer à pas de velours jusqu'à un mur transversal avec une ouverture permettant de passer dans la pièce suivante, dans laquelle se situait leur objectif. Delestran leva le pouce en direction d'Anna, qu'il voyait à travers la porte-fenêtre. Par radio, elle relaya aussitôt l'avancée de ses collègues aux membres du groupe et précisa à Delestran et Stan que l'homme était toujours figé dans la même position.

Valentin Matthias se trouvait de l'autre côté de la cloison. Les policiers se tenaient de chaque côté de l'ouverture. Pour souffler un peu, ils posèrent un genou au sol, l'arme toujours à la main, mais cette fois-ci collée contre leur poitrine, prête à être déployée dans un mouvement de pointé-visé.

Il fallait engager la conversation. Delestran ferma longuement les yeux en baissant la tête, puis les rouvrit en regardant le ciel.

– Monsieur Matthias ? Bonjour, je suis le commandant Delestran. Vous m'entendez ?

Sa voix forte se voulait rassurante.

– Monsieur Matthias ? Vous m'entendez ? Je suppose que vous savez pourquoi nous sommes là. J'aimerais vous parler.

Delestran se rendit compte de l'absurdité de ses propos. Que faisait-il, sinon lui parler ? Mais il fallait bien dire quelque chose...

– J'ai appris à vous connaître un peu. Je ne suis pas à votre place, je ne le serai jamais. Si je ne peux comprendre certaines choses, il me semble cependant pouvoir… (Delestran ne trouvait pas le mot.) Je pense que vous êtes un homme qui a terriblement souffert et que, malgré tout, vous avez fait preuve d'un courage admirable. Vous m'entendez, monsieur Matthias ?

Il n'y avait aucune réaction de l'autre côté. Anna le confirma par radio. Rien ne bougeait.

Delestran n'avait d'autre choix que de parler dans le vide. Combien de temps allait-il pouvoir tenir ? Malgré tout, il savait que le temps était son allié, comme toujours en de pareilles circonstances. Plus on s'installait dans la durée, plus on pouvait faire en sorte d'infléchir une décision. Il fallait se montrer patient, ne pas vouloir à tout prix finir avant d'avoir commencé. Il fallait franchir les étapes pas à pas, d'autant plus que les femmes étaient en passe d'être libérées.

Il s'écarta légèrement afin d'avoir une meilleure vue sur la pièce voisine ; toute information sur le décor était bonne à prendre.

Delestran décida de meubler la conversation en relançant son interlocuteur silencieux. Il fallait le détourner de ses intentions macabres, obliger son esprit à penser à autre chose, le sortir de sa torpeur mortifère.

– Monsieur Matthias, vous êtes un homme cultivé. D'où je suis, je vois votre grande bibliothèque, sur votre droite. Tous ces livres ont dû être d'un sacré réconfort et un point d'ancrage pour continuer à vivre, malgré tout. Malheureusement, d'où je suis, je ne peux pas apercevoir quels sont les auteurs, ni les titres des ouvrages. Je vois cependant qu'ils sont fort nombreux. J'aimerais bien y jeter un œil pour en apprendre encore davantage sur vous. Je sais que vous m'entendez. Vous savez ce qu'on dit : dis-moi ce que tu lis et je te dirai qui tu es. Moi, j'aimerais bien savoir qui vous êtes parce qu'il me semble que vous êtes quelqu'un de bien, monsieur Matthias.

Delestran marqua une nouvelle pause, chercha l'inspiration dans le regard de son collègue. Mitch faisait tourner son index à l'horizontale en hochant de la tête pour l'encourager.

– Vous m'entendez, monsieur Matthias ? Je sais que vous m'entendez. Je vais continuer à vous parler et, quand vous le souhaiterez, vous me direz ce que vous en pensez. Si vous deviez n'emporter qu'un livre avec...

– Taisez-vous !

Un ordre étouffé par une bouche obstruée. Delestran n'avait pas eu le temps de finir sa phrase, il avait donc matière à recommencer.

– Si vous deviez n'emporter qu'un livre avec vous, ce serait lequel ?

– Vous perdez votre temps. Foutez-moi la paix ! Vous avez eu ce que vous vouliez, alors dégagez maintenant. Vous entendez, dégagez ! Sinon...

« Sinon quoi ? » se demanda Delestran, heureux d'avoir obtenu une petite avancée, un premier contact, une arme sortie de la bouche momentanément pour mieux se faire comprendre.

– Non, monsieur Matthias, je n'ai pas eu ce que je voulais. Nous avons certes récupéré ces femmes que vous avez épargnées malgré votre profonde douleur, mais, non, je ne perds pas mon temps, surtout quand il s'agit de la vie d'un homme. Surtout un homme tel que vous, monsieur Matthias. Je ne partirai pas sans vous, monsieur Matthias.

– Il s'est redressé, toujours l'arme dans la bouche, annonça Anna Bellama dans la radio.

Delestran osa un regard en avançant à nouveau sa tête dans l'encadrement. Valentin Matthias avait les yeux fermés, la tête légèrement en arrière appuyée contre le dossier du canapé, le bout du canon de son revolver dans la bouche. S'il n'y avait pas eu ses joues dégoulinant de larmes, on aurait pu croire qu'il suçait une glace. Sur la table basse, devant lui, se trouvaient une bouteille de whisky bien entamée, un verre vide, un cendrier et un paquet de Marlboro à demi entamé. L'homme avait eu recours à

plusieurs expédients pour se donner du courage. Delestran s'obligea à balayer la pièce
du regard. Son œil s'arrêta sur un fauteuil
club en cuir vieilli sur sa gauche, à côté d'une
lampe sur pied, devant l'imposante bibliothèque, qui occupait tout le pan du mur. Il
y avait aussi, dans l'angle opposé, un bureau
en merisier, avec un PC portable. Les yeux
de Delestran revinrent se fixer sur le fauteuil. De coloris chocolat, le meuble offrait
des lignes arrondies, suggérait un confort
indéniable, avec un épais coussin d'assise. De
cet endroit, il pensait pouvoir tout observer,
occuper l'angle mort qu'il recherchait systématiquement. Il lui fallait cependant prendre
un risque : se relever, entrer dans la pièce,
passer devant cet homme fixant le plafond,
déterminé à en finir, et rejoindre le fauteuil
moelleux pour s'effacer à nouveau. C'était
désormais l'objectif, la prochaine étape.

Au-dehors, le reste de l'équipe s'agitait,
mais ne parvenait pas à libérer les femmes
en raison d'un imposant cadenas sur l'unique
porte du bâtiment. Étrangement, il n'y avait
pas d'autre ouverture, pas une seule fenêtre.
C'était comme si on avait rajouté une épaisseur en murant cette dépendance dans une
carapace de parpaings ; le tout masqué par
un crépi de couleur neutre, légèrement
fade. Ses collègues étaient cependant parvenus à faire taire les femmes. Elles étaient

seulement trois. Elles se disaient en bonne santé. Elles se voulaient rassurantes, elles n'avaient pas été maltraitées, n'avaient subi aucune violence, sauf le jour où elles avaient rencontré, « par hasard », le docteur Matthias, qui les avait fait monter dans son véhicule au prétexte d'avoir quelque chose d'important à leur dire. Elles s'étaient retrouvées avec une arme pointée sur elles, dans l'obligation de boire le contenu d'une bouteille d'eau. La communication était difficile. Elles semblaient retenues dans une pièce et leurs voix devaient passer à travers deux portes. Victoire tentait également de les réconforter. Cela n'allait prendre que quelques minutes, le temps de trouver une solution. Ces informations étaient parvenues à l'oreille de Delestran par radio. Dans la pièce, Valentin Matthias n'avait toujours pas ouvert les yeux. Il demeurait figé telle une statue dans son bronze. Seuls quelques petits mouvements au niveau de ses abdominaux laissaient deviner une respiration.

Delestran sortit la tête de l'encadrement.

– Monsieur Matthias, je sais que vous m'entendez. Il me faudrait les clés. Mon équipe est bloquée devant la porte de la dépendance. J'ai besoin que vous me disiez où sont les clés du cadenas. Monsieur Matthias, c'est terminé. Dites-moi où sont les clés.

Delestran fit le dindon en avançant et reculant sa tête dans l'encadrement. L'homme ne réagissait pas. Seul un mouvement d'épaules de bas en haut trahissait maintenant une respiration plus profonde. Delestran reformula sa question :

– Où sont les clés ?

L'homme ouvrit subitement les yeux et croisa ceux de Delestran. Pour la première fois, ils entraient véritablement en contact. Combien de temps cela allait-il durer ? Combien de temps Delestran allait-il résister à l'insoutenable fixité du regard d'un fou ? Au moment où il entrouvrit les lèvres, l'homme désengagea le canon de l'arme de sa bouche pour le mettre sous sa mâchoire, au niveau de sa gorge. Ses yeux sortaient de leurs orbites. Il était encore plus difficile de soutenir son regard, qui semblait ne pas voir Delestran, traverser le policier pour aller se perdre dans un horizon sans fin. D'un geste lent, sa main libre monta au niveau de sa bouche. Le pouce, l'index et le majeur se touchaient. Un petit mouvement saccadé semblait indiquer qu'il avait ingurgité les clés. Delestran appuya sur le bouton-poussoir de sa radio de façon à ce que tout le monde entende :

– Vous les avez avalées ? C'est ça ? Vous avez avalé les clés, docteur Matthias ?

Un sourire de satisfaction se dessina sur les lèvres de Valentin Matthias, qui ferma les yeux en secouant la tête, tel un enfant à la fois honteux et soulagé d'avoir avoué sa bêtise.

– Bon, il va nous être difficile de les récupérer. Donc, on va devoir trouver une autre solution.

Bien entendu, il disait cela pour ses hommes, mais cela lui permettait aussi de garder le contact avec Valentin Matthias, qui avait toujours les yeux fermés. Il s'était mis à secouer la tête d'une façon compulsive. La bouche du canon s'était transformée en percuteur dans un mouvement de va-et-vient contre sa gorge. Delestran profita de l'instant pour faire un pas en avant, son pouce gauche appuyant sur le bouton-poussoir de sa radio.

– Docteur Matthias, je vais entrer dans la pièce. Tant que vous maintenez cette arme contre vous, je ne vais pas m'approcher de vous. Je vais simplement rejoindre le fauteuil devant votre bibliothèque, de façon à poursuivre notre conversation. Vous voulez bien ?

Delestran ne s'attendait pas à obtenir de réponse. Il reprit son arme à deux mains, la plaqua contre sa poitrine dans une attitude de parade riposte. Il lui fallait faire vite pour effectuer les quelques mètres.

En passant près de l'homme, à cinq mètres environ, il sentit que c'était gagné, mais qu'il ne fallait cependant pas tenter le diable au risque de tout faire échouer. Il dévia légèrement sur sa gauche pour rejoindre le fauteuil. Il avait désormais devant lui un mur de livres nichés dans les alvéoles de la bibliothèque. Ils n'étaient pas exposés – le docteur Matthias ne devant jamais recevoir personne dans cette résidence secondaire transformée en caverne –, mais accumulés dans un désordre qui ne devait certainement rien au hasard. Tous ces livres, face à lui, le troublèrent. Ils lui rappelèrent ceux découverts, quelque temps auparavant, dans la chambre de Georges Bernard. C'était intrigant, cette similitude, comme si les livres avaient établi une filiation entre ces deux inconnus liés par le sang et pourtant séparés par la vie. Delestran dut chasser momentanément de son esprit ces images perturbantes qui se superposaient. Il tourna le dos à la bibliothèque, puis s'assit dans le fauteuil pour faire face à Valentin Matthias. Pour l'atteindre, l'homme serait obligé de faire un mouvement circulaire sur le côté, qui lui laisserait le temps de réagir. Delestran garda son arme sur sa cuisse et leva le pouce gauche en direction d'Anna, qui l'avait suivi à travers la baie vitrée. Puis, d'un geste univoque, il l'invita à sortir du champ pour rejoindre le reste de l'équipe. Il allait gérer la situation avec Stan.

Il fallait reprendre cette petite conversation, amener progressivement Valentin Matthias à se livrer, puis à renoncer. Le plus simple était peut-être de lui dire la vérité.

– Monsieur Matthias, je vais vous faire un aveu. Vous savez, quand j'ai compris que vous étiez au centre de cette histoire, d'un seul coup, je n'ai plus eu aucune inquiétude pour ces femmes. Je savais qu'un homme tel que vous était incapable de leur faire du mal. On ne s'emploie pas à aider les femmes à donner la vie pour la leur reprendre, comme ça, violemment. Et pourtant, j'imagine votre envie de vengeance… J'imagine combien vous aviez envie de leur faire payer toute cette souffrance accumulée au cours de votre vie.

Delestran laissa passer quelques secondes, une façon de tendre la main à son interlocuteur immobile, les yeux fermés, et l'arme toujours pointée sous sa gorge.

– C'est comme pour votre père, monsieur Matthias, j'ai du mal à croire que… Pas un homme tel que vous !

À l'évocation de son père, Valentin Matthias se mit à secouer énergiquement la tête, son visage grimaçant de douleur. Delestran ressentit sa profonde douleur psychologique et prit peur.

– Docteur Matthias, vous m'entendez ? Parlez-moi. Il me semble que je peux comprendre certaines choses ; bien entendu pas tout, mais tout de même. Racontez-moi : que s'est-il passé devant le bassin des Tuileries ?

La lèvre inférieure de Valentin Matthias fut parcourue d'un spasme. Allait-il déverser sa colère, trouver la force et le courage de la verbaliser enfin et sortir de son silence ?

– Dites-moi : vous vous êtes battus ? Que s'est-il passé ? J'ai besoin de le savoir.

– Vous ne pouvez pas comprendre... commença Matthias avant de s'interrompre immédiatement.

– Vous savez, quand on fréquente l'intimité des hommes, on finit par être en mesure de comprendre beaucoup de choses. Vous savez de quoi je parle, car, vous aussi, cette intimité, si odieuse soit-elle parfois, vous la fréquentiez, si je puis m'exprimer ainsi.

Valentin Matthias semblait fermer les yeux encore plus fort pour occulter la réalité. On sentait de la crispation dans la main tenant l'arme tandis que l'autre s'était refermée, offrant à Delestran un poing tellement serré qu'il vit apparaître du rouge dans les plis. Pendant ce temps, les écouteurs de Delestran lui avaient fait savoir que Mitch et Victoire étaient partis au village pour essayer de trouver un coupe-boulon.

– Monsieur Matthias, je vous écoute. Vous ne pouvez pas garder votre vérité pour vous. Ce serait une lâcheté !

Puis en haussant le ton :

– Je vous écoute, monsieur Matthias. Que vous a dit votre père pour que vous ayez envie de le bousculer ?

Delestran parlait encore et toujours dans l'espoir de le faire réagir.

360

– Vous l'avez bousculé, n'est-ce pas ? Vous l'avez repoussé, ce qui a provoqué sa chute. C'est ça qui vous gêne, vous ne le supportez pas ? Ce pauvre homme héroïque, oui héroïque... Qu'avait-il fait pour mériter ça ?

Delestran le provoquait volontairement.

– Lui, il ne vous avait pas abandonné et pourtant vous avez provoqué sa mort ! Vous l'avez tué de vos propres mains !

C'était de la colère qui sortait désormais de la bouche de Delestran, afin d'obtenir une réaction :

– Oh ! Valentin Matthias, tu m'écoutes ? Valentin Matthias, fils de Georges Bernard et de Mathilde de Maussicourt, tu ne peux pas t'échapper comme ça ! Je veux savoir !

– C'était un accident. Un accident, répéta une petite voix vagissante.

– Comment ça, un accident ?

– Oui, il ne voulait pas me donner la photo.

– Celle de votre maman ? Celle qu'il gardait précieusement avec lui ?

Valentin Matthias ouvrit les yeux et tourna son regard vers Delestran.

– Vous êtes au courant ?

– Oui. Je suis allé dans sa chambre. Et on m'a parlé de votre père, une amie à lui, qui l'avait recueilli quand il est monté à Paris. C'est elle qui m'a parlé de cette photo de votre maman.

Delestran usait volontairement, par contraste, des mots « maman » et « père ».

– Vous avez parlé avec cette Polonaise ?
Cette... pute !

– Non, monsieur Matthias. Si je suis prêt
à tout entendre, je ne suis pas prêt à tout
supporter. Cette femme, Nicole, mérite de la
considération. Elle a pris soin de votre père
et, croyez-moi, elle le pleure !

Valentin Matthias s'était rendu compte
de son insulte. Curieusement, cela jouait en
faveur de Delestran. Pris de repentir, son
visage s'était décrispé et l'arme s'était abais-
sée légèrement. Il s'était tourné légèrement
pour accrocher le regard de Delestran.

– Oui, mon père m'a parlé de cette femme
qui a remplacé, si on peut dire, ma mère. Et
peu importe, vous avez raison, qu'elle soit
une prostituée.

– Alors ? Cette photo ?

– Il me l'a montrée. Ce n'était pas n'importe quelle femme qui était dessus, mais ma
maman. Oui, ma maman ! Vous comprenez ?

– Oui, je comprends.

– Pour lui, c'était sa femme, celle qu'il
avait aimée toute sa vie, depuis toujours,
d'un amour passionné, d'un amour fou ; une
icône. Mais, pour moi, c'était Ma Maman !
Vous comprenez ? Il me l'a montrée, je l'ai
vue. Elle était si belle ! Cette photo, je l'ai eue
entre les mains. Il me l'a donnée et, aussitôt, il
me l'a reprise en me l'arrachant des mains. Il
voulait la garder pour lui. J'ai essayé de la lui
reprendre. Il s'est débattu, violemment, et moi

j'ai… je l'ai poussé et il a basculé en arrière…
C'était un accident, j'avais pas l'intention de…

Il se mit à pleurer, des grosses larmes,
celles d'un petit enfant, tout en abaissant son
arme sur sa cuisse. Il se saisit d'un coussin
pour étouffer ses cris de douleur, le visage
écrasé ne pouvant plus respirer.

Tout pouvait basculer. Que fallait-il faire ?
Delestran voulut se lever pour faire quelques
pas dans sa direction, écarter l'arme et le
prendre dans ses bras. Il prit appui sur les
accoudoirs, se pencha en avant, mais une
réaction violente de Valentin Matthias l'en
dissuada. D'un geste fou, il avait porté l'arme
à la hauteur de sa tempe et le regardait avec,
dans les yeux, une ultime défiance.

– N'approchez pas ! N'approchez pas ou
je tire !

De tout son poids, Delestran se laissa
retomber dans le fauteuil en serrant fermement son arme, au cas où.

– Ne faites pas ça. Ne faites pas l'imbécile.
Vous ne méritez pas ça, monsieur Matthias,
reprit Delestran d'une voix douce.

– Je ne mérite pas ça ? Vous en savez quoi,
vous, de ce que je mérite ? Vous croyez que
je méritais d'avoir cette vie, tordue, faussée,
dès le départ ? Si vous saviez le nombre de
fois où je me suis retrouvé au bord de la
falaise avec l'envie de sauter dans le vide,

pour toucher le fond de ce gouffre rempli de questions sans réponses.

Les larmes n'avaient pas soulagé son chagrin, de l'écume lui bordait la bouche. Il fallait le laisser se vider. Delestran adopta une attitude d'écoute active, absorbant tout ce qui se déversait sur lui. Valentin Matthias parlait avec une étonnante lucidité malgré son instant de folie.

– Vous savez ce que c'est que de vivre en étant un bâtard ? Non, vous ne pouvez pas savoir ! Et vous parlez de mérite... Est-ce que je méritais de ne pas ressembler à mes parents adoptifs ? Et toute cette suspicion autour de moi, qui me donnait un sentiment d'imposture ? J'ai été un étranger toute ma vie, ne ressemblant à personne. Vous croyez que je méritais ça ? Mais moi, je n'ai rien demandé. Je n'ai pas demandé de vivre ainsi, alors si vous croyez que j'ai peur de mourir... Vous me comprenez ? Mais qu'est-ce que vous pouvez comprendre, vous ?

Valentin Matthias se cabra, les yeux remplis de haine, il livrait son odieuse vérité, ce manque injuste que devaient ressentir tous les enfants nés « sous X ».

– Vous savez, quand on est né comme moi, « sous X », on fantasme beaucoup sur ses origines, pour ne plus être un colis abandonné. Mais finalement, ça ne sert à rien, bien au contraire, on ne peut pas avoir confiance en la vie. Il manque un sens. C'est inhumain d'être le fils de personne ! Et cette honte, toute votre vie, d'avoir été abandonné, rejeté. On en devient coupable à la longue, comme si on l'avait peut-être mérité. Alors, ne me parlez pas de mérite !

Gesticulant avec son arme, Valentin Matthias s'était mis à hurler sa rage, une rage empoisonnée depuis la naissance.

– Moi, mon mérite, c'est l'anonymat. Vous m'entendez ? Je suis un anonyme et l'anonymat, c'est criminel ! Oui, c'est un crime et il fallait que ces femmes en prennent conscience, qu'elles endossent la culpabilité qu'elles font porter sur les épaules des enfants qu'elles ont abandonnés sans raison. Car, voyez-vous, je sais faire la différence. Ces trois-là, elles n'avaient aucune raison d'empoisonner leur enfant dès la naissance. C'est elles qu'on devrait juger, pas moi !

– Je ne vous juge pas, monsieur Matthias.

– Vous, peut-être, mais les autres... Ils vont le faire et, d'ailleurs, ils l'ont déjà fait. Moi, le Jugement dernier, ça ne me fait pas peur. Je n'y crois pas, à toutes ces conneries, le Jugement dernier, c'est tous les jours quand vous êtes comme moi.

Ces dernières paroles rappelaient quelque chose à Delestran. Il les avait lues quelque part, avait envie de se retourner vers la bibliothèque.

– Je comprends votre besoin de vengeance. Mais ne croyez-vous pas qu'elle ne sera pleinement satisfaite que si vous la verbalisez devant ceux qui auront la lourde charge de vous juger ?

– Pfff ! Je m'en fous complètement. Je vais me faire un petit plaisir, que vous le vouliez ou non : m'épargner ce petit jugement. Bang !

Dans le même temps, il remit l'arme à hauteur de sa tempe.

– Monsieur Matthias, ne faites pas ça, je vous en prie. Il vous a fallu beaucoup de courage pour faire tout ce que vous avez fait. Cet amour de la vie, en aidant toutes ces femmes à mettre leurs bébés au monde, témoigne d'un courage exemplaire. Vous ne pouvez pas renier votre propre vie, pas après tout ça !

– Justement. Du courage, dans mon cas, il m'en a fallu davantage pour vivre qu'il m'en faut pour mourir. Alors, ne me dites pas ce que j'ai à faire ou ne pas faire. Libre à moi de renier, la vie, la mort et toute cette merde ! Ça suffit, Delestran !

« Incroyable », se dit Delestran, il lui avait indiqué son nom à seulement une ou deux reprises et il l'avait retenu.

– Le vrai courage, c'est de savoir mourir !

– Non ! Vous ne pouvez pas dire cela, surtout après tout ce que vous avez lu.

Delestran se retourna en désignant d'un large geste toute l'étendue des livres derrière lui.

– Le vrai courage – et vous le savez très bien, car Camus doit être quelque part derrière moi, tout proche certainement –, le vrai courage, c'est le condamné à mort qui va jusqu'au bout sans anticiper la sanction. C'est ça, le vrai courage d'un homme libre ! Et vous croyez vraiment qu'en vous suicidant vous apporterez la preuve au monde entier que vous maîtrisiez votre vie ? Vous ne ferez pas l'unanimité, j'en serai le témoin. Oui, car moi aussi, voyez-vous, il me faudra aller témoigner à la barre et je n'y parlerai pas en votre nom. Alors, vous voulez vraiment m'infliger votre mort ?

– Vous n'avez qu'à partir et me laisser enfin en paix ! Pour vous, c'est simple, vous dégagez, comme ça, vous ne serez témoin de rien.

– Et après, je viens au résultat ? À quoi bon, maintenant que je sais.

– Dégagez ! Sortez pendant qu'il en est encore temps ! Vous entendez ?

– Oui, je vous entends, et non, je ne sortirai pas. Je reste avec vous.

– Mais, putain, dégagez, bordel de merde !

Il y eut un long silence avec malgré tout la certitude d'une issue toute proche, fût-elle incertaine dans sa forme. À l'affût, Delestran observait les fluctuations d'un homme luttant contre ses propres réflexions. Il ne fallait pas que cela dure trop longtemps.

L'homme semblait s'éloigner irrémédiablement. Delestran devait maintenir un lien pour
l'empêcher de s'isoler dans ses tourments.

– Excusez-moi : je peux vous prendre une
cigarette ?

Delestran n'avait pas réfléchi, c'était sorti
tout seul. Une envie soudaine et bien réelle.
Valentin Matthias ne réagit pas. Il avait le
regard vide et la main droite toujours levée
au niveau de la tête.

– Docteur Matthias, vous m'entendez ?

Ce dernier le regarda fixement du coin de
l'œil.

– J'ai très envie d'une cigarette. Je peux
vous en prendre une ?

Valentin Matthias s'avança vers la table
basse pour pousser le paquet de cigarettes vers Delestran, répondant ainsi à sa
demande. Puis il s'en écarta en se décalant
sur le canapé pour maintenir la plus grande
distance possible. Delestran s'approcha
tout doucement, évitant tout mouvement
brusque. Dans une même continuité, il saisit
le paquet de Marlboro, l'ouvrit et en tira une
cigarette, qu'il porta à ses lèvres. Il se rendit
alors compte qu'il avait laissé son arme sur
le fauteuil, mais ne s'en alarma pas. Le briquet dans une main, le paquet dans l'autre,
il leva les yeux sur Valentin Matthias :

– Vous en voulez une ?

Celui-ci hésita un instant.

– La cigarette du condamné à mort ?

– Ou du condamné à vivre ?

– Le verre à moitié plein ou à moitié vide, Delestran ?

– En quelque sorte. Tout dépend de ce qu'on veut y voir, docteur Matthias.

Delestran n'attendit pas la réponse. Il sortit une seconde cigarette du paquet. D'un naturel étrange, il la tendit en direction du visage immobile, qui s'anima. La bouche de Valentin Matthias s'entrouvrit. Delestran alluma son briquet, l'approcha de l'extrémité de la tige. Pour faciliter l'approche, il prit appui sur le canapé en posant une main sur la place précédemment occupée par Valentin Matthias. Elle était toute chaude. Il était tout proche, si proche, il ne pourrait pas intervenir, si l'index méfiant du médecin renforçait sa pression sur la queue de détente de l'arme. Ce fut un réel défi du regard entre les deux hommes au moment où la flamme apparut au bout de la cigarette.

Delestran se recula sans pour autant aller se rasseoir. Il tira sur sa cigarette en observant la bibliothèque, laissa échapper une volute de fumée plus dense.

– Tous ces livres me font penser à votre père. Il en avait une quantité aussi importante ; peut-être plus encore. Et je suis sûr qu'en y regardant de plus près, on y trouverait à peu près les mêmes titres. Vous avez dû avoir de belles conversations tous les deux.

– Pfff... Conversations ? Vous voulez rire ou quoi ?

Delestran se rendit compte que sa remarque allait se retourner contre lui. Il prit peur devant le sourire méprisant de Valentin Matthias, observant tous ses livres.

– Tout ça, c'est de la foutaise, car, voyez-vous, la vie, ce n'est pas la littérature. La vraie vie, c'est la vie vraie, et moi, la mienne, elle a été spoliée, piétinée dès ma naissance. Alors oui, on trouve un réconfort dans les livres, mais c'est une illusion, une escroquerie. Tout ça, c'est du mensonge mis en pages. C'est dégueulasse, du verbe « dégueuler ». Toute cette merde, il faudrait tout brûler. Vous m'entendez ? Écartez-vous !

Delestran vit les lèvres de Valentin Matthias se retrousser ; prémices d'un nouvel éclat de haine, comme on l'observe parfois chez les chiens atteints de la rage. Il prit peur. Il recula. Il était face à un masque de haine d'où allait jaillir un geste fou. Le lien était coupé.

– Reculez-vous ! Je vais faire un carton.

Valentin Matthias se mit de profil et dirigea son arme en direction de Delestran, mais sans le viser véritablement.

– Écartez-vous ! Barrez-vous, je vous dis !

Delestran sortit de la ligne de mire, chercha un endroit où se réfugier et se précipita vers le bureau en voyant l'arme hésiter sur sa cible. Il allait tirer.

Delestran appuya sur le bouton-poussoir de sa radio :

– Personne ne tire ! Il va péter un câble, mais personne ne tire. C'est un ordre !

Et au même moment, sans s'en rendre compte, sa main agrippa la souris du PC. Une image apparut sur l'écran, celle des trois femmes resserrées derrière une porte attendant la délivrance. Valentin Matthias avait installé une vidéosurveillance reliée à son ordinateur. Il avait bien préparé son coup, un coup de folie raisonnée, se dit Delestran.

– Elle est où, la salope ?

Valentin Matthias était désormais en pleine crise de démence. Il hurlait. Son arme avait remplacé son regard. Elle cherchait une cible dans les niches de la bibliothèque.

– Ah, te voilà Bovary. Tout ça pour ça ! Suicidée, la Bovary ! Mais moi, je te tue, définitivement !

Une première déflagration retentit. Un livre se déchiqueta sous l'impact. Delestran renouvela ses instructions :

– Personne ne tire ! Ça va. C'est normal.

– Et maintenant Karenine, à nous deux !

C'était de la folie pure. Delestran était effrayé sans avoir véritablement peur.

– Elle est là. Alors, Anna ? Pour toi aussi, c'était écrit dès le départ et tu n'as pas su résister. Sous les rails du train ! Tiens, prends ça ! Bang !

Delestran sursauta au deuxième coup.

– Mais vous croyez quoi ? Que je n'en suis pas capable ? Des suicidés, il y en a plein partout devant moi, pourquoi pas moi ? Tenez, vous me parliez du courage du condamné à mort. Eh bien, même chez Balzac. Balzac, ça vous parle, hein ? *Splendeurs et misères des courtisanes*, il est où ?

Il cherchait sa prochaine cible tout en jetant des coups d'œil rapides à Delestran pour le défier. Il fit un pas de côté.

– Alors, Rubempré, on fait moins le malin au fond de sa prison. Je t'en donnerai du courage à vivre ! Bang !

Les yeux fous, écarquillés, et les lèvres blanchies d'écume ; rien ne semblait pouvoir arrêter Valentin Matthias dans son expédition punitive. Un puissant sentiment d'injustice s'était transformé, comme ce fut le cas avec les trois femmes disparues, en réaction criminelle. Il réitérait sa vengeance sur les livres. Et Delestran souhaitait qu'il continue ainsi le plus longtemps possible. Il comptait sur ses doigts.

– Delestran, il doit être rare de rencontrer des anges dans votre métier ? N'est-ce pas ? Un peu comme le médecin avec des gens en bonne santé... Et des anges, chez vous, il y en a ?

Delestran ne savait pas quoi répondre. Fallait-il dire quelque chose, d'ailleurs, après la crise de démence destructive à laquelle il venait d'assister ?

– Tenez, je viens de le retrouver. Hugo et ses *Misérables*, là, tout en haut. Sublime, n'est-ce pas ? Et pourtant, là aussi... L'inspecteur Javert, il est de votre maison, Delestran. Et il finit comment, Javert, pétri de remords pour avoir passé son temps à traquer un innocent ? Tiens, Javert, prends ça : c'est de la part de Jean Valjean ! Bang !

Le livre explosa en laissant dans l'air une poussière blanche et des morceaux de pages vinrent joncher le sol. Delestran déplia une nouvelle phalange. Quatre.

– Mais, voyez-vous, Delestran, il y a pire que les livres. Il y a les auteurs. Les salauds ! Ils nous ont vendu du rêve et comment ils ont fini ? Hein ? Zweig, Hemingway, Montherlant, Landon ? Suicidés ! Tiens, encore un autre, sublime en plus ! Bicéphale, Ajart et Gary, deux noms pour un même homme ! Tiens, prends ça : une cartouche pour deux ! Bang !

L'auriculaire de Delestran s'était déplié. Il en fallait encore un, un seul. Il fixait le barillet. Une dernière petite rotation, juste un sixième de tour. L'athée qu'il était priait en silence. Il en fallait encore un, un dernier ; le sauveur.

– Alors ? Vous en pensez quoi ? Vous me croyez maintenant ? Et il reste le plus important : la vraie vie, la mienne ! Ma mort à moi. Sortez, Delestran !

Il avait dit cela avec l'extrême gravité d'une résolution définitive. Delestran ne bougea pas. Il avait sa main ouverte dissimulée sous le bureau. Cinq.

– Je vous préviens, vous allez en prendre partout, vous savez comment ça fait !

Valentin Matthias avait baissé son arme le long de sa jambe et semblait attendre qu'on lui donne un ordre. Mais comme il ne venait pas, il commença à la relever d'un geste lent et définitif.

– Il vous en manque un.

– Comment ça, il m'en manque un ?

– Le plus important de tous : Albert Camus. Vous avez oublié Albert Camus, docteur Matthias.

– Mais il n'y a pas de suicidés chez Camus.

– *L'Homme révolté*, vous l'avez lu, docteur Matthias ?

– Oui, mais je n'en garde pas un souvenir particulier.

– Vous devriez.

– Pourquoi ?

– Parce qu'il vous donne la solution. La solution au suicide. C'est radical !

– Eh bien, vous allez voir ce que j'en fais, du radical. Il est où, Camus ? Au centre, forcément, mais où exactement ? Tenez, le voilà. *La Peste*, magnifique ; *La Chute*, et ce Clamence ; d'un cynisme prodigieux ! Mais moi, voilà ce que j'en fais de votre Camus.

L'arme se leva. Delestran retint sa respiration. Il vit le canon trembler et la détente reculer.

« Appuie priait Delestran silencieusement. Appuie, bon sang ! »

– Tant pis, vous l'aurez voulu, Delestran.

Valentin Matthias inspira profondément, ferma un œil, visa, bloqua sa respiration et libéra le projectile d'un dernier coup de doigt. Un vacarme libératoire se fit entendre. Le silence se réinstalla dans la poussière en suspension. Valentin Matthias enfonça le canon dans sa bouche et on entendit un petit clic métallique.

Il sortit l'arme de sa bouche et jeta sur elle un regard mêlant suspicion et incompréhension. Il ouvrit le magasin rotatif circulaire, d'où s'échappa une petite fumée résiduelle. Il comprit, mais referma le barillet en appuyant frénétiquement sur la détente tout en hurlant. Il s'écroula en pleurant, malade d'avoir survécu.

16

On avait frôlé la catastrophe. Comme souvent, on en prenait seulement conscience sitôt l'action passée, avec cette sensation vertigineuse de ce qui aurait pu se produire. Une cartouche de plus aurait suffi. Curieusement, tirer sur ses livres lui avait sauvé la vie. Il y avait parfois des choses qu'il ne fallait pas chercher à comprendre.

C'en était terminé. Le voir, recroquevillé au sol, pleurer abondamment était un soulagement. En s'approchant de Matthias, Delestran avait ramassé l'arme et ouvert le barillet pour vérifier. Six chambres garnies d'étuis vides. Que se serait-il passé avec un barillet de huit ou, pire encore, un pistolet avec un chargeur de quinze ?

Tout en le réconfortant, Delestran l'avait palpé sommairement pour s'assurer qu'il ne détenait plus rien de dangereux sur lui. Dans la poche du pantalon, il avait trouvé une clé de cadenas. Matthias lui avait menti. Delestran ne lui en tint pas rigueur, mais il lui mit les pinces, non pas pour éviter qu'il ne prenne la fuite, mais parce qu'il était susceptible d'être dangereux pour lui-même ou pour autrui, comme le stipulait l'article 803 du Code de procédure pénale. Le port des menottes n'était pas une obligation. Pour les flics, elles permettent de matérialiser la fin d'un chapitre, souvent le plus périlleux. Il n'est pas toujours facile de priver un homme de sa liberté, surtout certains énergumènes qui déploient, soudainement et momentanément, une incroyable résistance les rendant insensibles à la douleur. Entendre ce petit bruit métallique caractéristique du premier cran qui s'enclenche, puis les suivants, qui réduisent inéluctablement l'espace est une délivrance, qui produit parfois un effet jouissif, inversement proportionnel au mal que les policiers se sont donné pour y parvenir.

Valentin Matthias s'était laissé faire. Delestran l'avait relevé délicatement, fait asseoir sur le canapé en demandant si son menottage n'était pas trop douloureux. Le docteur avait fait non de la tête en silence. À travers la baie vitrée, Delestran vit les trois femmes s'échapper précipitamment de leur geôle, encadrées par Michel et Victoire. On aurait dit qu'elles se sentaient encore en danger, elles semblaient affolées, ne sachant pas où aller, s'en remettant aux instructions des policiers. En patron, Tanguy Guéhut fermait la marche et adressa à Delestran un pouce déployé en l'air.

– Monsieur Valentin Matthias, nous sommes le mardi 14 avril, il est 16 h 20, heure à partir de laquelle vous êtes placé sous le régime de la garde à vue pour des faits d'enlèvement-séquestration. Au cours de cette mesure, vous serez également entendu pour des faits de meurtre aggravé dans le cadre d'une autre procédure. Mon collègue va vous notifier vos droits. Des questions ?

Valentin Matthias accusa le coup en fermant longuement ses yeux rougis. Il fut pris de spasmes. Sa tête allait et venait, s'enfonçait de façon répétée dans le dossier du canapé, de plus en plus profondément, sans rencontrer de résistance. Puis, retrouvant un semblant de lucidité, il s'immobilisa. Ses yeux s'ouvrirent et se braquèrent sur Delestran :

– Meurtre ? Je vous ai dit que c'était un accident. Vous ne pensez quand même pas que j'ai voulu tuer mon père ?

Sa voix était détachée, sans colère. On ressentait en lui une forme de fatalité, malgré ce qu'il devait considérer, au plus profond de lui-même, comme une injustice.

– J'ai également le sentiment qu'il s'agit d'un accident. Mais mon métier ne s'exerce pas avec des sentiments. Les flics sont de grands optimistes, ils prévoient toujours le pire en espérant le meilleur. Nous avons quarante-huit heures pour faire en sorte qu'à la fin le procureur de la République abandonne la qualification de meurtre aggravé et vous poursuive seulement pour homicide involontaire. Je le souhaite, et pas uniquement pour vous, mais pour la mémoire de votre père, que vous avez laissé mourir au bord du bassin des Tuileries sans appeler les secours avant de plonger son corps dans l'eau et de l'abandonner ainsi. Une vengeance ? Pourquoi d'ailleurs l'avoir immergé dans le bassin ? Pour vous débarrasser du cadavre ? Et s'il n'était pas mort ? Vous voyez : nous avons beaucoup de questions à vous poser.

– Il est mort sur le coup !

– Comment vous le savez ?

– Il ne bougeait plus, ne réagissait plus. J'en ai déduit que...

– On verra ça plus tard.

Delestran n'avait pas voulu lui dire qu'il respirait encore.

– Stan, tu t'en charges. Faut que j'aille prendre l'air.

Valentin Matthias baissa la tête.

Delestran reprit son arme sur le fauteuil en cuir. Il était heureux de la récupérer et soulagé de ne pas avoir eu à s'en servir. Au pied de la bibliothèque, une couverture rouge et noir attira son attention. Il ramassa l'ouvrage, intact, passa la main sur la couverture pour ôter le film de poussière et de particules de papier pulvérisé qui s'y était déposé.

– Imbécile, finit-il par lâcher, un peu dépité.

Puis il posa le livre sur le bureau. Il sortit rejoindre le reste des effectifs en demandant à Anna de bien vouloir prendre sa place à l'intérieur pour ne pas laisser Stanislas seul avec Valentin Matthias.

On devinait un peu de jaune dans le ciel à travers de gros nuages blancs auréolés de gris. Delestran huma l'air frais, sentit son estomac le rappeler à l'ordre. Avant de rejoindre les trois femmes libérées prises en charge par Claire Ribot, il voulut jeter un œil sur ce bâtiment anodin transformé, par la folie d'un homme, en cellule collective de pénitence.

Ce n'était pas ce à quoi on aurait pu s'attendre. Il n'y avait rien de lugubre. Privé de lumière naturelle, l'endroit ressemblait à une caserne composée d'un dortoir carrelé avec trois lits superposés, soit six couchages, une salle d'eau et, de l'autre côté, une petite pièce avec un évier, un réfrigérateur, des plaques électriques, une bouilloire, une cafetière, deux étagères chargées de produits alimentaires, une table avec quatre chaises et des boîtes de conserve empilées dans un recoin non loin de packs d'eau. Delestran ouvrit le réfrigérateur. Il était plein de produits divers, et le freezer était également bien rempli. Au sol se trouvaient deux cagettes de légumes et fruits frais. Dans les placards, il trouva tout ce dont on avait besoin pour un goûter ou un bon petit-déjeuner. Tout en voulant leur faire du mal, il avait pris soin d'elles.

Il s'intéressa à l'autre spécificité du lieu, un aménagement technique, garantissant une surveillance depuis son PC dans l'autre bâtiment. Deux caméras étaient fixées au plafond, à l'entrée du dortoir et dans la cuisine. Elles couvraient le champ de chaque pièce. La porte du dortoir était coulissante et activée par un système électrique. Il devait pouvoir l'actionner à distance, ce qui lui permettait d'entrer dans les lieux, pour le ravitaillement par exemple, sans être en contact avec les femmes, confinées dans le dortoir. Un haut-parleur dans le couloir devait diffuser ses instructions. Delestran resta stupéfait devant cette installation et songea qu'il faudrait la détailler lors des constatations pour mettre en évidence la préméditation ; une élaboration froidement calculée, pensée et réfléchie. C'était l'œuvre d'un fou épris de vengeance.

Avant de sortir, Delestran remarqua une panière à linge dans le couloir et des tenues d'hôpital accrochées à des portemanteaux. Dans le dortoir, un poste de télévision ainsi que des revues et des livres – beaucoup de livres – permettaient aux captives de tuer le temps. Mais ce qui interloqua Delestran, c'étaient ces lits. Seules les trois parties basses étaient occupées, il restait trois couchages libres dans les parties hautes. Avait-il prévu d'enlever d'autres femmes ? Qu'attendait-il de ces dernières ? Qu'elles expient et finissent par exprimer de la repentance ? Qu'elles le supplient et lui demandent pardon ? Mais pardon de quoi ? Combien de temps cela aurait-il duré, si la police n'était pas intervenue ? Les réponses engendraient d'autres questions, tout aussi monstrueuses. À combien de temps avait-il fixé leur peine ? Avait-il envisagé une issue, une libération un jour ? Et surtout, ce qui intriguait toujours Delestran lorsqu'il était confronté à ce genre de personnage à la double personnalité : comment faisait cet homme, malgré ces femmes enlevées et séquestrées chez lui, pour être le brillant docteur empli de sollicitude, aidant d'autres femmes à donner la vie ? Malgré une forme d'habitude, un frisson le transperça de toutes parts. L'humain était parfois monstrueux ; un malade incurable. Il y en aurait toujours et les policiers en voyaient beaucoup. Delestran savait qu'il devrait faire de gros efforts pour oublier tout ça, car absorber la vie des gens n'était pas sans danger. Et cette affaire le marquait tout particulièrement.

Delestran s'échappa à son tour de cet endroit sordide et se dirigea vers l'entrée de la propriété de sa démarche pataude de gros chien abattu. Le voyant arriver, Tanguy Guéhut vint au-devant de lui.

– Vous avez vu, Delestran ? C'est terrifiant, n'est-ce pas ?

– Oui. On peut s'estimer heureux de les avoir récupérées intactes, du moins physiquement.

– Ça a été chaud, j'ai suivi ça sur les ondes.

– J'ai eu de la chance.

– Les coups de cul, ça se provoque, Delestran.

– Oui, j'ai déjà entendu ça quelque part... J'ai bien cru que je n'y arriverais pas. C'était long. Sans les livres, je ne sais pas comment j'aurais fait.

– Vous auriez trouvé autre chose.

– Si vous le dites. J'en ai croisé, des fous, mais lui... Il m'a fait peur, l'imbécile.

– On vous décernera une médaille, Delestran.

– S'il vous plaît, patron : évitez ce genre de reconnaissance institutionnelle tardive. Les médailles, c'est un peu comme l'extrême-onction, alors faites en sorte de m'épargner ça !

Tanguy Guéhut lui donna une tape ami-cale sur l'épaule et vit un sourire espiègle dans ses yeux.

– Comment vont les femmes, patron ?

– Elles sont sous le choc, mais ça va, elles n'ont pas été maltraitées. Elles n'ont subi aucune violence. J'ai presque envie de dire qu'elles n'ont manqué de rien. Il faut s'attendre à ce qu'elles développent un syndrome de Stockholm, à coup sûr. L'une d'elles a déjà demandé ce que le docteur Matthias allait devenir et de prendre soin de lui comme il a pris soin d'elles. C'est dingue ! À l'extérieur, ça va, mais à l'intérieur, Claire va avoir du travail... On leur a prêté à chacune un portable pour qu'elles appellent leur mari. Ensuite, on va les remonter à Paris. Claire a trouvé une structure spécialisée pour les accueillir pour un gros *deshocking* et on pourra les récupérer demain, pour les auditions. J'ai appelé Lessourd, il est en route. Je lui ai dit de prendre ce qu'il fallait à la boulangerie, d'être généreux, puisque c'est moi qui régale. J'imagine que vous devez avoir une faim de loup, comme nous tous. Avec la voiture de Lessourd, ça fera quatre places supplémentaires. Qui nous aurait dit que, partis à huit, on reviendrait à douze, auteur et victimes en vie ?

– Vous avez avisé l'état-major, patron ?

– Non, pas encore. Je vous attendais pour faire le point avant de leur annoncer la bonne nouvelle.

– C'est gentil, merci.

– Comment vous comptez procéder, Delestran ?

Delestran se frotta la joue de sa grosse paluche en réfléchissant.

– Comme d'habitude, patron. On a quarante-huit heures, on va prendre notre temps pour bien faire les choses. Je ne sais pas ce que vous en pensez, mais j'ai bien envie de tout mettre sous scellés. Et demain, une partie du groupe reviendra tranquillement avec l'IJ pour faire les constates. Franchement, je ne me vois pas lancer ça maintenant, et il faut aussi qu'on mette en procédure tout ce qui a été fait depuis ce matin.

– Oui, effectivement.

– Ensuite, on va entendre tout le monde. Je me réserve le docteur Matthias. Il faudra sûrement l'entendre à plusieurs reprises, aussi bien sur la mort de son père que sur les enlèvements des trois femmes et leur séquestration. Mais bon, on aura des billes pour l'habiller correctement. Par contre, là où ça risque d'être plus difficile, c'est sur ce qu'il comptait en faire par la suite et les innombrables questions qu'on se pose tous. Là, il sera peut-être moins bavard.

– Il y a l'instruction pour ça, ne vous en faites pas, Delestran. Allez, on est mardi : jeudi soir, on devrait boire le champagne dans mon bureau.

– Oui, ça me paraît jouable.

– Vous avisez le parquet, Delestran ?

– À moins que vous vouliez le faire ?

– C'est à vous que revient ce plaisir. Moi, je vais me charger de l'état-major, du juge d'instruction et des gendarmes, parce que, là, on est chez eux. Je vais me débrouiller pour qu'ils viennent faire une ou deux patrouilles pendant la nuit. Malgré les scellés, ce serait bien.

– Patron, une dernière requête, faites en sorte s'il vous plaît de nous garantir un peu de tranquillité, au moins pendant le temps de la garde à vue.

– Pas de problème. La presse aura le minimum syndical.

Les deux hommes échangèrent des sourires complices.

– Vous voulez aller voir les femmes, Delestran ?

Il hésita avant de répondre. Guéhut sentit qu'il n'y tenait pas particulièrement, comme s'il voulait se préserver de quelque chose. Il avait déjà assez donné comme ça dans l'empathie. Il n'était pas nécessaire d'en rajouter une couche.

– Non. Je les verrai demain à froid. Je préfère. Pas maintenant. Et puis, je pense qu'elles sont mieux entre les mains de Claire.

– Je comprends.

Ils s'écartèrent légèrement l'un de l'autre et se saisirent de leur téléphone pour passer leurs appels respectifs. Un dernier échange de regards pendant les sonneries. Ce fut Tanguy Guéhut qui parla le premier pour se lancer dans des explications, les mêmes que formulerait Delestran quelques secondes plus tard à la vice-procureure Delermann.

Claire Ribot voulait partir au plus vite avec ses « patientes » pour se rendre à la structure

spécialisée qu'elle avait fait activer à l'hôpital Lariboisière. Les maris les rejoindraient
sur place. Pas besoin d'attendre l'arrivée de
Lessourd, Tanguy Guéhut l'accompagnerait
avec son véhicule.

En attendant l'arrivée du ravitaillement,
Delestran retourna auprès de Valentin Matthias,
accompagné de Victoire, toujours curieuse.
Cela permettrait de relever Stan et Anna. Il
était toujours très pénible de se retrouver seul
avec un gardé à vue sans rien avoir à faire.

Le docteur n'avait pas bougé, assis sur le
canapé, la tête inclinée, les mains entravées
dans le dos. Il n'avait fait aucune demande :
pas d'avocat, pas de médecin, ni d'avis famille.
Qui aurait-il pu faire aviser d'ailleurs ?

Sur les ordres de son chef, Victoire s'était
assise au bureau pour jeter un œil sur l'ordinateur. Fallait-il lui parler ou bien se taire
– et supporter le silence ? Delestran indiqua
à Anna et Stan qu'ils pouvaient aller prendre
l'air à leur tour. Dix minutes s'écoulèrent, au
cours desquelles Delestran passa en revue
tout ce qu'il y avait dans la pièce et qu'il
n'avait pas vu précédemment en raison de
l'effet tunnel. Il brisa le silence.

– Vous voulez une cigarette, docteur
Matthias ?

Il en voulait une lui aussi. Valentin Matthias
releva la tête tout doucement, comme revenu
de nulle part, les yeux taris de larmes.

– Oui, je veux bien.

– Je vous en prends une également. Je vous en remettrai deux dans votre paquet par la suite, au bureau.

– Pfff, pas la peine...

Delestran alluma la cigarette. Valentin Matthias fuyait son regard. Cela se voyait que le docteur n'avait pas l'habitude de fumer et c'était d'autant plus difficile sans l'aide des mains. On aurait dit qu'il allait s'étouffer. Pendant ce temps, Victoire s'était saisie du livre qu'avait déposé Delestran sur le coin du bureau. Elle l'avait retourné pour lire la quatrième de couverture, puis l'avait reposé à sa place initiale.

Delestran écrasa les deux mégots dans le cendrier. Valentin Matthias semblait être revenu parmi eux. Il s'apprêtait à parler.

– Je suis désolé de vous avoir fait subir tout ça.

Delestran se dit que s'il avait à être désolé, ce devait être pour le reste : son père et les trois femmes, mais il se tut et se contenta de hocher la tête.

– Je peux vous demander quelque chose, commandant ?

– Faites !

– J'aimerais beaucoup récupérer une photo avant de partir définitivement d'ici.

Delestran savait de quelle photo il s'agissait.

– Moi aussi, il va me falloir la récupérer, cette photo, docteur Matthias. C'est un élément de preuve, cette photo de votre maman. Elle devra figurer à la procédure.

Le visage du docteur Matthias se voila instantanément d'un masque de douleur.

– Je pourrai la voir une dernière fois, au moins ?

– Oui. Ça c'est possible.

D'un bond, Victoire se leva du bureau, passa devant Delestran tout en s'adressant à Valentin Matthias.

– Votre chambre est à l'étage ?

– Oui, mais...

Il n'eut pas le temps de terminer sa phrase. Victoire montait déjà les marches quatre à quatre.

– Elle ne sait pas où elle est. Pas la peine qu'elle remue tout, dites-lui qu'elle est...

– Sous votre oreiller, reprit Delestran. Dans une boîte métallique, n'est-ce pas ?

– Oui, lâcha-t-il en avalant un sanglot. Comment vous savez ?

– Vous savez, nous, les flics, on n'a pas toujours besoin de recueillir des confessions pour comprendre certaines choses. Surtout quand, nous aussi, nous avons lu certains livres.

Valentin Matthias fut stupéfait et le fut davantage encore lorsque Victoire revint quelques instants plus tard, sa main revêtue d'un gant translucide, tenant délicatement la photo extraite de la boîte métallique. Elle l'approcha des yeux de Valentin Matthias, qui se mit instantanément à pleurer en gémissant :

– Maman ! Maman, si tu savais… Vous avez vu comme elle est belle !

Puis il s'effondra, secoué de longs spasmes douloureux que rien ne semblait pouvoir apaiser. Ce fut un moment difficile à supporter pour les deux policiers que de voir cet homme se vider devant l'image qui lui restait d'une mère qu'il n'avait pas connue.

Il était presque 18 heures quand Delestran eut fini de poser les scellés garantissant l'inviolabilité des lieux. Valentin Matthias prit place à l'arrière d'un véhicule. Les mains dans le dos, il était encadré par Henrich et Mateoni. Delestran et Beaumont allaient ouvrir la marche du cortège.

C'en était terminé, mais le souci de la vérité obligerait les policiers à poursuivre les investigations pendant encore au moins deux jours pour que d'autres hommes, plus tard, puissent prendre connaissance de cette histoire en tournant les pages d'une épaisse procédure. Viendrait par la suite, bien plus tard, l'heure du jugement. Il allait donc falloir tout recommencer, écrire ce qu'on avait fait et terminer cette histoire parce qu'on ne pouvait pas s'en aller en claquant simplement la porte. C'était toujours un plaisir trouble que de terminer une affaire, comme celui de gratter une plaie pour s'en soulager. On était à la fois heureux et triste d'en finir.

Avant de rejoindre l'autoroute, ils traversèrent de grandes étendues plates à perte de vue. La Beauce offrait son terrain vague ensemencé de promesses céréalières. On aurait dit qu'une mer improbable s'était retirée très loin et qu'elle reviendrait tout recouvrir de son flot de nutriments.

Delestran se laissa transporter sans avoir de point d'accroche. De sombres pensées germaient dans le flou de son regard absent. Il avait l'impression d'avoir, une fois de plus, touché le fond de la détresse humaine. Comment faire pour s'en sortir proprement ? Rédiger en procédure ne suffisait pas. On racontait, mais on n'expliquait pas tout, surtout ce qu'on avait ressenti et qu'on s'interdisait d'exprimer.

Delestran n'aimait pas les grands mots. Pourtant, il lui semblait qu'un seul pourrait résumer toute cette affaire : fatalité. Valentin Matthias n'était pourtant pas un cas isolé. Beaucoup d'autres enfants étaient nés « sous X » et avaient grandi sans faire parler d'eux. Pourquoi Valentin Matthias avait-il basculé dans le crime, alors que la majorité n'en avait même pas eu la simple pensée ? Si, pour Delestran, le hasard était la seule divinité raisonnable, qu'en était-il de ce mot : fatalité ? Fallait-il y croire, tout comme au diable ? On avait beau avoir résolu l'affaire, trouvé le coupable en rassemblant des preuves, il restait toujours une zone d'ombre et des questions sans réponses.

Victoire conduisait sans rien dire, les deux mains sur le volant. Par moments, elle jetait des coups d'œil à la dérobée vers son chef. Elle l'imaginait en train de se torturer l'esprit avec des questions que les flics se posent parfois dans les grands moments de solitude.

– À quoi tu penses ? lui lança-t-elle, pour l'aider à reprendre pied dans la réalité.

– À rien.

– Menteur.

C'était dit avec complicité, sans reproche.

– Tu es triste ?

Que pouvait-il dire ? Triste n'était pas tout à fait vrai. Seul se rapprochait un peu plus de la vérité. Mais il ne se sentait pas la force de lui expliquer la différence.

– Tu sais que tu m'as impressionné tout à l'heure ?

– Ah bon ? Et pourquoi ?

– Cette fois-ci, c'est moi qui vais te traiter de menteuse.

– Pour la photo ?

– Ah, tu vois !

– En fait, c'est un livre qui m'y a fait penser. Sur le coin du bureau, il y avait *Le Rouge et le Noir* de Stendhal. Je me suis souvenue que Julien Sorel cachait le portrait de son héros, Napoléon, dans une petite boîte, sous son oreiller. Ça a fait tilt. Alors j'ai tenté le coup et ça a marché.

– Oui et, comment dire ? J'ai beaucoup aimé ce moment-là.

– Pourquoi ?

– Parce que j'avais vu également ce livre, que j'ai eu la même idée, que nous étions deux à l'avoir eue et que, de ce fait, je me suis senti un peu moins seul.

– Donc un peu moins triste ?

– D'où tu sais tout ça, toi ?

– Va falloir me cuisiner, commandeur.

Victoire avait les yeux rieurs. Delestran lui adressa un large sourire.

– Eh bien, justement, tu fais quoi samedi soir ?

– Je ne sais pas.

– Tu es libre ?

– Oui, je pense.

– J'aimerais beaucoup que tu viennes dîner à la maison. J'ai beaucoup parlé de toi à mon épouse et elle serait très heureuse de te rencontrer.

– Avec plaisir.

– Bien entendu, tu peux venir accompagnée... Je te préparerai ma spécialité : un bar en croûte de sel et des saint-jacques en entrée, juste saisies dans un beurre persillé. Tu verras, c'est à tomber par terre.

– Delestran aux fourneaux ! Je veux voir ça, commandeur. J'apporterai le dessert.

– Par contre, pour que je puisse prévoir les quantités, tu viens avec quelqu'un ?

Delestran avait dit cela avec la maladresse assumée d'un père indiscret. Dans ce « quelqu'un », il y avait la curiosité de découvrir enfin l'élu de son cœur, ou, plus exactement, s'il y en avait un. Victoire le laissa mariner, histoire de jouer un peu avec lui, tellement il était drôle à voir à cet instant.

– Maintenant, si tu préfères venir seule, ce sera très bien également. Mon épouse sera ravie.

« Mon épouse sera ravie, mais moi je serai déçu », pensa Victoire, qui décida d'abréger la souffrance de son chef.

– Bon, OK. Je viendrai avec quelqu'un.

– Ton amoureux ?

Delestran ne cachait pas son impatience.

– Tu verras bien...

17

Delestran était arrivé avec des viennoiseries, deux sachets généreusement garnis,
pour le café matinal avec ses effectifs dans
son bureau. Le patron et Claire Ribot avaient
apporté leur mug pour prendre part à cet instant si particulier : commencer une journée
de travail par la clôture d'une longue enquête.
L'atmosphère était détendue. Des sourires
s'affichaient sur les visages. On touchait à
la fin. Valentin Matthias allait être déféré à
l'issue de sa garde à vue, laquelle avait fait
l'objet d'une prolongation de vingt-quatre
heures. Il serait poursuivi pour enlèvement-
séquestration et pour homicide involontaire ;
deux incriminations distinctes, initiées dans
des cadres d'enquête différents, mais désormais rassemblées dans une même procédure
par une jonction effectuée en concertation
avec les deux magistrats. Il restait encore
une dernière audition à réaliser après la perquisition menée la veille dans son bureau à
l'hôpital Necker, histoire de formaliser ce
qu'il avait déclaré lors de la découverte de
documents dans un caisson sous clé.

On avait sorti la boîte à tampons, mis
trois tables l'une à côté de l'autre dans le

couloir à l'étage pour avoir une large surface de travail afin de mettre la procédure en page, en cinq exemplaires, dont deux seraient « certifiés conformes à l'original ». Le dossier grossirait au fil de la journée. Les paris étaient déjà lancés en ce qui concernait le nombre de feuillets ; on ne serait pas loin du millier.

La mise en page était toujours un moment particulier, comparable à une création, avec sa petite effervescence. On assemblait les pièces d'un immense puzzle pour lui donner la forme d'une œuvre procédurale, avec son formalisme rigide et une structure propre à chaque affaire. Dans un souci de clarté, mais également pour faciliter l'accès rapide aux documents recherchés par ceux qui auraient, un jour, la lourde charge de juger, Delestran avait établi un plan de procédure. Il comportait cinq chapitres : les trois disparitions inquiétantes devenues enlèvements-séquestrations, la découverte du cadavre de Georges Bernard devenue homicide involontaire et la garde à vue de Valentin Matthias. Chaque chapitre était articulé en sous-dossiers : téléphonie, surveillances, réquisitions judiciaires, auditions... C'était un peu comme dans un livre.

En s'attaquant au rapport de transmission, sorte de synthèse que seul le magistrat lirait, Delestran avait l'impression de revêtir les attributs d'un préfacier. Même si la rigueur était de mise en se basant sur les éléments circonstanciés de l'enquête, cet exercice offrait la possibilité au rédacteur de s'affranchir des contraintes procédurales en redevenant, en quelque sorte, un homme comme les autres, libre d'exprimer – avec réserve – son ressenti sur les événements qu'il venait de vivre.

Juste avant qu'il commence, Victoire était venue déposer un Post-it sur son bureau sans rien lui dire. Les deux mots qu'elle avait inscrits et qu'il devait impérativement glisser dans son rapport de transmission le firent sourire. C'était un petit jeu entre eux, hérité d'une longue tradition en PJ. Les flics aimaient parfois jouer avec les contraintes imposées pour s'offrir quelques libertés et se laisser surprendre. Delestran avait donc une pression supplémentaire, mais celle-là le rendait particulièrement heureux.

Au cours de ces quarante-huit heures de garde à vue, Valentin Matthias avait fait l'objet d'une vigilance renforcée. Delestran était convaincu qu'il avait réellement tenté de mettre fin à ses jours ou, plus exactement, qu'il avait eu la volonté libre et consciente de le faire. Mais des éléments extérieurs l'en avaient empêché. Par un incroyable concours de circonstances, le dessein formé avant l'action s'était transformé en tentative au sens pénal de l'article 121-5*. Que se serait-il passé s'il n'y avait pas eu les livres ? Valentin Matthias pouvait toujours recommencer. Il avait donc fallu lui porter une attention toute particulière en renforçant les mesures de surveillance, que ce soit dans sa cellule, lors de ses auditions ou au cours de ses déplacements, pour faire en sorte qu'il ne renouvelle pas sa tentative. En regagnant sa cellule, dans un moment de confession intime comme seule la garde à vue peut en offrir, Valentin Matthias avait dit à Delestran qu'il ne lui en voulait pas, mais qu'il en voulait terriblement aux livres. À cause d'eux, il devait vivre encore. Il ne pourrait le supporter longtemps.

S'agissant des enlèvements, il avait confirmé les déclarations des trois femmes sans rien contredire. Le même mode opératoire : une rencontre paraissant fortuite dans la rue à un moment choisi, une prise de contact, un échange de nouvelles comme cela arrive si souvent lorsque le hasard est sincère et puis d'un seul coup, au moment opportun, lorsque la confiance était gagnée, l'arme pour les

---

* La tentative est constituée dès lors que, manifestée par un commencement d'exécution, elle n'a été suspendue ou n'a marqué son effet qu'en raison de circonstances indépendantes de la volonté de son auteur.

faire monter dans son véhicule et l'absorption contrainte d'un puissant somnifère qu'il avait dissous dans le fond d'une bouteille d'eau. Allongées à l'arrière du véhicule, sous une couverture, les femmes avaient rejoint leur lieu de détention.

Bien entendu, cela réclamait un peu de préparation, un ciblage des futures victimes et des surveillances préalables avant de provoquer la rencontre. Pourquoi effectuait-il toujours une copie de la fiche de renseignements que remplissaient les femmes accouchant « sous X », cette fiche qui devait être détruite sitôt l'enfant mis au monde et la mère bien portante ? Il n'avait pas su l'expliquer, si ce n'est de vouloir garder une trace quelque part, sans savoir au départ qu'il s'en servirait un jour. On avait retrouvé ces copies lors de la perquisition menée dans son bureau à l'hôpital Necker, cinquante-six précisément. Elles étaient classées en deux catégories. Quelques-unes, six au total, dont celles des trois victimes, avaient été placées dans une pochette à part. Il avait expliqué ce choix par une injustice flagrante de la part de ces femmes qui, selon lui, ne pouvaient justifier leur décision d'accoucher dans l'anonymat et donc de donner la vie à un enfant « traumatisé pour toujours dès sa naissance ».

– Elles, elles n'avaient pas le droit. C'était criminel, avait-il conclu froidement.

Avait-il prévu d'autres enlèvements ? Il avait répondu par un simple « non », d'une voix étrange : un non sur l'instant, un non qui n'était pas définitif, un non pouvant devenir un oui dans un avenir plus ou moins proche si... Si quoi ? Il n'en savait rien.

Pour la dépendance dans laquelle les femmes étaient séquestrées, c'était un peu la même chose que pour les copies des fiches de renseignements, il était resté évasif. Il avait effectué lui-même les travaux pour la rendre hermétique, l'avait équipée d'un confort modeste sans oublier la surveillance vidéo. C'était il y a plus de deux ans, sans savoir s'il s'en servirait, mais avec une idée bien précise. Valentin Matthias avait donc eu ce projet bien avant la rencontre avec son père, ce qui fit réagir les policiers. C'était glaçant. Il aurait pu vivre en imaginaire sa vengeance, mais un événement fortuit avait enclenché sa folie.

C'était difficile à croire et, pourtant, Delestran pensait qu'il disait vrai. Car il y avait l'autre affaire, celle qui était venue tout bousculer, l'élément déclencheur provoquant le passage à l'acte, une rencontre cette fois-ci subie. Alors que Valentin Matthias cherchait sa mère, c'était son père qui s'était imposé à lui, brutalement. Pourquoi s'était-il laissé convaincre par le CNAOP de rencontrer celui qui se prétendait être son père ? Il se maudissait d'avoir accepté. Il avait conscience que cette décision avait réveillé le monstre qui sommeillait en lui. Mais sur l'instant ? N'était-ce pas une possibilité, un dernier espoir, de pouvoir enfin rencontrer celle qu'il cherchait depuis toujours ?

Tout aurait pu être si différent. Le monstre n'aurait jamais dû voir le jour. Il aurait même pu conserver sa parure d'ange dans les salles d'accouchement. Le passage à l'acte, celui qui fascinait tant Delestran, tenait dans cet instant : ce qui n'aurait pas dû être s'était finalement imposé dans une implacable mécanique. C'était effrayant, mais c'était la réalité : une vérité crue et terrifiante.

Valentin Matthias avait donc rencontré son père. Il avait choisi le lieu et la date : un café place de la Bastille en fin d'après-midi. Il était arrivé bien avant l'heure pour guetter la venue de cet homme qu'il n'imaginait pas vraiment, mais qu'il recherchait parmi les passants avec, chaque fois, la possibilité que ce soit lui. Il avait vu le clochard faire le tour de la place. Il allait et venait, tournait autour de la terrasse du café. Combien de temps lui avait-il fallu avant que le doute ne s'installe ? Il avait focalisé son attention sur lui. Plus le temps passait, plus son appréhension devenait grande. Ce ne pouvait être lui, ce petit vieux crasseux en guenilles, perdu dans la ville. Il l'avait vu se rapprocher, attendre près d'un réverbère face à l'entrée du bar, tournant la tête à gauche et à droite, semblant manifestement chercher quelqu'un. Et si c'était lui, assis dans un recoin de l'établissement, que le clochard espérait revoir ? Valentin Matthias avait ressenti la déconvenue monter en lui au fur et à mesure que les minutes s'égrenaient sur sa montre. Aucun homme aux alentours ne pouvait être son père ; c'est donc qu'il était en retard, forcément. Il essayait de se convaincre, sans y parvenir.

Puis le clochard avait posé les yeux sur lui. C'est à cet instant-là qu'il avait compris. Non, ce n'était pas possible, ce n'était pas son père. Tout à coup, les choses venaient de s'inverser, comme le jusant faisait place au flux de la marée qui remonte.

Lors de cette audition, le docteur avait parlé vrai, offrant aux enquêteurs toute sa détresse, puis sa colère et finalement le rejet de cet homme qu'il ne pouvait imaginer comme son père. Alors oui, il avait voulu fuir, quitter les lieux pour ne pas le rencontrer. Fils de clochard après avoir été fils de personne, c'était encore le destin qui s'acharnait sur lui. Le *fatum* d'un homme perdu dès le départ, sitôt après avoir crié lors de sa première respiration.

Il s'était donc levé, avait réglé sa consommation, puis, le plus discrètement du monde, la tête baissée et les épaules rentrées, il avait traversé la terrasse, déterminé à partir dans la direction opposée dès qu'il serait sur le trottoir. Ce fut terrible, car il avait senti, malgré la distance, peser sur lui le poids du regard de cet homme désœuvré. Il avait voulu s'échapper en lui tournant les talons, mais le vieil homme avait bougé en se précipitant sur lui. D'une voix éraillée, il avait prononcé son prénom : « Valentin, mon petit Valentin ».

Son père s'était même jeté sur lui pour l'embrasser. Il l'avait repoussé en s'assurant qu'il n'était pas observé. Parce qu'il avait honte. Oui, c'était de la honte qu'il avait éprouvée. Cet aveu aux policiers lui avait mis les larmes aux yeux tellement il se sentait odieux.

La suite, il l'avait racontée en séchant ses larmes et en reniflant régulièrement. C'était une terrible épreuve que de revivre cette rencontre ; un instant néanmoins nécessaire, car elle avait tout déclenché. À l'écart du monde, dans une petite ruelle derrière la place de la Bastille, Georges Bernard lui avait tout raconté : la rencontre avec sa mère, quarante ans plus tôt, cet amour impossible, le jour de sa conception dans la chambre feutrée d'un hôtel et puis la lettre, quelques semaines plus tard, dans laquelle elle lui expliquait qu'elle avait décidé de mettre fin à leur relation. Georges Bernard n'avait pas compris et, pourtant, il avait continué à l'aimer passionnément jusque dans sa fuite dans la Légion étrangère. Il avait fait la guerre, avait été grièvement blessé. Il lui avait montré son bras, cette effroyable cicatrice, ce morceau de chair disparue. Valentin Matthias l'avait écouté sans rien dire, le laissant débiter ce qui constituait pourtant une partie de son histoire à lui aussi.

Quand avait-il compris ? Dès le départ. C'était dans l'intonation de la voix de son père, dans les mots choisis qui tentaient de faire revivre un être qui n'était plus. C'était sans espoir. Georges Bernard avait parlé sans discontinuer pendant vingt minutes, semblant retarder l'instant de l'annonce qu'il portait pourtant douloureusement en lui. Ses yeux brillaient d'une traître lumière. Plus le temps passait, plus ils s'assombrissaient. La joie, sincère et réelle, d'avoir retrouvé son fils s'effaçait progressivement face à ce qu'il lui restait à dire ; le plus important pour Valentin.

Pour retarder encore l'instant, il lui avait demandé ce qu'il faisait dans la vie, s'il était marié, s'il avait des enfants. Pourquoi avait-il répondu qu'il était gynécologue à l'hôpital Necker ? Il s'en voulait terriblement, il n'aurait pas dû, bien que son père lui ait exprimé sa fierté d'avoir un fils médecin. C'était incroyable qu'un si petit détail pût engendrer une telle catastrophe. Car tout aurait pu s'arrêter là, encore une fois, malgré la nouvelle qui allait venir.

« Ta mère est morte. » Ce n'était pas une annonce, ni même une information ; c'était une déflagration, un coup de poignard assassin. Un monde tant espéré qui s'était effondré subitement, réduit à néant. Sa mère n'étant plus, il n'aurait jamais la possibilité de redevenir quelqu'un de normal : un homme avec une maman. Et pourtant, il n'avait pas bronché, n'avait rien laissé transparaître. Il avait fixé son père avec des yeux immenses, ceux d'un homme sidéré n'entendant même pas les explications faisant suite à ce terrible aveu.

Il venait d'hériter de son histoire dans la rue, mais, cette fois-ci, il avait décidé de lui tourner le dos. Il n'en voulait pas, de cette histoire-là. Il s'était d'un seul coup emporté, une violente colère, injuste, vis-à-vis de son père, mais tellement irrépressible qu'il avait mis fin à la rencontre par un glaçant « adieu ».

Qu'avait-il fait ensuite ? Il n'en savait rien. Un trou noir.

Les enquêteurs avaient pensé que cette rencontre avait provoqué la suite, mais ce n'était pas tout à fait exact. Valentin Matthias n'avait pas décidé d'enlever les trois femmes après cette rencontre avec son père. Certes, il avait tout préparé depuis longtemps, mais il aurait pu continuer ainsi son délire sans basculer dans sa réalisation. Ce n'était que deux semaines plus tard qu'il était passé à l'acte en leur faisant payer ce qu'il estimait être un crime odieux. Entre-temps, il avait tenté de reprendre sa vie de tous les jours, mais le sort s'était encore acharné contre lui. Un matin, en arrivant à son travail, son père l'attendait devant l'hôpital Necker. Il l'avait fui une nouvelle fois, feignant de ne pas le reconnaître, mais l'homme ne bougeait pas. Il avait fait le pied de grue toute la journée et les jours suivants. Valentin Matthias avait fini par lui dire de dégager. Il ne voulait plus le revoir, car il avait honte d'être le fils d'un clochard. Mais l'homme, stoïque, se tenait là, tous les jours, irrémédiablement.

Fallait-il continuer ? Les enquêteurs n'avaient pas le choix. Un homme était mort, il leur fallait établir les circonstances exactes, obliger Valentin Matthias à raconter cette deuxième et ultime rencontre avec son père dans le jardin des Tuileries, parce que, forcément, ils s'étaient revus. Comment était-ce arrivé ? Un coup du sort ? Pas exactement...

À force de voir son père tous les jours devant son lieu de travail, lui faisant un petit signe amical de la main chaque fois qu'il passait devant lui, il avait fini par s'arrêter. Il l'avait bousculé pour tenter de lui faire entendre raison, mais son père n'avait rien voulu savoir. Alors, un matin, Valentin Matthias avait laissé éclater sa colère. Des agents de sécurité de l'hôpital avaient dû intervenir pour les séparer et défendre le petit vieux devant ce qui leur paraissait être une agression. On avait demandé au docteur Matthias de se calmer sous peine d'appeler la police. Ne voulant plus provoquer d'esclandre, il avait rassuré les agents de sécurité et s'était une nouvelle fois expliqué avec son père, un peu plus loin, à l'abri des regards indiscrets. C'était à cette occasion que Georges Bernard avait avoué à son fils qu'il avait une photo de sa mère et qu'il était prêt à lui montrer son visage s'il se calmait. Était-ce du chantage ? Déchiré entre deux pulsions, Valentin Matthias avait consenti à retrouver son père dans le jardin des Tuileries, un soir après la fermeture, par un passage que, en familier des lieux, le vieil homme lui avait indiqué.

Il ne s'y était pas présenté avec de mauvaises intentions, bien au contraire. Pouvoir enfin voir le visage de sa maman, même sur une photo, l'emportait sur tout le reste.

Il l'avait eue dans les mains, cette photo. Ému, il avait longuement caressé la surface de l'image, se reconnaissant enfin dans le regard tendre et généreux de cette femme, si belle. C'était une photo que son père avait prise, au lendemain de sa conception, un moment où ils avaient été heureux.

La lumière avait décliné rapidement obligeant les deux hommes à se rapprocher du réverbère qui produisait un halo de lumière tout juste suffisant. Se touchant des épaules, chacun tenait fermement d'une main un coin de cette photo, celle d'une femme aimée et d'une mère recherchée. Ils s'y accrochèrent sans rien vouloir lâcher. Si l'image de Mathilde de Maussicourt pouvait les réunir, une crispation laissait deviner des intentions contraires. Cette photo, chacun la voulait exclusivement pour soi.

Valentin Matthias avait bien senti que son père ne céderait pas. Il avait tiré la photo vers lui. Son père avait résisté. Mathilde de Maussicourt ne pouvait pas se dédoubler. Son image divisa les deux hommes, prêts à tout pour parvenir à leurs fins. « Je la veux », avait dit Valentin Matthias, sans équivoque. Tout aussi déterminé, son père lui avait répondu : « Je ne peux pas, c'est tout ce qu'il me reste d'elle. »

Lors d'une première bousculade, la photo avait échappé de la main de l'un pour passer dans celle de l'autre. Chacun s'y accrochait au risque de la déchirer. Des mots avaient été prononcés, menaçants, une nouvelle algarade. Lorsque Valentin Matthias avait récupéré la photo, son père avait foncé sur lui, telle une teigne, et là, déployant une force qu'il ne se connaissait pas, il l'avait repoussé violemment, provoquant la chute du vieil homme en arrière. Il avait entendu le bruit sourd de son crâne heurtant le parapet, vu du rouge dégouliner sur la pierre du bassin. Il s'était approché de lui, affolé en le voyant inanimé. Il l'avait secoué, avait paniqué devant l'absence de réaction. Delestran avait noté qu'il s'était adressé à son père en employant le mot « papa » dans son affolement.

Avait-il pris son pouls, vérifié s'il respirait encore ? Non, pas qu'il s'en souvienne. Pourquoi ? Valentin Matthias n'en savait rien. Devant ce corps inconscient et ensanglanté, il s'était persuadé qu'il était mort, qu'il avait tué son père. Terrorisé, sans pouvoir expliquer son geste, il avait tiré le corps pour le basculer par-dessus le parapet. Il l'avait fait glisser dans l'eau noire du bassin, peut-être pour qu'il disparaisse de sa vue, avant de s'enfuir avec la photo de sa mère.

Fallait-il lui dire la vérité ? Que son père n'était pas mort suite au choc, mais par noyade, ce qui faisait de lui un criminel ? Delestran y avait été obligé, bien que cela ne change rien à la qualification retenue. Il n'avait pas eu l'intention de lui donner la mort, ni avant, ni pendant, ni après l'avoir bousculé.

« Vous pensez qu'il aurait survécu si j'avais… ? » Valentin Matthias n'avait pas pu terminer sa phrase, tellement sa monstruosité le pétrifiait de culpabilité. Il avait tué un homme, son père, qui avait passionnément aimé sa mère. Delestran avait répondu ce que lui avait dit le légiste : s'il avait survécu, de graves séquelles l'auraient terriblement diminué, peut-être jusqu'à le laisser dans un état végétatif.

Delestran avait noté que les enlèvements étaient antérieurs à l'homicide involontaire. Il en était presque contrarié. Mais c'étaient les faits : Valentin Matthias avait déjà enclenché sa vengeance, imaginée, construite, préparée dans les moindres détails et si longtemps retenue bien avant d'avoir eu connaissance de l'existence de son père. Lors du procès, les experts expliqueraient peut-être cet élément déclencheur.

Delestran devait conclure. Valentin Matthias pouvait se voir reprocher des faits d'homicide involontaire sur la personne de son père et d'enlèvements-séquestrations sur trois femmes. Sa responsabilité était pleine et entière. Il n'avait bénéficié d'aucune complicité, avait agi seul. Le coup de fil de l'infirmière, madame Pradel, n'était pas juridiquement répréhensible. D'ailleurs, sa garde à vue avait été levée très rapidement. Cette histoire était une terrible « gabegie » humaine. Delestran n'était pas pleinement satisfait de l'utilisation de ce mot à la différence d'« algarade », mais il avait rempli le contrat.

L'imprimante avait craché six pages. Delestran les avait relues, apportant quelques modifications, corrigeant des fautes et des coquilles, avant de relancer une dernière impression. Il signa le document, l'agrafa au sommet d'une pile comportant mille trois cent cinquante-deux feuillets numérotés. Beaumont avait remporté la mise en étant au plus proche du résultat final.

La procédure mise en page avait été montée dans le bureau de Tanguy Guéhut, lequel, après une relecture attentive, la valida en apposant sa signature. Une heure plus tard, trois exemplaires et les cartons à scellés furent redescendus aux geôles pour accompagner Valentin Matthias au dépôt de Paris. Il y passerait la nuit avant sa présentation devant le magistrat le lendemain matin.

Cette fois-ci, c'en était vraiment fini. Il ne restait plus qu'à monter dans le bureau du taulier pour se faire offrir le champagne.

Le groupe Delestran, auquel s'était joint Claire Ribot, s'était retrouvé vers 19 heures au troisième étage. Comme à son habitude, Delestran s'était installé près d'une fenêtre de façon à guetter, en contrebas, l'arrivée du car police-secours chargé d'effectuer le transport de Valentin Matthias. Victoire échangeait quelques mots avec la psychologue pendant qu'on remplissait des coupes. Elle se rapprocha de Delestran avec deux verres à la main. Ils trinquèrent.

– Avec un peu de retard, joyeux anniversaire, ma petite Victoire.

– Merci, commandeur.

Le brouhaha qui les entourait créait une sorte d'intimité. Ils n'avaient pas besoin de chuchoter.

– Tu l'attends ?

– Oui.

– Et tu penses qu'il va lever les yeux ?

– Je n'en sais rien, comme à chaque fois. Mais j'aime bien ce petit moment.

– Oui, je sais, commandeur. Alors je te le laisse... Mais je t'observe de loin.

Quelques instants plus tard, Victoire avait rejoint Claire Ribot, mais s'était positionnée de telle sorte qu'au-dessus de l'épaule de la psychologue elle avait Delestran en ligne de mire. Elle guettait sa réaction lorsqu'il quitterait son poste de surveillance, tenterait de deviner sur son visage le résultat de ce qu'il attendait. C'était une manie chez lui. Un jour, elle prendrait sa place pour entretenir ce petit rituel, désuet et sans gravité, sauf pour Delestran.

Alors qu'une nouvelle bouteille de champagne venait d'être ouverte, elle vit Delestran se coller contre la vitre. Le car police-secours devait être arrivé. Dans quelques minutes, elle serait fixée. Personne n'y prêtait attention. C'était étrange, ce qui se jouait dans cette pièce au milieu de l'enthousiasme collectif d'un groupe partageant la satisfaction du devoir accompli. Delestran et Beaumont ne se cachaient pas et, pourtant, ils avaient l'impression d'être un peu à part au milieu de tout le monde.

Victoire vit la tête de son chef s'incliner davantage pour avoir une vue à l'aplomb du bâtiment. Valentin Matthias devait en sortir, menotté dans le dos, encadré par deux effectifs en tenue. En observant les mouvements de tête de Delestran, c'était comme si elle le suivait à l'aveugle, sur la dizaine de mètres le menant au véhicule de police. Valentin Matthias devait monter dans le véhicule par la porte latérale. Par la vitre arrière, Delestran le voyait s'asseoir et se coller dans le fond, à l'invitation des policiers. Victoire ressentit la tension de l'instant. La jambe droite de Delestran s'était légèrement fléchie, le talon décollé du sol tremblait.

On vit une lumière bleutée s'activer et scintiller dans le reflet de la vitre. Les deux complices retenaient leur respiration. C'était maintenant. Valentin Matthias regardait forcément à travers la vitre arrière du véhicule. Allait-il lever la tête et accrocher le regard de Delestran une dernière fois ?

L'intensité du bleu diminua jusqu'à disparaître complètement. Le talon de Delestran se reposa au sol. Il se retourna, chercha le regard de Victoire pour lui signifier le résultat.

Ses yeux se fermèrent, accompagnant un mouvement de tête de gauche à droite, dans une lenteur surprenante, qui témoignait de sa déception. Valentin Matthias n'avait pas offert à Delestran son dernier regard dans lequel il aurait pu entrevoir une ultime vérité.

Composition et mise en pages
Nord Compo à Villeneuve-d'Ascq

**PAPIER À BASE DE
FIBRES CERTIFIÉES**

Fayard s'engage pour
l'environnement en réduisant
l'empreinte carbone de ses livres.
Celle de cet exemplaire est de :

250 g   éq. CO$_2$

Rendez-vous sur
www.fayard-durable.fr

Achevé d'imprimer en novembre 2022 en France sur Presse Offset par
Maury Imprimeur - 45330 Malesherbes
N° d'imprimeur : 266515
68-2795-6/02
Dépôt légal : novembre 2022
Imprimé en France